野坂昭如
アメリカひじき
火垂るの墓

幡〇〇八

Grave of the Fireflies
Akiyuki Nosaka

火垂るの墓
アメリカひじき
焼土層
死児を育てる
ラ・クンパルシータ
プアボーイ

螢火蟲之墓　野坂昭如

李彥樺　訳

麥田出版

目錄

總序
幡：日本近代的文學旗手　楊照　5
導讀
從「一億玉碎」到飢餓青春——墮落論的實踐者　楊照　9
螢火蟲之墓　15
美國羊栖菜　59
焦土層　127
養育死兒　161
La Cumparsita　197
Poor Boy　257
解說
從記憶逃亡——野坂文學世界的原點　尾崎秀樹　315
野坂昭如年表　323
日本近代文學大事記　325

總序

幡：日本近代的文學旗手

楊照

認識日本的近代文學，一定會提到夏目漱石。夏目漱石在一九〇〇年到英國留學，一九〇三年才回到日本。具備當時極為少見的留學資歷，夏目漱石一回到日本，就受到文壇的特別重視。在成為小說創作者之前，夏目漱石已經先以評論者的身分嶄露頭角，取得一定地位。

一九〇七年夏目漱石出版了《文學論》，書中序文用帶有戲劇性誇張意味的方式如此宣告：

> ……我決心要認真解釋「什麼是文學？」，而且有了不惜花一年多時間投入這個問題的第一階段研究想法。（在這第一階段中，）我住在租來的地方，閉門不出，將手上擁有

的所有文學書籍全都收藏起來。我相信，藉由閱讀文學書籍來理解文學，就好像以血洗血一樣（，絕對無法達成目的）。我發誓要窮究文學在心理上的必要性，為何誕生、發達乃至荒廢。我發誓要窮究文學在社會上的必要性，為何存在、興盛乃至衰亡。

這段話在相當意義上呈現了日本近代文學的特質。首先，文學不再是消遣，不再是文人的休閒娛樂，而是一件既關乎個人存在、也關乎社會集體運作的重要大事。因為文學如此重要，所以也就必須相應地以最嚴肅、最認真的態度來看待文學，從事一切與文學有關的活動。

其次，文學不是一個封閉的領域，要徹底了解文學，就必須在文學之外探求。文學源於人的根本心理要求，也源於社會集體的溝通衝動。弔詭地，以文學論文學，反而無法真正掌握文學的真義。

夏目漱石之所以突出強調這樣的文學意念，事實上，他之所以覺得應該花大力氣去研究並書寫《文學論》，是因為當時日本的文壇正處於「自然主義」和「浪漫主義」兩派熱火交鋒的狀態，雙方尖銳對立，勢不兩立。夏目漱石不想加入任何一方，更重要的，他不相信、不接受那樣刻意強調彼此差異的戰鬥形式，於是他想繞過「自然主義」及「浪漫主義」，從更根本的源頭上弄清楚「文學是什麼」。

日本近代文學由此開端。從十九、二十世紀之交，到一九八〇年左右，這條浩浩蕩蕩的文學大河，呈現了清楚的獨特風景。在這裡，文學的創作與文學的理念，或者更普遍地說，理論與作品，有著密不可分的交纏。幾乎每一部重要的作品，背後都有深刻的思想或主張；幾乎每一位重要的作家，都覺得有責任整理、提供獨特的創作道理。在這裡，作者的自我意識高度發達，無論在理論或作品上，他們都一方面認真尋索自我在世界中的位置，另一方面認真提供他們從這自我位置上所瞻見的世界圖像。

每個作者、甚至是每部作品，於是都像是高高舉起了鮮明的旗幟，在風中招搖擺盪。這一張張自信炫示的旗幟，構成了日本近代文學最迷人的景象。

針對日本近代文學的個性，我們提出了相應的閱讀計畫。依循三個標準，精選出納入書系中的作品：第一，作品具備當下閱讀的趣味與相關性；第二，作品背後反映了特殊的心理與社會風貌；第三，作品帶有日本近代文學史上的思想、理論代表性。也就是，書系中的每一部作品都樹建一杆可以清楚辨認的心理與社會旗幟，讓讀者在閱讀中不只可以藉此逐漸鋪畫出日本文學的歷史地圖，也能夠藉此定位自己人生中的個體與集體方向。

導讀

從「一億玉碎」到飢餓青春——墮落論的實踐者

文／楊照

《螢火蟲之墓》作者野坂昭如一生最後的一項榮耀，是在二〇〇九年，七十九歲時獲贈了「安吾獎」中的「新潟特別獎」。「安吾獎」是為了紀念坂口安吾而設立的，這位作家在日本文學史上屬於「無賴派」，和太宰治齊名，而且有著比太宰治更明確強烈的思想主張。一九四六年，日本剛戰敗，坂口安吾就出版了駭人聽聞的《墮落論》，大聲疾呼要求日本社會應該要徹底的墮落。

《墮落論》針對的是戰敗後一股要求「道德重建」的呼聲。戰爭剛結束的日本，社會高度失序，出現了各種戰前無法想像的敗德行為，一方面是貧窮殘破的環境逼出的競存爭奪，另一方面又有美軍占領下日本人普遍表現出的卑屈阿諛姿態。如何面對這樣的現象？很多人理所當然懷念起戰前的社會道德與社會秩序，坂口安吾卻反其道而行，以最激烈的口氣申言，日本此刻最需要的是「墮落」，因為只有墮落才能對治日本最嚴重的根本問題——藉道德之名所建立的虛偽風氣，只有墮落才能挖掘真實，攤出被虛偽掩藏的內在面貌，願意去承認、去凝視那份醜惡與不堪。

野坂昭如確實可以被視為「墮落論」的重要實踐者，而且還是比坂口安吾自己更具備實踐條件的「墮落者」。他出生於戰爭氣氛已經很濃厚的一九三〇年，幾乎從一落地，就注定要成為戰爭大時代環境中的犧牲者。他在戰爭中有一搭沒一搭受教育，因為年紀稍稍小了幾歲，逃過了被徵召到南洋叢林作戰，或駕駛神風特攻隊自殺飛機的命運，但卻也因為留在日本國內，親歷了戰爭末期美軍發動的全面大空襲。

戰爭的最後一年，美軍B29轟炸機的龐大機隊，隨時可以從塞班島起飛，在幾乎不受阻擾的情況下，飛抵日本任何城市上空，投下大量的各類炸彈。戰爭到這個階段，早已經完全失去前線、後方的分別，美軍的轟炸策略除了摧毀日本工業基礎之外，還要瓦解日本人民意志，以便促成日本早點投降，因而出現了頻繁以城市民居為對象的殘酷破壞屠殺行為。

野坂昭如當時住在關西大城神戶，一次空襲中他的養父身亡，他帶著才一歲多的義妹去投靠親戚，卻因找不到足夠的食物導致妹妹餓死。十五歲的少年其實不知道如何照顧這麼小的妹妹，也無法對這麼小的妹妹產生真實深厚的感情，再加上自己也處於朝不保夕的垂危狀態，妹妹死時他並沒有太具體、切身的悲痛。然而妹妹死後沒有幾天，日本就宣布無條件投降，戰爭結束了，在他心中產生了長遠無法磨滅的內疚創傷，自己自私地活下來了，如此自私，竟然沒有努力讓妹妹多拖過區區那麼幾天。

不過事實上，對於失去了養父的野坂昭如，剛剛戰敗那段時間，景況並沒有比戰爭中好到哪裡去。他依然長期處於飢餓狀態，不只必須依賴微薄的配給物資生活，而且配給也不會按照原來宣布的日期準時發放。明明戰爭已經結束了，現實生活卻沒有擺脫戰爭末期的窘況，反而讓他心中分外憤怒不滿。

這時候的野坂昭如落入了坂口安吾所描述的那種「墮落」情境中。他憑藉著自己念到中學的一點初步英文會話能力，參與了突然爆發出來的日本「美軍買春潮」，幫忙居間拉皮條。但畢竟只是未成年的男孩，這樣的工作不能換來穩固的溫飽，於是更進一步，他又「墮落」地染上了偷竊的習慣。

就在因偷竊親戚財物被捕，要送到少年感化院時，他的生父出現了，將他擔保出來，同時把他帶到了新潟縣。野坂昭如是有理由獲得「新潟特別獎」，因為他人生的成長，的的確確可以劃分為「新潟前」和「新潟後」兩個截然不同的時期。「新潟前」是一連串他無法避免的苦難，被外在力量拋來甩去——出生兩個月生母去世，離開生家進入養家，然後在養家所在的神戶度過了驚滔駭浪的戰爭時期。去到新潟，他得以逃過成為慣竊罪犯進出監獄的人生，在一個完全不一樣的家庭、鄰里間，重新來過，甚至進入早稻田大學成為大學生。

不過當然並不表示那樣的少年「墮落」折磨經驗，可以就此從他的生命中消失。野坂昭如背負著那樣的記憶，即使在獲得新生後，仍然不可能走得平凡順暢、理所當然。套用坂口安吾的想法，也許是在那段「墮落」的時日中，讓野坂昭如瞥見了、擁抱過那赤裸裸沒有裝飾的真實，以至於他再也無法安然去過那種必須撐起一幅道德表面的日子。

他在早稻田大學待了六年，終究必須承認自己無法順利轉化為一個容易融入社會，方便社會接受的大學生，於是沒有拿到學位便退學了。之後他加入了新興的電視產業，混跡在殘留著美軍占領期敗德荒淫氣息的廣電娛樂界。之後他又藉由生父的經驗引導，涉足政治，但他當然不可能加入主流的自民黨，而是以無黨籍或反對黨的身分參選。他的政治生涯中最為轟轟烈烈的一役，是一九八三年在新潟參選眾議員，以批判金權政治為競選主訴求，試圖要撼動這個選區勢力最強大的「萬年議員」——曾經當過兩任首相的田中角榮。不過儘管田中角榮已經因涉及洛克希德受賄案而下台，甚至已經不榮譽地退出自民黨，他在新潟的地方經營基礎依然穩固，野坂昭如在選舉中慘敗，田中角榮繼續連任，終究締造從一九四七年到一九九〇年超過四十年不間斷擔任眾議員的驚人紀錄。

野坂昭如將自己「新潟前」的經歷，以小說的形式歷歷顯現在《螢火蟲之墓》集子中。整本書寫得最為淋漓盡致、動人心魄的，顯然是飢餓。從開頭少年清太餓死在車站，到描寫感化院中餓到沒有臀部肌肉而露出屁眼來的少年今市，野坂昭如筆下的青春幾乎就是一趟永遠尋找不到食物的修羅之旅。他對於飢餓感受的多樣描述令人嘆為觀止，相對應的也就有同等令人嘆為觀止的追求、據有食物的衝動形容。

〈La Cumparsita〉篇中的少年高志在飢餓難忍時甚至發明了一種「反芻法」，將已經吞入肚內的食物再逆向送回口中，因而得以再咀嚼，好像又有食物可以吃。他將這種方法教給了同室的其他少年，大家在綁鐵絲的工作過程中紛紛動著嘴巴將早餐「反芻」，簡直像一群牛似的，蔚為奇觀。

對，像牛一樣，像動物一樣。飢餓將人推回近乎動物性的生存層次，而關鍵的是，這種飢餓不是一般的飢餓，是和戰爭密切牽連在一起，因戰爭而產生的集體飢餓。因而藉由野坂昭和的記憶書寫，戰爭不只被剝除了英雄、威武、光榮的成分，戰爭甚至不是血腥、恐怖、令人害怕的。在最根柢處，戰爭留下來的是汙穢、噁心，是被老鼠包圍的一團血肉模糊，是咀嚼自己的嘔吐物般的徹底髒汙。

野坂昭如的小說帶有非常突出的文字風格，句子很長、段落更長，綿延不斷地如浪如潮湧來，讓人讀起來特別直接，像是從肉體感官即時複寫出來的，來不及經過理性分析斷句，如此而召喚回了破壞與傷害剛降臨時的那種不容人思考、不容人感傷的迫切近接（immediacy）。

野坂昭如在戰爭結束二十年後寫出了這批作品。二十年的時間非但不是給予他冷靜的距離，反而是允准他可以撥開種種禁忌，朝歷史最真實處「墮落」。終於可以既不顧忌軍國主義，又不必依從美軍的意識形態要求，拾回對於戰爭的肉體（而非精神或生死的）回憶。這樣的回憶本身必然就是反省，而且透過肉體的汙穢、噁心記憶，野坂昭如還最有效地解答了日本戰敗怎麼會那麼快那麼徹底轉向之謎。前一個月還在高喊「一億玉碎」的日本，為什麼後一個月就以最馴服卑屈的態度迎接美軍占領？讀了《螢火蟲之墓》的人會真切地明白——因為飢餓，因為飢餓已經在原子彈之前征服了日本人的集體意志。這樣的肉體脆弱，比什麼都具體，比什麼都真切。

螢火蟲之墓

1

清太進入省線[2]三宮站的車站，走向面海側的一根柱子。那是一根混凝土柱，表面的磁磚嚴重剝落，露出了內側的混凝土材質。清太蜷曲著背，倚靠在柱面，慢慢坐了下來，伸直雙腳。歷經風吹日曬，而且將近一個月沒洗澡，清太那瘦削的臉頰顯得黯淡而蒼白。入夜之後，有些男人或許是按捺不住激動的情緒，會像山賊一樣對著柴火高聲怒罵，清太只是靜靜看著。到了早上，陸續出現趕著上學的學生，彷彿什麼事也沒發生。身穿卡其色制服、帶著白色包袱的是神戶一中。背著書包的是市立中學。縣一、親和、松蔭、山手這些女校的學生們雖然都身穿燈籠褲，但仍能從上半身的水手服衣領形狀看出差異。無數人潮熙來攘往地經過清太身旁，少有人察覺他的存在。偶然有人因聞到異臭而低頭一瞥，總是會嚇得從清太身旁跳開。雖然廁所就在附近，但清太已經連爬過去的力氣也沒有了。

車站內每一根三尺[3]見方的粗大柱子底下，都坐著街童。他們仰靠著柱子，宛如仰靠自己的母親。這群街童不約而同地聚集在車站內，或許因為這裡是他們唯一可以進入的建築，或許因為熱絡的人潮令他們感到懷念，或許因為車站內有水可喝，也或許因為期待著有旅客一時興起而丟下一點食物。進入九月之後不久，這附近就出現了三宮橋下的黑市[4]。一開始，是有人將烤過的砂糖攙水製作成糖漿，倒進空的大汽油桶裡，以一杯五十錢的價格對外販售。緊接著就有人在這裡販賣蒸番薯、番薯粉、糰子、飯糰、大福麻糬、炒飯、紅豆湯、小糕點、烏龍麵、天婦羅蓋飯、咖哩飯、蛋糕、穀物、砂糖、天婦羅、牛肉、牛奶、罐頭、魚、燒酒、威士忌、梨子、夏橙等食物，以及橡膠長靴、腳踏車、水管、火柴、香菸、硬底襪、尿布、罩布、軍用毛毯、軍靴、軍服、半長靴等雜貨。有人拿出鋁製便當盒，裡頭裝著妻子早上煮好的麥飯，高聲大喊「十圓、十圓」。也有人脫下磨損嚴重的短靴，掛在手指上大喊「二十圓、二十圓」。清太被食物的氣味吸引，漫無目標地走進黑市裡。母親遺留下來的那套長襦袢、腰帶、半襟及腰繩[5]，早因在防空壕裡泡水太久而褪了色，清太將它賣給在地上鋪著草蓆販賣舊衣物的商人。清太靠得來的錢活了半個月，接著又賣掉人造絲布料的中學制服及綁腿、鞋子，唯獨

1 編按：本書作者使用非常獨特的行文風格，一個段落可以長達兩、三頁，而且中間完全不使用句號。在翻譯上為了維持中文的可讀性，有視情況適當修改文句及追加解釋，故無法完全貼近原文處理。
2 省線：指日本在二戰前後由鐵道省（後改名運輸省）負責營運的鐵路路線。
3 尺：依日本舊制，一尺約等於現在的三十公分。
4 黑市：指違法進行各種雜貨交易的市集。日本二戰前後由於物資匱乏，加上多數食糧及生活用品被政府列為管制品，黑市成了一般百姓取得物資的主要管道。
5 長襦袢、腰帶、半襟及腰繩：長襦袢為居家和服的一種。腰帶、半襟及腰繩都是其配件。

褲子實在賣不得。這段日子裡，清太不知不覺已習慣在車站內過夜。曾有一名少年和他的家人朝清太走了過來，將發酸的蒸米糠飯糰放在地上。那家人一看就知道是剛從疏開地[6]回來，還將頭巾整整齊齊地蓋在帆布袋上，背包裡塞滿了飯盒、鐵水壺、鐵軍盔、萬旗繩等雜物。那蒸米糠飯糰多半是他們準備在列車上充飢用的食物，如今列車已到站，何況那飯糰已發了酸，對他們來說已與垃圾無異。除此之外還有一些返鄉士兵，以及孫子的年紀和清太差不多大的老奶奶，他們都基於同情與憐憫，把吃剩的麵包、包在紙團裡的炒大豆送給清太吃。但連他們也不敢太靠近清太，只敢遠遠放在地上，宛如祭拜往生者。有時站務員會來驅趕街童，反倒是站在剪票口維持秩序的輔助憲兵會出面回護。由於每天幾乎只喝水，半個月後清太便感覺身體像長了根一樣，再也難以起身。

嚴重的腹瀉讓清太三不五時便往車站廁所跑。每次在廁所裡一蹲下，要再站起來便感覺雙腿痠軟無力，只能將身體勉強朝把手脫落的門板上推擠，藉由這個方式起身，然後扶著牆壁慢慢走回去。清太的身體宛如消了氣的氣球一般愈來愈瘦弱，不久之後，就連以背部抵著柱子慢慢撐起身體的力氣也沒有了。即使到了這個地步，腹瀉的症狀依然沒有絲毫改善。短短的時間裡，臀部的周圍地面都被糞水染成了黃色。清太感到丟臉極了，卻又沒有力氣起身走開，只能慌忙抓起地面上的些許灰塵，蓋住糞水，試圖遮掩糞水的顏色。但雙手可及的範圍畢竟有限，看在外人的眼裡，還以為是個餓到精神失常的街童，竟然玩起了自己的糞便。

清太漸漸不再感到飢餓，也不再感到口渴，只是將沉重的頭部垂在胸前。「哇，好髒！」「他死了嗎？」「美軍馬上就要來了，要是看見車站裡有這種東西，我們的臉可就丟大了！」清太唯有聽覺依然正常，還能分辨出各種不同的聲音。在夜闌人靜的時候，清太聽見了迴盪在車站內的木屐聲，聽見了列車通過頭頂的轟隆聲，聽見了忽然拔腿急奔的鞋聲，聽見了大喊媽媽的幼兒聲，聽見了在身旁呢喃說話的男人聲，聽見了站務員粗魯扔出水桶的碰撞聲。最後清太聽見有人問了一句：「今天幾號了？」今天幾號了？過了幾天了？不知從什麼時候開始，清太看見混凝土地板就在自己的眼前。清太一直以為自己還坐著，並沒有察覺自己的身體早已維持著蜷曲的姿勢橫倒在地上。清太只是凝視著地板上的少許灰塵，因自己的微弱呼吸而微微顫動。今天幾號了？今天幾號了？想著想著，清太就這麼死了。

這天正好是政府發布《戰災孤兒等保護對策要綱》的隔天，也就是一九四五年九月二十一

6　疏開地：二戰後期因日本主要都市常遭美軍轟炸，日本政府下令將都市人口疏散至鄉下地區，稱為「疏開」。

日。這天深夜，站務員戰戰兢兢地查看斷氣的清太身上的隨身物品。清太的身體滿是蝨子，站務員在裹腹布帶裡發現了一個小小的糖果鐵盒。站務員想要打開盒蓋，但那盒子生了鏽，說什麼也打不開。「這是什麼？」「管它是什麼，扔掉就對了。」「這邊這個也快不行了。一對眼珠睜得老大，就是快升天了。」清太的屍體連一塊草蓆也得不到，只能這麼靜靜地躺著等待區公所的人員來收走。在清太的屍體旁邊，還垂首癱坐著另一名年紀比清太更幼小的街童。站務員的同事一邊觀察那街童的臉色，一邊說著話。拿著糖果鐵盒的站務員不知該如何處理手裡的東西。舉起搖一搖，鐵盒裡發出叮咚聲響。站務員將鐵盒高舉到腦後，奮力將鐵盒扔向車站前的黑暗處。那一帶是遭轟炸過後的廢墟，如今已長滿了茂盛的雜草。鐵盒在地上一撞，盒蓋突然脫落，撒出了裡頭的白色粉末及兩、三片碎骨。草叢裡的二、三十隻螢火蟲嚇得一邊閃著光芒一邊四處飛竄，不一會後又歸於平靜。

那些白色碎骨的主人，是清太的妹妹節子。她在八月二十二日死於西宮滿池谷的防空壕中，名義上的死因是急性腸炎，但年僅四歲的她，死前連站都站不了，只能在昏睡之中斷氣，實際上是跟哥哥一樣因營養失調而衰弱致死。

六月五日，三百五十架B29轟炸機空襲神戶，讓葺合、生田、灘、須磨及東神戶這五個村鎮幾乎化為一片火海。當時就讀中學三年級的清太，平日依循勤勞動員制度在神戶製鋼廠服務，但這天是節電日，清太待在靠近御影海灘的自家中。一聽到空襲警報，清太立即奔向屋後庭院。在那種植著番茄、茄子、小黃瓜、雜菜葉的菜圃裡挖了個洞，將一個陶瓷火盆埋入洞裡，並依照事先練習過的步驟，從廚房取來米、雞蛋、大豆、柴魚乾、黃奶油、鯡魚乾、梅乾、糖精、乾燥蛋粉等物，放進火盆裡，掩上了土。接著清太代替罹病的母親背起了妹妹節子。清太的父親是一名海軍上尉，自從搭上巡洋艦出征後就音訊全無。家裡有一張父親身穿甲種正式軍裝的立姿照片，清太將照片從相框中取下，塞進了胸前衣服裡。早在三月十七日、五月十一日的兩次空襲中，清太就明白自己家裡只有母親及兩個孩子，不可能自行撲滅燒夷彈的大火，住家地板底下的防空洞也派不上用場。因此清太先將母親送到了町內會所設置的消防署，那建築物的後頭有一座混凝土製的防空壕。正當清太忙著將衣櫥裡的父親便服塞進背包裡時，忽然聽見外頭傳來「噹噹噹」的防空監視哨鐘聲，那聲音此起彼落且異常激烈。就在清太奔出家門的瞬間，四面八方驟然響起震耳欲聾的轟炸聲。由於那聲音實在太大，第一波轟炸結束時，清太忽然有種全世界一片死寂的錯覺。但不久後又傳來B29轟炸機的低沉飛行聲，那聲音一陣接著一陣，彷彿永無止境。過去遭受空襲的時候，仰望天空只會看見若有似無的黑點，拖著長長的飛機雲往東方飛去。五天前大阪遭到轟炸的時候，清太躲在工廠的防空壕裡，也只看見一些飛機航行在大阪灣上空的雲層之間，宛如在海裡遨遊的魚群。但如今清太抬頭一看，飛機的數量多得兩隻手也數不完，而且全部是低空飛行，連畫在機體下方的粗線也能看得一清二楚。那些飛機從大海的方向往山頭的方向飛去，不久後機翼一偏，消失在西方的天空。旋即又響起一陣燒夷彈的落下聲，清太感覺四周的空氣彷彿凝結一般，嚇得全身動彈不得。驀然間傳來一陣喀啦聲響，一枚直徑約五公分、長約六十公分的藍色燒夷彈從屋頂往下滾落。那模樣貌似毛毛蟲的燒夷彈在路面上不斷彈跳，灑出裡頭的燃油。清太急忙躲回家門內，但屋裡也正緩緩飄出黑煙，清太只好又趕緊奔出屋外。外頭的街景毫無異狀，彷彿什麼事也沒發生，路上一個人也沒有，前方一棟屋子的庭院圍牆邊擺著一根防火撢子及一架梯子。背上的妹妹節子哽咽了起來，清太決定先到防空壕找母親再說。但才跨出一步，街口一棟屋子的二樓窗戶忽然噴出黑煙，同時落在閣樓裡悶燒的燒夷彈也驀地竄出火舌，庭院裡的樹木瞬間起了火，發出畢畢剝剝的炙燒聲。火焰沿著屋簷迅速延燒，遮雨板一面燃燒一面墜落。眼前一片黑暗，空氣愈來愈灼熱，清太不由自主地拔腿疾奔。依照事先安排好的防空逃生路線，此時應該逃往石屋川的堤防。於是清太沿著阪神電車的高架橋往東奔跑，但一路上已被逃難的人潮擠得水泄不通。有些人拉著拖車，有些人扛著布包，此外還有個高聲叫喚的老婆婆。清太耐不住性子，決定轉頭往大海的方向奔逃。在這段時間裡，依然是火苗隨風飛舞，四處是燒夷彈落下聲的狀態。原本是三十石[7]大酒桶的消防水桶破裂，清水流了一地。有些人正以擔架抬著病人逃難。某些區域一個人影也看不到，但隔了一條街就是雞飛狗跳的狀態，有些人甚至連榻榻米也搬了出來，簡直就像大掃除一樣熱鬧。清太穿過了舊國道，在狹窄的巷道裡不斷奔跑。滿街的居民都逃光了，放眼望去一個人也沒有。來到了村鎮外，熟悉的灘五鄉[8]黑色酒倉映入眼簾。每年夏天只要來到這裡，就能聞到潮水的氣息。在寬約五尺的酒倉間空隙，可看見在夏日豔陽下閃閃發亮的沙灘，以及高度遠超越預期的深藍色海面，但現在的清太根本沒時間欣賞。海岸邊並沒有防空壕，清太只是抱著「往水邊逃就不用怕著火」的念頭，反射性地逃到了沙灘上。除了清太之外，還有不少逃難居民也抱著相同想法。沙灘上有一座用來拉漁船或魚網的轆轤，寬約五十公尺，逃難的居民們都躲在其底下。清太繼續往西走，來到了石屋川的河床上。自從一九

7　石：日本的舊制體積及容積單位。一石約等於現在的一百八十公升。

8　灘五鄉：地名。神戶地區的著名日本酒生產地。

三八年發生水災之後，這裡的河床就分成了兩層，上層到處都是坑洞。清太於是跳進一個坑洞躲藏，雖然頭頂上並無遮蔽物，但是待在洞裡總是感到安心一些。一坐下來，清太才感覺到心跳劇烈，口乾舌燥。一路上清太幾乎沒有心思照顧背上的節子，此時才解開背帶，將節子放了下來。雖然只是很簡單的動作，卻已讓清太的膝蓋頻頻打顫，差點跪在地上。節子的頭上包著絣織[9]的防空頭巾，身上穿著白色襯衫，下半身穿著與頭巾相同布料的燈籠褲，腳上穿著紅色的法蘭絨襪子。一雙黑色木屐原本是節子相當珍惜之物，如今只剩下了一腳。但節子並沒有哭泣，只是緊緊抓著一具洋娃娃，以及媽媽送給節子的一個老舊大零錢包。清太聞到了一股硝煙的臭氣，隨風飄來的火災喧囂聲彷彿近在咫尺，遙遠的西方依然不斷傳來宛如雨聲一般的燒夷彈墜落音。兄妹害怕得依偎在一起，此時哥哥清太忽然想起身上的防空袋，於是從袋中取出了便當盒。昨天晚上，母親認為家裡的白米就算繼續留著也沒什麼用，於是乾脆煮成了難得的白米飯。吃剩的白米飯裝在這便當盒裡，另外又放入了今天早上煮的大豆玄米飯，所以此時便當盒內的顏色是黑白參半。打開盒蓋一看，裡頭的飯已有點潮溼，清太挖起裡頭的白色部分給節子吃。抬頭一看，整個天空已染成了橙色。清太登時想起，從前曾聽母親說過，在發生關東大地震的那天早上，天上的雲都變成了黃色。

「媽媽在哪裡？」「在消防署後頭的防空壕。那裡就算遭二百五十公斤的炸彈打中也不會有事，妳不用擔心。」清太這句話同時也在安慰著自己。當時在堤防上的一整排松樹後頭，可隱約看見阪神濱海地帶整個陷入了一片搖曳的紅光之中。「媽媽應該已經到石屋川兩棵大松樹旁等我們了，休息一下後我們就去找她吧。」清太試著告訴自己，母親一定已從那場大火中逃了出來。「節子，妳的身上沒有怎麼樣吧？」「木屐少了一隻。」「哥哥會買更好的給妳。」「我也有錢。」節子舉起了大零錢包。「幫我打開。」那零錢包的開口扣珠相當緊，清太幫她打開，裡頭有三、四個一錢及五錢硬幣，此外還有鹿紋的小沙包，以及紅、黃、藍色的扁平彈珠。一年前，節子曾誤吞了扁平彈珠，當天母親便在庭院裡鋪了報紙，讓節子在上頭大便。到了隔天傍晚，節子順利將扁平彈珠排了出來。此時零錢包裡的扁平彈珠，似乎就是當時的成果。「我們的家燒掉了？」「好像吧。」「那要怎麼辦？」「爸爸會幫我們報仇。」雖然明知道這個回答有點牛頭不對馬嘴，但清太自己也不知道接下來該怎麼辦才好。所幸飛機的轟隆聲終於逐漸遠離，接著下起了大約五分鐘的雨。雖然跟傍晚的驟雨似乎沒什麼不同，但雨水滴在身上卻出現

9　絣織：一種織布技術。將事先染好的絲線區分為經線及緯線編在一起，可形成風格特殊的模糊圖案。

了黑色的汙點。「人家說空襲之後會下雨，原來是真的。」心中的恐懼感逐漸消褪，清太起身往海面望去。不過一眨眼工夫，海面上竟漂著大量黝黑髒汙的懸浮物。轉身望向山的那頭，山形並沒未變，但一王山的左側似乎正在燃燒，冒出一團團紫色的煙霧。「好，哥哥要背妳了。」清太讓節子坐在堤防上，轉過了身，節子趴在哥哥背上。剛剛逃命的時候，完全感受不到節子的重量，此時清太才感覺到背上異常沉重，必須拉著草根才能夠勉強爬上堤防。

來到堤防上一瞧，御影第一、第二國民學校及御影公會堂近得彷彿就在眼前，就好像是朝自己走了過來一樣。除此之外，酒倉及曾有軍隊駐紮的鐵皮屋，以及消防署的松樹林都消失了，阪神電車的堤岸可以看得一清二楚，國道上停著三輛動彈不得的電車車廂。遭轟炸過的痕跡沿著坡面向上延伸，直到六甲山的山麓附近。遠方因煙霧而朦朧不清，約有十五、六處還冒出火焰及濃煙。不時響起的轟隆聲，聽起來像是未爆彈或限時炸彈突然爆炸，帶起了宛如秋風般的劇烈風聲，強大的旋風將房屋的鐵皮颳上了空中。清太感覺節子害怕得緊貼在自己的背上，趕緊向節子搭話。「真是燒了個乾乾淨淨。妳看，那裡是公會堂。妳還記得嗎？我們一起在那裡吃過大雜鍋。」節子沒有回應。「妳等等。」清太蹲下來重新綁好綁腿，開始在堤防上邁步而行。右手邊可看見三棟遭炸毀的屋舍，阪神石屋川車站只剩下屋頂的骨架。更遠處的神社也遭夷為平地，只剩下洗手臺的石缽。堤防上的人愈來愈多，大都是攜家帶眷癱坐在路邊，每個人都在說話，交談聲此起彼落。有些人把鐵茶壺掛在樹枝前端，正以悶燒的石炭煮著開水或烤起番薯乾。兩棵大松樹的位置在沿著國道往山區方向的右手邊，清太走到了該處，卻找不到母親的身影。周圍每個人都在看著河床，清太跟著一看，河水乾涸的沙石上有五具窒息而死的屍體，有的垂下了腦袋，有的呈大字形躺著。清太忍不住想要衝下去看看母親是否在那裡頭。

母親在生下節子之後就罹患了心臟疾病，有時半夜發作，會叫清太取水來冷敷胸口。要是疼得受不了，還必須坐起上半身，讓身體倚靠在疊了好幾層的座墊上。即使隔著睡衣，也可以清楚看到母親的左側乳房會隨著心臟的鼓動而微微顫抖。母親吃的藥都是中藥，每天早晚必須服用紅色藥粉，手腕細得手掌幾乎可以繞兩圈。母親完全沒辦法跑步，因此清太先將她送往防空壕，但防空壕如果遭遇大火，母親勢必難以逃出生天。清太明知這一點，但是當通往防空壕的近路受大火阻隔時，清太一心只想逃走，早已將母親的安危拋諸腦後。清太為此感到相當自責，但就算當時堅持將母親送進防空壕，結果難道會有所不同？「你快帶著節子逃走吧。媽媽一個人不會有事。如果你們兩個孩子有什麼三長兩短，我可沒有臉見你們的爸爸。」當時母親以半開玩笑的口氣對清太這麼說。

兩輛海軍的卡車正沿著國道往西邊的方向前進。服務於警防團的男人騎在腳踏車上，嘴邊拿著擴音器，不知在高喊著什麼。「我們那裡掉了兩顆下來，我本來想要以草蓆裹起來扔掉，但燃油已經噴出來了……」某個同年紀的少年對著朋友這麼說。「請大家集合至御影國民學校。上西、上中、一里塚的街坊鄰居們……」清太聽見自己所住的町名，忽然想到母親可能逃進學校裡了。剛下了堤防，卻又傳來爆炸聲。瓦礫堆裡的大火尚未完全熄滅，除非是走在夠寬廣的道路上，否則路旁不斷有熱氣陣陣逼來，實在無法前進。「我們在這裡再等一下吧。」清太對節子這麼說。節子似乎正等著哥哥向自己說話，應了一句：「哥哥，我要尿尿。」「好。」清太放下節子，對著草叢抬起節子的雙腿。尿水猛然噴出，比預期的量還要多得多。清太取出手帕，為節子擦拭乾淨。「頭巾可以拿掉了。」清太告訴節子。此時節子的臉上沾滿了黑灰，於是清太取出水壺，沾溼手帕的一角，為節子擦了臉。「手帕的這邊是乾淨的。」「我的眼睛好痛。」節子的眼睛或許是被黑煙燻傷了，看起來又紅又腫。「我們到學校去，那裡會有人幫妳洗眼睛。」「媽媽在哪裡？」「在學校。」「那我們快去學校。」「路還太熱，沒辦法走。」節子忽然哭了起來，說什麼也要馬上去學校。那聲音不像是孩子在撒嬌，也不像是身上疼痛，反倒像是成熟大人的哀求。「清太，你見到你媽媽了嗎？」住在自家對面一個年紀老大不小卻還沒結婚的姊姊突然喊道。那時清太剛在學校的中庭請衛生兵幫節子洗了眼睛。洗了一次之後節子還是喊疼，清太正帶著節子走到隊伍最後頭重排一次。「還沒有。」清太回答。「你快去見她，她受傷了。」清太想請那姊姊幫忙照顧一下節子，但還沒開口，那姊姊已先說道：「我幫你看著節子。阿節，剛剛很害怕吧？有沒有哭？」那姊姊平日與清太一家並沒有太深的交情，此時卻異常溫柔，可見得母親的傷勢並不輕。清太於是趕緊離開了排隊的隊伍。這學校清太待了六年，很清楚保健室的位置。一走進保健室，看見的是盛滿了血水的臉盆及滿地的繃帶碎塊。每一名護士的白色制服都沾滿鮮血。一個身穿國民服[10]的男人趴著動也不動，一個身穿燈籠褲的女人裸露出一條腿，上頭綁著繃帶。清太不知該怎麼詢問，只是愣愣的站著不動。此時町會長大林先生走了過來。「啊，清太！我正到處在找你，你還好嗎？」大林先生搭著清太的肩膀。「跟我來！」清太跟著大林先生來到走廊上。大林先生忽然又走回保健室，從

10　國民服：日本政府在二戰期間基於物資管制政策，對於民眾的服裝有著嚴格的制式規範，其中男子制式服裝的部分稱為「國民服」。到了二戰的末期，國民服也成為軍服的代用品。

穢液盆裡的紗布內取出一枚翡翠戒指，戒環的部分已被剪斷。「這是你媽媽的東西。」大林先生說。清太確實曾看過母親戴著這枚戒指。

重傷患者都被集中在一樓角落的木工室。若是傷勢過重而有生命危險的傷患，則會被送進木工室最深處的教師休息室。母親的上半身包滿了繃帶，兩條手臂裹得像球棒一樣，一張臉更是捲了一層又一層，只露出幾個黑色的孔，那是眼睛、鼻子及嘴巴的位置。裸露在外的鼻頭看得出嚴重灼傷，彷似油炸天婦羅的外皮。全身上下只有一條燈籠褲讓清太隱約有點印象，但那燈籠褲也多處燒得焦黑，露出了裡頭的棕色補靪。「你媽媽剛剛好不容易才睡著。我正在請人幫忙詢問有沒有醫院能收留她。聽說西宮的回生醫院沒有被炸毀……」大林先生這麼告訴清太。母親與其說是睡著，不如說是陷入了昏睡狀態，呼吸非常不規則。「抱歉，我媽媽心臟不好，能不能幫她開心臟的藥？」「好，我會問問看。」大林先生雖然點了點頭，但清太也知道那是不可能的事。躺在母親身邊的男人，每一次呼吸都會從口鼻噴出鮮紅色的泡沫。清太不敢多看，也不知是覺得噁心還是覺得可憐，只能抬頭左右張望。一名身穿水手服的女學生走來，取出手帕抹去了男人臉上的血水。另一頭有個中年婦人，下半身沒穿褲子，只局部以紗布遮掩，左腿自膝蓋以下都沒了。「媽媽……」清太輕輕喊了一聲，實在無法接受眼前這個人就是母親，加上擔心著節子，於是趕緊走回中庭。節子正在單槓底下的沙堆處與姊姊玩耍。「見到了嗎？」「嗯……」「真是可憐。如果有我能幫忙的地方，儘管說吧。對了，你們領乾麵包了嗎？」清太搖了搖頭。「我去幫你們領。」姊姊說著便離開了。節子在沙堆裡找到一根挖冰淇淋用的湯匙，正拿在手裡把玩。「這戒指放在妳的錢包裡，千萬不能弄丟了喲。」清太一面說，一面把戒指放進節子的零錢包裡。「聽說媽媽現在身體有點不舒服，但馬上就會康復。」「媽媽在哪裡？」「在西宮的醫院。今晚妳先跟哥哥一起住在學校裡。妳還記得西宮的嬸嬸吧？房子旁邊有個水池的那個嬸嬸……明天哥哥帶妳去找她。」節子沒有回答，只是以沙子堆起一座座小山。姊姊拿著兩袋裝著乾麵包的茶褐色袋子走了回來。「我們被分配在二樓的教室，大家都在那裡，你們要不要一起來？」「我們等等再過去。」清太回答。讓節子混在那些一家團圓的人裡頭，實在是太可憐了。別說節子，清太自己或許也會流下眼淚。「要吃乾麵包嗎？」「我想去找媽媽。」「明天吧，現在晚了。」清太坐在沙堆的邊緣，忽然閃過一個念頭。「妳看，哥哥很厲害喲！」清太抓住單槓，以誇張的動作將身體往上舉，接著一次又一次向前翻轉。清太在就讀國民學校三年級那年的十二月八日，也就是日本向英美宣戰的那天早上，以相同的單槓創下了連續四十六次前翻的紀錄。第二天，清太想要將母親送往醫院，但總不能背著去，費了好一番工夫，才在沒有遭空襲炸毀的六甲道車站附近找到一輛尚在營業的人力車。「你坐上來吧，我先載你回學校。」車夫這麼告訴清太。這是清太有生以來第一次坐上人力車。沿著滿目瘡痍的道路回到學校時，母親已經奄奄一息，根本無法搬運。車夫揮揮手不肯收錢，拉著人力車離開了。這天傍晚，母親就因燒燙傷導致身體衰弱斷氣了。「能不能把繃帶解開，讓我看看媽媽的臉？」清太這麼懇求。此時醫生正脫下白袍，露出裡頭的軍醫服裝。「我勸你別看吧，別看比較好。」醫生回答。全身包滿繃帶的母親已一動也不動了，繃帶上滲出大量血水，周圍飛繞著數不清的蒼蠅。昨天看見的那個噴鮮血泡沫的男人及斷了一條腿的女人也都死了。警察問了死者家屬幾句話，在筆記本上寫了些不知什麼字。「唯一的辦法，只能在六甲火葬場的庭院裡挖個洞，把這些遺體燒了。天氣這麼熱，今天就得安排卡車來載走才行。」警察自顧自地說完，敬了個禮後離開了。沒有燒香獻花，沒有依照習俗在死者的枕邊放米丸子，甚至沒有人哭泣。死者家屬中的一個女人閉著眼睛動也不動，有個老人在幫她梳頭。另一個女人露出了乳房，正在給嬰兒餵奶。還有一個少年抓著皺巴巴的號外小報，以讚嘆的口氣說道：「真是太厲害了。三百五十架敵機來襲，有六成被我們擊墜。」三百五十架的六成是二百一十架……清太也在心裡算起了與母親的死毫無關聯的數學問題。

清太先將節子送到了位於西宮的遠房親戚家。那個家裡住著一個寡婦、一個就讀商船學校的兒子、一個女兒，還有一名在神戶海關上班的租屋房客。當初母親生前就與那寡婦約好了，如果哪一邊的房子燒毀了，就投靠另一邊。六月七日中午，母親的遺體被人搬了出去，據說要搬到一王山的山腳下火化。一人解開母親手腕的繃帶，以鐵絲綁上標籤。這時清太才終於看見了母親的皮膚，但那皮膚早已轉黑，怎麼看都不像是人皮。抬上擔架的時候，蛆蟲紛紛從遺體跌落。仔細一看，木工室裡早已爬滿成千上百隻蛆蟲。搬運遺體的人才不管那麼多，腳下不知踏死了多少。模樣有如原木一般的棒狀焦黑屍體先以草蓆裹住，再搬到貨車上。死於窒息或外傷的屍體則搬上拆掉了座位的公車，在車上排成一列。

負責人員在一王山的山腳下廣場挖了一個直徑約十公尺的大坑，裡頭雜亂地堆滿了房屋的棟木、柱子、木窗門、紙拉門等物。這些都是為了防止空襲造成房屋延燒，而故意拆除某些屋舍所產生的無用之物。遺體一具具被排在上頭，警防團員以宛如消防演習般的動作將水桶裡的重油往屍體上傾倒，接著將點了火的破布扔向屍體。轉眼之間便冒出熊熊烈火，竄出大量黑煙。有些燃燒中的遺體往縫隙內滾落，警防團員會以長鉤將遺體鉤出，重新放回火裡。旁邊有張桌子，桌上鋪著白布，白布上擺著數百個簡陋的木盒，那些便是準備收納骨灰的骨灰盒。

警防團員嫌死者家屬們礙事，將家屬們都趕向遠處。這場火葬連化緣的和尚也不見一個，到了晚上家屬們才回來領骨灰盒。木製的盒子上以軟木炭寫著名字，各家屬像領取配給物資一樣排隊領取。當初綁上的標籤不知是否派上了用場，焚燒時明明冒出黑煙，盒裡的指骨卻有著雪白的顏色。

這天深夜，清太來到了西宮的遠房親戚家。「媽媽身體還是不舒服？」「嗯，空襲時受了傷。」「媽媽不戴戒指了？她把戒指給我了？」骨灰盒已事先藏在錯板棚架[11]上頭的窗板箱[12]裡。清太不禁想像骨灰盒裡的白色指骨戴上戒指的模樣，卻又趕緊甩掉這思緒。節子正端坐在座墊上，把玩著手裡的扁平彈珠及戒指。「那戒指是很重要的東西，快收好。」清太告誡節子。其實母親早已將一些和服、寢具、蚊帳等物事先送到了這西宮的親戚家，只是清太並不知情。「當海軍真是吃香，能派卡車送來這些東西。」寡婦酸溜溜地指著走廊上一些以唐草紋包袱巾蓋住的行李說道。清太打開一個竹籃，裡頭有節子及清太的內衣、母親的居家服，衣物收納箱裡還有外出用的長袖衣物。樟腦丸的氣味讓清太的心頭湧起了一陣懷念之情。

寡婦讓清太兄妹住在門口旁一間三疊[13]大的小房間裡。只要提出罹災證明，就能領到米、鮭魚、牛肉、水煮豆子的罐頭等救濟品。舊家周邊一帶早已燒成廢墟，清太重回現場，找到了自家的位置，才體會到原來自己的家那麼小。挖開泥土，找到了當初埋入的陶瓷火盆，裡頭的食物都完好如初。清太於是借了一輛拖車，渡過石屋、住吉、蘆屋、夙川四條河，才將這些食物帶回西宮的家裡。一搬進門內，寡婦嘴上譏諷「你們軍眷真是好福氣，能過這種富裕生活」，卻喜孜孜地將這些食物當成了自己的東西，立刻拿了一些梅乾分送給街坊鄰居。這時期家裡早已停水，必須仰賴身為男孩子的清太到三百公尺外的深井取水回來供家裡使用，對寡婦來說也是不小的幫助。寡婦的女兒原本就讀女學校[14]四年級，後來依規定到中島飛機工廠工作，放假的時候也會幫忙照顧節子。

到井邊打水的人，除了住在附近的出征士兵妻子之外，還有一些同志社大學的學生。那些學生的身上往往是半裸的狀態，頭上戴著學生角帽，有些還會大膽地牽著手，招來鄰近居民的非議。至於清太與節子，則因為寡婦總是擺出一副恩人的嘴臉，逢人便說他們兄妹是海軍上尉

---

11 錯板棚架：指格板採交錯形式的傳統棚架。
12 窗板箱：日式建築中，開啟窗戶時收納窗板用的箱狀空間。
13 疊：日本的傳統房屋面積單位。一疊為一張榻榻米的大小，兩疊約等於一坪。
14 女學校：日本二戰前實施的五年制女子學校制度，約相當於現在中學至高中。

的孩子，因空襲而失去了母親，進而引來了周邊居民的同情。

每天一入夜，附近的蓄水池總是會傳來食用青蛙的鳴叫聲。自蓄水池流出的豐沛溪流兩側長滿了茂盛的雜草，幾乎每一片草葉上都可找到閃爍著光芒的平家螢[15]。有時只要伸出手，螢火蟲就會自行飛入掌中。「來，妳抓抓看。」清太將螢火蟲放入節子的掌心，但節子太過用力，將螢火蟲壓扁了，手掌留下刺鼻的臭味。當時正值潮溼的六月夜晚，西宮雖是大都市，但寡婦家鄰近山區，因此還不曾遭遇過空襲。

清太寄了一封信到吳鎮守府[16]，上頭寫明轉交給父親，卻遲遲沒有收到回信。回程的時候，清太想起從前曾央求母親買東西，因此記住了銀行的位置。於是清太前往神戶銀行六甲分行及住友銀行元町分行，確認家裡的存款尚有七千圓左右。「我丈夫過世的時候，撫卹金可是有七萬圓呢。」清太把存款金額告訴寡婦，卻引來寡婦的吹噓。接著寡婦還誇讚起自己的兒子，「幸彥雖然才中學三年級，但社長曾經稱讚他很有禮貌呢。他是個勤勞踏實的好孩子。」近來每天晚上清太總是輾轉難眠，經常在驚恐與啜泣聲中驚醒，因此早上的起床時間也不由得愈來愈晚。寡婦口頭上讚美自己的孩子，其實言下之意還是在譏刺清太。短短十天之後，裝在廣口瓶裡的梅乾及乾燥蛋粉、黃奶油都被吃得一乾二淨，連罹難者救濟物資也是半點不剩。原本依規定每人每天的稻米配給量為「二合三勺[17]」，但後來有一半都被換成了黃豆、小麥及玉米。兄妹畢竟正值食量特別大的成長期，不禁懷疑寡婦把自己的食物也吃掉了。三餐吃的都是大雜鍋，寡婦每次盛給女兒的都是鍋底的米飯，盛給清太、節子的卻是浮在上頭的稀湯及菜葉。寡婦或許也不好意思，有時會為自己找藉口，「我女兒每天為國家服務，當然得多吃點，養足體力才行。」此外寡婦還會躲在廚房以杓子刮取鍋底的焦飯來吃，清太每次聽到那聲音，總是不禁想像那焦飯一定非常入味，又香又有嚼勁。一想到寡婦吃著焦飯的貪婪模樣，清太除了氣憤之外，嘴裡總是積滿了口水。至於那任職於海關的房客，則知道一些違法物資的取得管道，經常送牛肉、麥芽糖或鮭魚罐頭給寡婦。他處心積慮想要討好寡婦，無非是因為對寡婦的女兒有意思。

「我們去海邊玩吧。」這天是梅雨季難得的晴天，清太見節子身上有很嚴重的汗疹，想起曾聽說擦海水能治癒，於是邀節子去海邊。節子雖是個孩子，內心卻不知如何早接受了現實，

15 平家螢：螢火蟲的種類之一，學名為 Luciola lateralis，分布於日本、朝鮮半島及東西伯利亞。

16 吳鎮守府：日本近代至第二次世界大戰以前的海軍基地之一，位於廣島縣吳市。

17 二合三勺：合、勺皆為日本傳統容積單位。十勺為一合，一合約等於現在的〇・一八公升。

這陣子已不太提母親的事，倒是黏哥哥黏得更緊了。「嗯，我想去。」節子開心地回答。直到去年夏天為止，每年夏天母親都會在須磨租一間房間，帶著兄妹一起到此地度過盛暑。清太經常將節子獨留在沙灘上，自己一個人跳到海裡游泳，總是一直游到外海，摸到了魚網的玻璃浮珠才回頭，而且會來回游好幾趟。海灘上供休憩的店只有一間，販賣的是熱生薑甜酒，兄妹總是一邊吹氣一邊啜飲。回到住處，母親會端出自己做的炒麥粉，有一次節子吃得太大口，不小心嗆到了，搞得整張臉都是粉末。清太原本想問節子還記不記得，但轉念一想，終究沒有問出口。這種事還是別讓節子想起來比較好。

兩人沿著小河走向海灘，筆直的柏油道路上隨處可見正在搬運疏開行李的馬車。有個身材微顯臃腫、頭戴神戶一中的學生帽、臉上掛著眼鏡的男人，兩手捧著不少看起來相當艱深的書籍，正要搬到馬車上。那匹馬兒只是不停甩著尾巴，顯得有些不耐煩。沿著道路往右一轉，便來到了夙川的堤防上。途中有一家名叫「帕波尼」的咖啡廳，兄妹倆還曾經在那裡買過以糖精調味的洋菜果凍。清太又想起了從前有一家位於三宮的糕餅店，名叫「尤海姆」。那是近年來最後一家販賣蛋糕的糕餅店，半年前即將結束營業之際，推出了裝飾得漂漂亮亮的蛋糕，母親也曾買過一個。那家店的老闆是個猶太人，一想到猶太人，清太又想起一九四〇年左右，自己在篠原附近的一棟紅色屋子學算術，當時經常看見猶太難民。那些難民都很年輕，臉上卻留著鬍子。每到下午四點，他們就會在大眾澡堂前排隊等著洗澡。當時明明是夏天，那些猶太人卻穿著厚外套，其中一個還穿著兩隻左腳的鞋子，走起路來一跛一跛。不曉得那些猶太人是什麼來歷，是不是被送到工廠做苦工的俘虜？人家說俘虜才是最辛勤工作的人，因此有「一俘虜二學生三徵用四本工」[18]的說法。但若要以鋁合金製作香菸盒，或是以合成樹脂製作尺，這些人真的比較厲害嗎？如今夙川的堤防一帶全都變成了菜園，盛開著南瓜及小黃瓜的花朵。連國道上也看不見半個人影，國道旁的樹木之間有架飛機，似乎是為了與敵人在本島進行決戰而保留下來的中級練習機。雖然只是掛著一張簡陋的偽裝網，但看起來毫不起眼。海岸邊有個孩童及老婆婆正以一升裝的玻璃瓶汲取海水。「節子，把衣服脫掉吧。可能會有一點冰。」清太以手帕浸了海水，在節子的身上來回擦拭。節子畢竟是女孩子，身體豐腴柔嫩，但背上及大腿上滿是紅色斑點。住在滿池谷的期間，要洗澡必須到相隔一棟房子的鄰家借浴室，因為兄妹倆總是

18　「一俘虜二學生三徵用四本工」：此說法表示俘虜是最好用的人力，學生、國家徵用工次之，最等而下之的是企業正式員工。

最後才能洗，再加上燈火管制，只能摸著黑隨便洗一洗。如今仔細觀察節子的裸體，才發現節子的膚色相當白皙，這點與父親很像。「那個人怎麼了？為什麼在睡覺？」節子問。清太轉頭一看，低矮的護岸堤防邊躺著一具屍體，上頭蓋了一領草蓆。跟身體相比，不知為何裸露在外的兩隻腳看起來特別大。「別看那種東西。等天氣再熱一點，我教妳游泳吧。」

「不要，游泳會肚子餓。」節子說。清太近來確實也為吃不飽的問題苦惱。有時擠了臉上的青春痘，甚至會忍不住把那一點白色油脂放進嘴裡吃掉。雖然手邊有些錢，卻沒有門路購買黑市糧食。「還是我們來釣魚？」清太回想起曾經在這一帶釣過隆頭魚及鰷魚。就算沒辦法釣魚，至少也可以找一點海草來吃。可惜找來找去，只找得到在海面上隨波搖曳的腐爛馬尾藻。

驀然間響起了警報，清太於是帶著節子往回走。來到回生醫院的門口附近，突然聽見有人喊了一聲「媽媽」。那是年輕女人的聲音，清太轉頭一看，一個護士抱住了一個扛著大布袋的中年婦人。多半是那護士的母親特地從鄉下來到這裡探望她吧。清太在旁邊愣愣地看著，心裡除了羨慕之外，也不禁覺得那護士的表情實在很美。此時忽然又響起一聲「大家快逃」，清太朝大海的方向望去，看見一架B29轟炸機，在大阪灣的外海一面低空飛行，一面扔下水雷。最近這陣子完全沒有大規模的空襲，或許敵軍已經把該炸的目標都炸光了吧。

「說起來對你有點不好意思，但你媽媽的和服應該已經用不著了，拿去換米如何？前陣子開始，我也常把家裡的一些東西拿去換吃的回來。我想如果你能這麼做，你媽媽在天上也會開心。」寡婦這麼告訴清太。未等清太回答，寡婦已擅自打開了兄妹倆的衣物箱，從裡頭拿出兩、三件和服。她的動作沒有半點遲疑，顯然早已趁兄妹倆不在的時候，把他們的行李查得一清二楚。她將那幾件和服放在榻榻米上，說道：「這樣應該能換一斗米回來。清太，你以後要從軍報國，也得吃得營養一點。」

那些都是母親年輕時穿的和服。清太回想起從前學校的家長參觀日，每次回頭往後看，所有家長裡總是自己的母親最美，清太心裡感到自豪不已。還有一次，清太陪著母親到吳市探望父親，母親打扮得異常年輕漂亮，自己與母親一同坐在火車裡，開心地頻頻撫摸母親的和服。但如今比起這些回憶，「一斗米」這句話更讓清太興奮得全身顫抖。現在雖然偶爾能領到配給的米，但自己與節子兩人的份加起來連米簍的一半都還不到，卻得吃上五天。

滿池谷的周邊一帶幾乎都是農家。不久之後，寡婦就扛了一袋米回來。她在原本裝梅乾的廣口瓶裡倒滿了米，將廣口瓶交給清太，剩下的米全倒進自家用的木製米甕裡。接下來的兩、三天，兄妹倆確實能吃白米飯吃個飽，但接下來的三餐馬上又恢復成了大雜鍋。清太向寡婦抱怨，寡婦回答：「清太，你已經長大了，應該要明白互助合作的道理。你自己一粒米也不出，卻要吃我家裡的白米飯，這可說不過去。」但清太心想，說到底這些米都是用自己母親的和服換來的。寡婦每天開開心心地為女兒準備白米飯便當，為房客捏飯糰，給兄妹倆吃的午餐卻是脫脂大豆炒成的飯。節子回憶起了白米飯的美味，已不想再吃大豆飯。「為什麼說不過去？那可是我們的米。」「什麼？你的意思是我占你們便宜？我好心照顧你們這兩個孤兒，你竟然敢對我說這種話。好，以後大家自己吃自己的飯，這樣你就沒有怨言了吧？還有，清太，你在東京應該也有親戚吧？你媽的娘家不是還有什麼人住在那裡？你怎麼不寫信去問問？我們這西宮也不知何時會遭遇空襲。」寡婦雖不至於將兄妹倆立即趕出家門，卻是嘮嘮叨叨地念了一大串。不過這怪不得寡婦，雖然兄妹倆一直賴著不走，但說到底這個家只是父親表弟的妻子的娘家。雖然在神戶還有關係更近的親戚，但那些親戚也都因遭遇空襲而聯絡不上了。清太於是在雜貨店買了以貝殼裝上握柄製成的飯杓、土鍋、醬油瓶等物，另外還看見黃楊木製的梳子賣十圓，就順手買給了節子。從此以後，每天早晚都借來火爐自行炊飯。配菜多是涼拌的馬齒莧或南瓜梗，有時也會抓水池裡的田螺以醬油及砂糖熬煮，或是將魷魚乾泡水後煮來吃。「不必坐得那麼規矩啦。」即使生活窮困得連餐檯也沒有，飯碗只能直接放在榻榻米上，節子吃飯時還是依著從前的家教，坐得正經八百。有時吃完了飯，清太直接躺下來休息，節子還會告誡哥哥，「吃完飯就躺著會變成牛喲。」自從不必與寡婦一同吃飯後，清太感覺心情變得輕鬆許多，但生活上什麼事情都不順心。節子的頭髮不知在哪裡染上了蝨子，以黃楊木製的梳子一梳，竟撒落不少蝨子及蝨卵。就連洗完了衣服要曬乾，也得小心翼翼。如果胡亂曬在外頭，馬上就會引來寡婦的酸言酸語，「你那麼想被敵機發現嗎？」而且因為借不到地方洗澡的關係，身上愈來愈髒，只能每三天一次，自行帶著燒水的燃料上公眾澡堂。清太嫌麻煩，也漸漸不去了。清太在夙川車站前的舊書店買了本母親從前曾訂閱的過期女性雜誌，白天就躺在房間裡翻看。有時警報響起，收音機中說是龐大數量的敵機，清太不想躲到那些簡陋的防空壕，會帶著節子躲進水池邊一個頗深的洞窟之中。但這樣的行為更是引來了寡婦及那些對戰災孤兒已見怪不怪的街坊鄰居的反感。依清太此時的年紀，照理來說應該積極參與市民消防活動，但清太實際體驗過燒夷彈墜落音的可怕，見識過火焰燃燒的速度有多快，根本不想冒險做那種事。若只有一、兩架敵機也還罷了，如果是一大群敵機來襲，清太只想趕快逃之夭夭。

七月六日，梅雨季應該已經結束，卻還是陰雨綿綿。B29轟炸機空襲了明石，清太與節子躲在洞裡，愣愣地看著雨滴在池面上激起陣陣漣漪。節子抱著平日總是形影不離的洋娃娃，說道：「我要回家，我不要住在嬸嬸家了。」平日節子很少抱怨，此時卻抽抽噎噎地哭了起來。「我們的家燒掉了，回不去了。」清太嘴上這麼說，心裡卻也明白寡婦的家已不能久待。有時夜裡節子做了噩夢，發出啼哭聲，寡婦會立刻拉開紙拉門，簡直像是早已守在門外一般。「我女兒跟兒子白天可是為了國家努力打拚，你好歹該哄哄你妹妹吧？她的哭聲那麼吵，大家都不用睡了。」罵完了之後，寡婦會將拉門重重甩上，節子被這麼一嚇，往往哭得更大聲。清太迫於無奈，只好背著節子走到屋外。夜晚的路旁放眼望去依然隨處可見螢火蟲。如果沒有節子就好了……清太的腦海一瞬間閃過這樣的念頭。不過一會兒工夫，節子已在背上睡著了。但不知道是不是錯覺，節子的體重似乎比以前輕得多。額頭及手臂任憑蚊蟲叮咬，隨手一抓就會紅腫。不久前，清太曾經趁寡婦不在家，翻開了寡婦女兒的舊風琴。自從初等學校教育改制為國民學校之後，原本「哆瑞咪發嗖啦唏」的音階被改成了「哈尼呵嘿哆噫囉」。清太以生澀的動作彈起從前學校最先教的《鯉魚旗之歌》，跟節子一起開心地唱著。但寡婦不知何時竟已回到家中，對著兄妹倆怒斥：「不准彈了！現在可是戰爭時期，你們做這麼荒唐的事情，可是會害我挨罵！」最後寡婦還補上這麼一句：「我真是讓兩個瘟神住進了家裡！空襲來的時候，竟然什麼忙也不幫！要是這麼怕死，怎麼不乾脆住到山洞裡算了？」

「哥哥跟妳說，以後我們就住在這裡，好不好？沒有人會到這裡來，我們想做什麼就做什麼。」清太這麼告訴節子。那是個呈匸字形的人工洞窟，有著粗大的支柱。清太心想，只要向農家買些稻草鋪在地上，再吊起蚊帳，生活應該沒什麼不方便。清太畢竟年輕氣盛，再加上一點遊戲心態，一等警報解除，竟然二話不說便打包了行李。「謝謝妳這陣子的照顧，我們要離開了。」「離開？你們要搬到哪裡去？」「目前還沒有確定。」「噢……那你們保重。小節，再見了。」寡婦擠出虛偽的笑容，沒說兩句話便走回屋內。

清太將所有家當及棉被、蚊帳、廚具、衣物箱及母親的骨灰盒全都設法搬進了洞穴裡。仔細打量這個洞穴，說到底不過是個平凡無奇的坑洞。一想到以後必須住在這種地方，心情不禁有些鬱悶。清太隨便找了一處農家詢問，順利討到了一些稻草，此外還花錢買了一些樹蔥及白蘿蔔。節子開心得手舞足蹈。「這裡是廚房，這裡是門口……」節子說到一半，忽然一臉煩惱地說道：「但是廁所怎麼辦？」「妳想在哪裡上，就在哪裡上。哥哥會陪著妳。」清太說道。節子即使坐在稻草上，坐姿也相當端正。清太回想起父親從前曾說過「這女孩以後一定是個賢淑的美女」，當時清太問父親「賢淑」是什麼意思，父親的回答是「跟很有家教的意思差不多」。如今看來，節子確實是個有家教又惹人憐愛的孩子。

雖然兄妹倆早已習慣燈火管制的生活，但夜晚的洞穴裡實在是暗得伸手不見五指。清太將蚊帳掛在柱子上，帶著節子走進蚊帳裡，外頭只聽得見數不清的蚊蟲振翅聲，兄妹倆不由得將身體緊靠在一起。節子裸露的雙腿緊貼著清太的下腹部，清太忍不住一陣情緒激動，將節子緊緊抱住。「哥哥，我不舒服。」節子害怕地說道。

兩人晚上睡不著覺，一起到外頭小便，順便散個步。頭頂上忽有幾架閃爍著紅、藍燈光的日本軍機朝著西方飛去。「那是神風特攻隊。」清太說道。「噢……好像螢火蟲。」節子似懂非懂地點了點頭。「嗯……對了，如果我們抓一些螢火蟲到蚊帳裡，應該會變得明亮一點吧？」於是兄妹倆就像古代的車胤一樣，捉了一些螢火蟲放進蚊帳裡。剛開始，約有五、六點亮光在蚊帳內搖曳，不一會全都停在蚊帳的網上休息。兄妹倆看了，更加起勁地捕捉螢火蟲，大約捉了一百多隻。雖然兄妹倆還是看不見對方的臉，但內心已平靜許多。清太看著緩緩飄移的光點，不知不覺進入了夢鄉，那一排排的螢火蟲幻化成清太心中對一九三五年十月的觀艦式的回憶。當時六甲山中腹地架設起了船形的巨大裝飾燈座，從該處俯瞰大阪港，可看見聯合艦隊的航空母艦宛如浮在水面上的大木棒，戰艦的艦首皆張設著白色的帆布。父親當時值勤於巡洋艦摩耶號上，摩耶號有著相當獨特的峭壁式艦橋，清太努力想要找出來，卻是說什麼也找不到。耳中斷斷續續聽見商大銅管樂團所演奏的《軍艦進行曲》。「近可攻退可守的鋼鐵戰艦，宛如浮在海上的城堡……」不曉得爸爸現在正在哪裡作戰？爸爸的照片曾幾何時已經布滿了汗漬。敵機來襲！啪啪啪啪啪！螢火蟲的亮光就宛如是敵人的曳光彈。對了，三月十七日那晚空襲時，那些高射機關炮的曳光彈也像螢火蟲一樣輕飄飄地飛上天空，那樣真的能打得到敵機嗎？

隔天早上，螢火蟲死了一半，屍骸落在地上。節子拾起了螢火蟲的屍骸，埋在洞口處。「妳在做什麼？」「我在幫螢火蟲做墳墓。媽媽不是也在墳墓裡嗎？」節子低著頭這麼說道。清太一時不知該怎麼回答，節子接著又說道：「嬸嬸跟我說過，媽媽已經死了，睡在墳墓裡。」清太忍不住眼眶含淚，說道：「以後我會帶妳去看媽媽的墳墓。節子，妳還記得嗎？布引附近有一座春日野墓園，媽媽就睡在那裡。」母親的墳墓在一棵樟樹下，看起來毫不起眼。清太告訴自己，將來一定要把母親的骨灰放進去，讓母親入土為安。

附近的居民看見清太拿著母親的和服到農家換米、到井邊汲水，大家都知道這對兄妹住在山洞裡，但從來沒有人來找過他們。清太撿枯樹枝生火煮飯，缺少鹽分就取海水來喝，除了偶爾走在路上會被美軍的P51戰機盯上之外，日子大體來說相當平穩。自從晚上有了螢火蟲作伴，兄妹倆也逐漸習慣了山洞裡的生活起居。但清太的雙手指縫開始出現濕疹，節子更是一天比一天衰弱。清太趁著夜色帶節子到蓄水池裡撿田螺，順便幫節子洗刷身體，眼睜睜看著節子身上的肩胛骨及肋骨愈來愈明顯。「節子，妳得多吃一點才行。」清太望向傳出蛙鳴聲的方向，心裡盤算著想要抓幾隻青蛙來吃，但想來想去，實在不知如何捕捉。明知道得讓節子補充營養，但母親的和服也幾乎賣光了。以當時的黑市價格計算，雞蛋一顆三圓、油一升一百圓、牛肉一百錢二十圓、米一升二十五圓，但清太沒有門路，空有錢也沒用。該地由於鄰近大都市，農家也很精明，只肯以物易物，不接受以錢買米。不久之後，兄妹倆已無米可吃，只能像從前一樣吃起加入大豆的大雜鍋。到了七月底，節子的身上出現了癬疥，而且還有大量跳蚤、蝨子。就算努力抓光了，隔天早上身體縫隙裡又是滿滿一堆。蝨子那圓鼓鼓的灰色身體總是帶著些許血色，清太一想到這些都是節子的血，便忍不住將蝨子細小的腳一根根扯斷來發洩怒氣。但做這種事畢竟只是白費力氣，一點幫助也沒有。清太甚至還考慮過，想把螢火蟲當成食物。節子的精神逐漸變得委靡不振，就連帶她去海邊玩，她也只是抱著洋娃娃躺在地上，對清太說「我在這裡等哥哥」。每次清太外出，必定會偷偷靠近居民的家庭菜園，偷摘一些小指般粗的小黃瓜，或是尚未成熟的青色番茄，回來給節子吃。有一次，清太看見一個大約五、六歲年紀的男孩子，將一顆蘋果像寶貝一樣小心翼翼地捧在手裡，一口一口地咬著。清太立即搶下蘋果，拔腿奔回了洞裡。「節子，有蘋果，快吃吧。」節子看見了蘋果，也是眼睛一亮。但咬了一口，立即搖頭說「這不是蘋果」。清太拿過來一咬，才發現那只是顆削了皮的生番薯。節子空歡喜一場，眼眶不禁紅了。「就算是番薯，還是可以吃。快吃吧。妳再不吃，哥哥要吃掉了。」清太嘴裡說得嚴厲，但聲音也有些哽咽。

雖然政府有時會發放配給物資，但清太只能偶爾領到米、火柴及鹽巴。至於報紙上的配給清單所列的那些物資，由於清太並沒有加入守望相助小組[19]，所以全都領不到。每到深夜，清太就會到居民的家庭菜園偷拔菜，到農家偷挖番薯，甚至是偷拔甘蔗，榨汁給節子喝。

七月三十一日晚上，清太又到田裡偷挖番薯，忽然間空襲警報聲大作，清太沒有理會。沒想到旁邊剛好有個露天防空壕，農夫想要躲進壕裡，這才發現清太在偷番薯。農夫將清太狠狠揍了一頓，一等警報解除，立刻押著清太前往兄妹倆居住的山洞。地上還放著原本打算煮來吃的番薯葉，被農夫的手電筒一照，登時成了偷竊農作物的鐵證。「對不起，請你原諒我。」清

19 守望相助小組：原文作「鄰組」，指日本政府在二戰時基於互助合作及互相監視等理由讓國民組成的里鄰組織。

太當著直發抖的節子的面，跪在地上向農夫磕頭道歉。「我妹妹生病了，如果我不在，她肯定活不了。」「別說這些廢話，戰爭時期偷竊農作物可是重罪！」農夫絲毫沒有原諒清太的意思，一腳將清太勾倒，抓住清太的背。「跟我走！你準備蹲苦窯吧！」農夫將清太揪進了派出所，所內的巡警卻似乎並不當一回事。「今晚好像是福井遭遇空襲。」巡警隨口與農夫閒談，安撫了農夫的怒火，接著他將清太數落一陣，便將清太釋放了。走出派出所一看，節子剛剛不知為何跟在農夫身後，此時竟然守在門外等著清太。兄妹倆回到了山洞裡，清太依然哭個不停。節子撫摸清太的背，裝出母親的口吻，說道：「是不是很痛？這可真糟糕，得讓醫生打個針才行。」

進入八月之後，幾乎每天都有艦載機來襲。清太總是一等空襲警報聲響起，立即外出偷東西。有時看見夏夜的天空閃閃發亮，驟然間敵機的機槍掃射已來到了頭頂上。居民們全都嚇得躲進了防空壕，清太便趁這個時候打開沒上鎖的門，溜進廚房裡，看到什麼就偷什麼。八月五日夜晚，西宮的市中心遭敵機炸毀，原本以為能置身事外的滿池谷居民也都開始緊張了。對清太來說，此時正是下手行竊的好時機。在爆炸聲與機槍掃射聲此起彼落的八月五日，清太看準了某個居民全都逃光了的區域，溜進民宅裡翻箱倒櫃，尋找能夠換米的和服，或是居民沒有帶走的背包。如果東西太多帶不走，就小心拍去上頭的火苗，先藏在水溝的石蓋底下。接著縮緊身子躲起來，避開大舉逃難而來的人群。有時仰望夜空，看見B29在燃燒的黑煙中飛向山區或大海，心中已絲毫沒有恐懼，反而還想揮手歡呼。

趁亂行竊的時候，清太總是盡量挑選風格華麗的和服，才好用來交換食物。到了隔天，這些色彩鮮豔的振袖和服[20]沒有布可以包，只能塞在衣服和褲子裡頭。清太的下腹部因而高高鼓起，看起來像隻青蛙，而且還必須以兩手扶住，才不會在走路時滑落。好不容易將和服帶到了農家，但這一年偏偏稻米收成不佳，農民們漸漸不願意以稻米交換和服。清太在附近的農家換不到食物，只好愈走愈遠，甚至走遍了水田中到處是轟炸坑的西宮北口、仁川等地，頂多只能換到番茄、毛豆或四季豆。

節子每天嚴重腹瀉，身體的右半邊皮膚慘無血色，左半邊皮膚卻因癬疥而潰爛。清太曾試著帶她到海邊以海水清洗，卻只讓她痛得嚎啕大哭，沒有任何效果。帶她到夙川讓醫生檢查，醫生只說「要多補充營養」，隨便以聽診器放在胸前聽了一會，連藥也沒給。什麼樣的東西有

---

20 振袖和服：和服的一種。穿著者多為年輕女性，所以風格設計上通常較鮮豔華麗。

營養？白色的魚肉？蛋黃？黃奶油？還是得力根[21]？清太不禁回想起了往事。從前有時放學回到家，會在信箱裡發現父親寄回來的上海製巧克力。如果肚子不太舒服，母親會將蘋果磨成泥後，以紗布擠出汁液給自己喝。回想起來恍如隔世，但實際上不過是前年的事情。不，直到兩個月之前，母親還是常常以砂糖熬煮桃子，或是開螃蟹罐頭給兄妹倆吃。當時自己不愛吃羊羹，嫌那太甜了。不肯吃興亞奉公日[22]的南京米[23]便當，嫌那太臭了。此外還有難吃的黃檗山萬福寺素菜料理，以及難以下嚥的水飩湯[24]……回想起來好像一場夢境。

清太抱著節子邁步而行。每走一步，節子的頭就會左右搖擺。原本隨時抱在懷裡的洋娃娃，此時連拿的力氣也沒有了。洋娃娃那汙穢、骯髒的手腳，都比節子的手腳看起來豐腴得多。清太坐在夙川的堤防上，旁邊有個男人正以鋸子鋸著拖車上的冰塊，發出沙沙聲響。清太撿起地上的碎冰塊，放在節子的嘴裡。「肚子餓了。」「嗯。」「妳想吃什麼？」「天婦羅、生魚片、洋菜果凍……」清太回想起從前家裡養了一條名叫貝爾的狗，自己討厭吃天婦羅，總是偷偷把天婦羅扔給狗吃。「沒有其他想吃的東西了嗎？」清太問。雖然吃不到，但讓她想起那些食物的滋味，總好過在這裡空挨餓。從前母親有一次帶自己到道頓堀看戲，回程的時候到著名的丸萬餐廳吃魚肉壽喜鍋。原本每個客人只有一顆雞蛋，但母親將她的雞蛋給了自己。還有一次，父親帶清太到位於南京町的一家地下中華料理餐廳用餐，他看見蜜煮番薯上的糖絲，問了一句「這個是不是臭掉了」，引來父親哈哈大笑。除此之外，他還曾偷吃慰問袋[25]裡的黑糖[26]、節子的奶粉，以及糕餅店的肉桂糖。遠足的時候，家裡較貧窮的孩子只能帶彈珠汽水糖或固力果牛奶糖，清太會將蘋果分給他們吃。想著想著，必須讓節子補充營養的事情重上心頭，清太心裡急得像熱鍋上的螞蟻，抱著節子走回山洞。

21　得力根：原文作「ドリコノ」，講談社於昭和初期販售的營養飲料，價格高昂但很受歡迎，亦外銷至海外諸國。「得力根」為其中文商品名，英文名稱則為「DRINKALL」。

22　興亞奉公日：日本政府於一九三九年至一九四二年之間推廣的生活運動。以每月的一日為興亞奉公日，這一天所有國民都必須高掛國旗、參拜神社、過節儉生活，餐飲娛樂業皆不得營業。

23　南京米：指從東南亞地區輸入日本的稻米。品種屬於較細長的秈米，口感較日本人習慣的粳米差。

24　水飩湯：原文作「スイトン」，將麵糰捏成小塊後放入水裡煮成的湯。原為日本傳統料理，二戰期間因稻米產量不足，成為代替白米飯的常見主食之一。

25　慰問袋：指二戰期間由國民寄給軍人的慰勞用布包或布袋，裡頭會放一些糖果或日常生活用品。但國民在寄出時不能指定接收對象，只能由軍方隨機分發給士兵。

26　黑糖：此處的黑糖並非中文一般所稱的黑糖，而是由著名日式糖果店「榮太樓」生產的三角形黑色糖果。

清太將節子放在地上，看著節子抱著洋娃娃昏昏入睡，心裡突然有股割開手指讓她喝血的衝動。不，就算切下一根手指，讓她吃手指的肉也行。「節子，頭髮很不舒服吧？」清太問道。節子全身上下就只有濃密的頭髮看起來依然充滿生命力。清太將節子扶起，為她的頭髮綁了條辮子。每一次撥開節子的頭髮，手指都會碰觸到蝨子。「哥哥，謝謝你。」整理完了頭髮，節子的眼窩看起來變得更加明顯了。節子不知想到了什麼，忽然拾起身旁的兩顆小石子。「哥哥，請。」「這是什麼？」「這是飯。要不要再來一杯茶？」節子忽然恢復了精神，接著說道：「我這邊還有煮豆腐渣，要不要吃一點？」節子像玩扮家家酒一樣，把泥塊與石頭一顆顆排在地上。「請吃吧。哥哥，你為什麼不吃？」

八月二十二日中午，清太在蓄水池游了泳回來，發現節子已經斷氣了。這陣子節子早已瘦得皮包骨，自兩、三天前起，連說話的力氣也沒有了。有時碩大的螞蟻爬到臉上，她也不伸手拍拂。唯獨到了夜裡，節子的視線會跟隨著螢火蟲移動，嘴裡有氣無力地說著：「飛上去了……飛下去了……停下來了……」大約一星期前，清太得知了日本戰敗的消息，忍不住大罵：「聯合艦隊到底在做什麼？」身旁一個老人斬釘截鐵地說道：「早就被擊沉了，一艘也不剩。」清太心想，難道父親的巡洋艦也沉了？隨時帶在身邊的父親照片，此時早已全是皺褶。

清太凝視著照片，心裡不斷默念著「爸爸也死了、爸爸也死了」。比起當初母親的死，此時父親的死更令清太感觸良深。到了這個地步，清太的心中已徹底失去了必須與節子一起堅強活下去的意志。未來的事情，清太已變得毫不在意了。但即使如此，清太還是為了救活節子，決定提領出存款。這陣子清太在鄰近鄉鎮到處尋找食物，口袋裡塞了好幾張十圓鈔票。一百五十圓的雞肉、飆漲到一升四十圓的米，清太都為節子買來了。但當時的節子已無法吞嚥這些食物。

節子斷氣的那天晚上，突然來了一場颱風。清太窩在一片漆黑的洞穴裡，將節子的遺體放在膝蓋上。即使昏昏沉沉地睡去，也會馬上驚醒。手掌撫摸著節子的頭髮，額頭貼著節子的冰涼額頭，清太卻沒有流下一滴眼淚。洞外傳來嘯嘯風聲，樹葉劇烈搖曳。在這場狂風暴雨之中，清太彷彿聽見了節子的啜泣聲，以及《軍艦進行曲》的激昂歌聲。

到了隔天，颱風走了，天空增添了幾分秋色。萬里無雲，清太沐浴在陽光下，抱著節子的遺體朝山上走去。原本清太將節子帶到市公所，但辦事人員說火葬場早已容納不下，一星期前送來的遺體直到現在都還沒能火化。配給所的人員似乎早已習慣這種事，交給清太一俵[27]特

27　俵：日本傳統重量及容積單位。一俵為四十升，一升約等於現在的一・八公升或一・五公斤。

別配給的木炭，對清太說：「小孩子的遺體，就隨便找個寺院角落或其他地方，自己燒掉就行了。想要燒得乾淨，最好把衣服脫掉，再鋪上一層大豆殼。」

於是清太找了一座能夠俯瞰滿池谷的小山丘，挖了一個坑。把節子放在竹籃裡，把洋娃娃、大零錢包、內衣褲等隨身用品都擺在旁邊。接著依照配給所人員的指示，先在坑裡鋪上一層大豆殼，擺上一排枯樹枝，撒入木炭，將竹籃擺在上頭。最後在一端有硫磺的小木片上點火，扔進坑裡。大豆殼瞬間開始燃燒，發出畢畢剝剝的聲響，一股濃煙從中竄出，筆直飄向天際。清太看著火焰，突然有了便意，忍不住蹲了下來。此時清太也已出現慢性的腹瀉症狀。

夜幕逐漸低垂，每一次颳風，燒得通紅的木炭就會微微搖曳，發出嘶嘶聲響。抬頭可看見夜空上的星辰，低頭則可看見山谷之間稀稀落落的民宅燈火。兩天前政府終於解除了燈火管制，眼前的景象讓清太的心中充滿了懷念之情。四年前，父親的表弟想要結婚，母親曾為了調查未婚妻的家世背景而帶著自己來到這一帶，從遠處眺望那棟寡婦的家。此時的景象，與當時的回憶毫無不同。

進入深夜之後，火勢終於完全熄滅，但這時四下一片漆黑，無法撿拾遺骨。清太只好在坑洞旁躺了下來。放眼望去，周圍有著數也數不清的螢火蟲。但清太不再伸手捕捉，心裡想著有了這些螢火蟲作伴，節子應該不會感到寂寞吧。螢火蟲的光點在黑暗中時而往上、時而往下、時而水平飛舞。螢火蟲的季節就快結束了，妳快跟螢火蟲一起上天國去吧。清太在心中如此祝禱。隔天清晨，清太醒來，收集了坑裡那些有如蠟石碎塊一般細小的白骨，走下了山坡。回到寡婦家後頭的露天防空洞一看，竟有一套母親的長襦袢及腰帶捲成了一團浸泡在水窪裡。多半是清太當初忘記帶走，被寡婦扔出來了吧。清太拾起那套長襦袢掛在肩上，轉身離開防空洞，再也不曾回來。

一九四五年九月二十二日下午，清太在三宮車站內悲慘地死去，遺體與其他二、三十具街童遺體一起在布引的山上寺院火化，遺骨以無名氏的身分存放於納骨堂。

美國羊栖菜

豔陽高照的天空中突然出現了一粒白點。那是什麼？我仔細一看，那白點正在逐漸變大。不一會，白點變成了白圈。那白圈中間還有顆核心，像鐘擺一樣輕輕搖晃。白圈筆直朝我頭頂上飛來，我看清楚了，那是一個降落傘。但降落傘背後的天空，既沒有飛機的影子，也聽不見半點轟隆聲。我正感到摸不著頭緒，那降落傘已優雅地降落在庭院內。庭院內毫無規則可言地擠了滿滿的枇杷樹、白樺樹、柿子樹、錐栗樹、紫陽花及繡球花，那降落傘卻沒有勾到一根樹枝、撞落一片葉子，輕飄飄地落在地上。「Hello, how are you?」一個瘦巴巴的老外對著我微笑。對了，那老外長得就跟白思華將軍[28]一個模樣。雪白的降落傘覆蓋那老外的肩頭，看起來就像一條披肩，落在地上又變化成庭土上的白妙之雪。我心想他既然跟我說「哈囉」，我總也得說點什麼。「愛阿姆貝里古拉吐喜油」（I am very glad to see you）[29]，這麼說對嗎？等等，對於這突如其來的訪客，不，這個能不能算是訪客都很難說的老外，這麼說不太對。我是不是該說「虎阿油」（Who are you）？但這好像又太嚴厲了。你是誰、你是誰、你是誰，問三次沒回答就可以開槍了。等等，我在想什麼？總之得先說句話才行。我「哈、哈、哈」了老半天，感覺這句話像蜈蚣一樣從我的肚子裡慢慢往上爬，我的嘴卻黏住了張不開。等等，我以前好像也遇上過這種讓我急得像熱鍋上螞蟻的情境？那是什麼時候？

就在左思右想的時候，俊夫從夢中醒了過來。老婆京子睡在旁邊，像條蝦子一樣蜷曲著身體。她的屁股朝俊夫擠來，俊夫幾乎整個人貼在牆上，當然睡不安穩。俊夫氣呼呼地將老婆的屁股擠回去，忽然「唰」的一聲輕響，似乎有東西掉到了床底下。

俊夫旋即想起，掉下床的應該是京子睡前一面翻閱一面碎碎念個不停的日常英語會話手冊。一想到英語會話手冊，俊夫緊接著馬上又想起了剛剛做那個怪夢的理由。

就在今天傍晚，一對俊夫完全不認識的美國老夫婦，將要到家裡來玩。俊夫回想起大約一個月前，京子拿著一枚信封，舉到自己的面前搖晃。那枚信封的周圍印著紅白藍三色線條，顯然是一封航空郵件。「孩子的爸，希金斯夫婦要來日本。我想就讓他們住在我們家，好嗎？」京子一臉興奮地告訴俊夫。希金斯夫婦是京子今年春天在夏威夷認識的朋友。

俊夫平日經營一家小規模的電視廣告製作公司，每天必須與客戶開會、到拍攝現場監督，生活作息相當不規則。一來為了安撫老婆的不滿，二來剛好在航空公司有些門路，能夠買到

28　白思華將軍（Arthur Ernest Percival，一八八七～一九六六）：英國陸軍將領，二戰期間擔任馬來亞陸軍總司令。

29　「愛阿姆貝里古拉吐喜油」（I am very glad to see you）：為模擬當時日式英文的口音，翻譯上為了維持其趣味性，整篇使用中文音譯。

便宜的機票，於是俊夫送老婆京子及剛滿三歲的獨生子啟一，到夏威夷玩了一趟。俊夫很清楚自己不是能做這種事的達官顯貴，心情上多少有些心虛，但小公司的好處就是收支不會列得清清楚楚，旅遊的花費都可以報公帳。雖然京子從前就讀短期大學時曾學過英語會話，但畢竟一個女人帶著小孩遠赴異鄉，俊夫原本有些擔心。沒想到京子發揮了身為女人的長處及一張厚臉皮，在當地簡直如魚得水，還結識了不少友人，其中就包含了希金斯夫婦。據說希金斯原本任職於美國國務院，如今已退休，靠著退休俸過日子，三個女兒也都嫁人了。希金斯在退休前的職位肯定相當高，才能像這樣帶著老婆在世界各地旅行。

「外國人真是無情，就算是自己的父母，結了婚之後就不再往來了。」京子說得理直氣壯，似乎完全忘了她是如何對待自己的父母。「我心想賣點人情沒什麼壞處，就幫了他們一點小忙，沒想到他們感激得不得了，把我當親女兒一樣疼愛。」京子的旅費只有五百美金，那對夫婦不僅帶她去了原本她絕對吃不起的高級飯店餐廳，還邀她一起租小飛機環島遊覽。京子回國之後，到了七月，啟一的生日時，他們還寄來了巧克力當作賀禮。京子寄了民俗風格的花紋草蓆作為回禮，從那次之後，雙方一直保持聯絡，每隔一星期就會有一封航空信在太平洋上空來來去去。如今他們甚至決定要來日本作客了。

「他們夫婦都是很好的人。孩子的爸，你以後應該也有機會到美國去吧？若能在當地有熟人，什麼事都好辦。他們還說，非常希望啟一將來到美國讀大學呢。」俊夫心想，這女人可真會打如意算盤。但啟一如今才三歲，至少還要等十五年才會上大學。對方是已經退休的政府官員，誰能保證還有幾年可活？俊夫本來想這麼取笑妻子，但最終沒說出口。接待那對外國夫婦一定得花不少錢，京子故意說得深謀遠慮，其實只是為了說服俊夫同意而已。她滿腦子只想著要讓美國人成為家裡的座上嘉賓，對她來說那是多麼風光體面的事情。「他們從之前就一直說想到我們家裡來看看，還說想跟你認識、認識呢。」俊夫還沒說話，京子已自行認定丈夫答應了。「阿啟，希金斯爺爺、奶奶要來我們家玩呢。你應該還記得他們吧？爺爺跟你說『哈囉』（hello），你應了一句『巴哈嗨[30]』。」京子嗤嗤笑了起來。

時代真是不同了，原來現在流行「哈囉巴哈嗨」日美親善交流。俊夫回憶起二十二年前，流行的是「QQ」日美親善交流。

「美國是紳士之國，講究女士優先，對淑女非常尊重，而且注重禮儀。當然女士優先是

30　巴哈嗨：原文作「バハハーイ」，日本六〇年代極受歡迎的青蛙布偶角色「KEROYON」的口頭禪。

另一回事，重點在於禮儀。我很擔心你們會做出失禮的事，讓美國人以為我們日本是野蠻國度。」英語教師在講臺上侃侃而談。就在不久前，他還一副惴惴不安的態度，認為自己教的是敵人的語言。為了掩飾心虛，他宛如窮鼠一般不停對著學生大呼小叫。而且他還真是膽小如鼠，每當遭遇空襲時，他就會躲在防空壕裡一面發抖一面背誦《般若心經》。如今日本一戰敗，他馬上換了一副嘴臉。第一堂課，他就在黑板上大大寫了「THANK YOU」及「EXCUSE ME」幾個大字，一臉輕蔑地環顧班上所有學生。「我相信你們一定不會念，對吧？」接著他在英文字母旁標上了容易記的讀音。「這一句念作『三Q』，那一句念作『愛思Q紫米』。注意聽好了，重音都在於Q這個字……Q！」英語教師使盡力氣在Q的上頭畫一條線，卻因為用力過度，粉筆斷成了兩截。同學們各自竊笑，心裡想著「怎麼又來了」。直到大約兩個月前，漢文教師每次上課從不認真教授課程內容，只是大聲疾呼「本土決戰」、「天佑日本」之類的口號。每當他在黑板上寫下「鬼畜美英」這四個字時，總是咬牙切齒，粉筆必定會在黑板上刮出刺耳的聲音，最後斷成兩截。

「簡單來說，當你們遇到美國人時，只要笑嘻嘻地說一聲Q，美國人就明白了。」英語教師如此教導大家，整整一個小時的英語課就在QQQ的練習聲中結束了。從此之後，Q這個字在學生之間流行了起來。例如當大家忙著掩埋學校周圍的防空壕時，如果石子不小心砸到了同學，就說一聲Q；如果希望同學幫忙扶住另一根大柱子，也說一聲Q。

不過我們不會說英語，也是理所當然的事。直到中學三年級時，我們拼得出來字母的英語只有BLACK及LOVE。勉強能說出口的英語單字只有「俺不來啦」（Umbrella）。就連人稱代名詞「艾、賣、密」的差別也搞不清楚。一九四三年剛入學時，第一學期只教日文單字的羅馬拼音法。那天我回到家裡，看見黃奶油的容器上寫著HOKKAIDOKONOKOSHA，照著念了出來，才知道那是「北海道興農公社」。那是我這輩子第一次看懂了英文字母的意思。接著英語課才剛教到「This is a pen」不久，所有的英語課都替換成了戰鬥訓練課。唯有下雨的時候，英語教師才會來到教室裡上課。但他並沒有教英語，只是開始高談闊論。「美國的大學生，一到週末，除了參加舞會之外，什麼事也不幹。相較之下，日本的大學生卻已經上戰場報效國家了。」他先將學生從軍制度大大讚揚了一番，接著說道：「你們只要會說『噎死』跟『諾』就行了。就好比我們日軍攻占新加坡時，山下將軍對著敵將白思華大喊一聲『噎死還是諾』……」此時他在桌上重重一拍。「就是這股氣勢！」他的表情簡直像是得了顏面神經痛，臉頰微微抽搐，眼珠子瞪得老大。考試的時候，如果題目說請將「她的家」翻譯成英文，就算寫「噓椅子好詩」（She is house）也能拿到分數。

身為老外代表的白思華，有氣無力地扛著英國國旗及白旗，短褲下露出一雙瘦弱的小腿。「老外雖然身材高大，但腰力不足，那正是他們每天都坐在椅子上的關係。不像我們日本人，每天都跪坐在榻榻米上，自然而然鍛鍊出了強健的腰力。」柔道教師在寫著「腳下照顧[31]」的匾額底下大喊：「所以要對付老外，只要緊緊貼住他的腰，來一招『腰投』、『內股』或『大外刈』，就能一舉戰勝。明白了嗎？起來練習吧！」自由練習的時候，也是以白思華作為假想敵。當年我也曾大喝一聲，將那個看起來垂頭喪氣、懦弱無能的中年老伯白思華摔在地上，接著迅速撲上去絞住他的脖子，大喊：「噎死還是諾？噎死還是諾？」

升上二年級之後，我們都到農村裡參加勞動服務。尤其是塞班島淪陷之後，為了防止房屋因空襲而延燒，我們必須以拖車將榻榻米、紙拉門、木窗門、遮雨板等建材搬運到附近的國民學校。清空了屋裡所有東西後，消防人員會在屋裡最粗大的柱子上綁繩子，將屋子拉倒。屋子的主人大都走得非常匆忙，有些浴室的水還流著，有些廁所的屋簷下還吊著破舊的尿布。此外屋裡還能找到布袋和尚的掛軸、看起來像加藤清正[32]愛槍的三叉槍、空的存錢筒（這個我把它藏在籬笆裡頭，後來偷偷帶回家了），還曾經找到一本厚厚的書籍，裡頭寫滿了英文。「這屋主該不會是個間諜吧？」「這裡頭或許有什麼暗號。」大家你一言我一語地說著，同時一頁一頁翻看，抱著尋找寶物的心情，努力想要找出自己認識的英文單字。好一會兒之後，班長終於發現了「silkhat」這個單字。「意思應該就是絲綢帽子吧。」我一聽到絲綢帽子這個字眼，突然間裸露在外的地板，以及有著老舊月曆及護符的懸掛痕跡的柱子，都從我眼前消失了，取而代之的是一群人戴著絲綢帽子參加晚宴的景象。「原來silkhat的意思是絲綢帽子。」某人嘴裡這麼咕噥。直到現在，我只要聽到silkhat，還是會反射性地聯想到絲綢帽子。

俊夫回想起了當初第一次看到那些信的景象。京子大搖大擺地將希金斯夫婦最初寄來的信擱在小矮桌上，難掩臉上的雀躍神情。但是邊緣色彩鮮豔的航空郵件信封，卻讓俊夫看了之後心頭有股說不出的彆扭。當然俊夫對英語毫無自信，倘若京子以英語詢問自己任何問題，自己除了點頭之外別無其他辦法。但比起那股尷尬，更讓俊夫感到耿耿於懷的事情，是收到美國人來信這件事本身所造成的困惑感。然而京子本人不僅眉開眼笑，而且似乎讀得懂信的內

31 腳下照顧：原為佛門禪宗用語，意指照顧好眼下的事情，不要好高騖遠。

32 加藤清正（一五六二～一六一一）：日本戰國時期的武將。先後追隨過豐臣秀吉及德川家康。

容。「我們得寫封回信才行。你公司裡有沒有人能翻譯？」京子說明完內容後央求俊夫。「有是有……」「那就拜託你，信我已經寫好了。」俊夫接過信一讀，裡頭堆砌了各種美麗辭藻，簡直像是女學生寫出來的文章。俊夫原本也抱著前往美國是必然趨勢的念頭，打算找一、兩個正在努力學英語的年輕職員幫忙翻譯，但讀到信中寫了一句「拙夫亦承蒙恩德，感激涕零」，俊夫便氣得將信撕掉了。沒想到過了不久，又收到了第二封信，上頭寫著他們能請住在附近的日本人幫忙翻譯，所以請京子放寬心，以自己的語言寫一些快樂的內容就行。他們的貼心讓京子大為感動，於是京子拿出俊夫從京都買回來的寶貴信紙，寫了一封非常長的回信。俊夫並沒有詢問這封回信的詳細內容，只知道京子似乎把家裡的事情一五一十地全告訴了對方，語氣中還帶了一點炫耀。「希金斯先生說，電視影片的製作工作在美國也是最有前途的工作之一，但應該很忙，要注意身體健康。你聽到了嗎？這句話可是對你說的。」同樣是電視影片的製作公司，有些是足以買下好萊塢電影公司的電視電影製作公司，有些則是只能製作五秒至十五秒影片的電視廣告製作公司。但就算俊夫做的只是薄利多銷的工作，在電話簿上也會被歸類在同一區。俊夫懶得解釋那麼多，只是心不在焉地聽著。京子見了俊夫的態度，也有些不耐煩。「孩子的爸，你怎麼不到美國走一走？這麼做能讓你身價上漲，就像鍍一層金一樣。」「現在才去，已經太晚了。現在可是什麼人都能到國外旅行的時代。沒出過國的人愈來愈少，這種人沒受過外國的毒害，反而更具價值。」「那只是酸葡萄心態而已。不必怕語言不通，去了自然就能學會。」回想起當初京子即將出發前往夏威夷旅行時，她買了教英語會話的唱片，練習了過海關及購物時的應對，最後還告訴俊夫：「聽說美國人不叫『爸爸』『媽媽』，而是叫『爹地』、『媽咪』。在美國，『媽媽』的意思是低俗的女人。」京子不僅這麼告訴俊夫，而且也如此教導啟一。畢竟這年頭讓孩子喊「爹」實在有些過時，所以俊夫允許啟一喊自己「爸爸」，但「爹地」卻又是另一回事。俊夫與京子爭辯許久，最後的結論是在夏威夷怎麼叫都無所謂，但回了日本就必須叫「爸爸」。俊夫難得表現出如此強硬的態度。

日本戰敗之前，學校的英語教育不僅少得可憐，而且僅著重在「寫」的英語。到了戰敗之後，「說」的英語才開始興盛，其中最具象徵性的就是當時的流行歌曲《Come, Come, Everybody》。中學四年級[33]時，學校出現了英語會話社團，儼然成為校園內的菁英分子。我還記得那是個陽光普照的日子，我走在曾經是柔道場的摔角社建築物前，忽然有人問了我一句

33　中學四年級：日本在一九四七年之前的中學（舊制中學）為五年制學校，相當於現在的中學及高中（高級中學）。

「瓦次馬賴茲油」。我心想，「次馬賴」應該就是tomorrow，那這整句話應該是問「明天你要做什麼」。但我還來不及反應，那個問我話的學長忽然嗤嗤笑了起來。「講『花特伊次馬特威茲油』（what is matter with you），美國人是聽不懂的。一定要講『瓦次馬賴茲油』。」那學長說明完了之後，又扔下一句「哈巴古泰」（have a good time），與同伴一起哈哈大笑。我在讀完四年級之後，就休學不念了。當時我父親戰死沙場，母親又臥病在床，整個家都是由就讀女學校二年級的妹妹在打理，我則先後在襪子工廠、乾電池工廠打工，有時為京阪《日日新聞》拉拉廣告，賺取一家三口的生活費。某一天，我蹺班在中之島公園閒晃，忽然有人向我搭話：「你是學生嗎？如果是的話，有件事想請你幫忙。」

當時我身穿海軍飛行預科練習生的上衣，七顆鈕釦解開了底下兩顆，褲子則是小腿以下變窄的棉質馬褲，在當時算是相當正經八百的裝扮。那女人或許正是看上了這一點，所以才向我搭話吧。她說她想認識一個美國的阿兵哥，拜託我幫忙翻譯。我朝她的視線望去，那裡確實站著一個美國兵，正無所事事地看著河面上的小舟。「你明天來這裡找我，我會給你謝禮。」女人對我這麼說。但當時我只知道「好阿油」（how are you）是打招呼的意思，卻從來不曾實際向老外說過。我正不知如何是好，那士兵似乎察覺我們在看他，走過來一邊說著「死虧茲」

（squeeze）一邊伸出粗厚的手掌。我一時不明白「死虧茲」的意思，但旋即想起學校的英語教師同時也是棒球隊的教練，他曾經向一臉狐疑的隊員們這麼解釋：「所謂的『死虧茲』，就是用力捏的意思。拿一團雪『死虧茲』，就會變成『死諾波爾』（snowball），這你們應該學過吧？」我一回想起這件事，趕緊握著那美國兵的手掌用力捏，那美國兵露出一副「你就只有這點力氣嗎」的表情，像揉紙屑一樣輕輕鬆鬆地反捏我一把，我登時痛得跳了起來。或許那美國兵是想在女人面前表現出帥氣的一面吧。女人呵呵笑了起來，美國兵立即向她搭話，她一臉疑惑地朝我望來。我雖然在美國兵的話裡聽出了「年姆」（name）、「佛蘭德」（friend）等單字，但整句話卻不知道是什麼意思。上了中學四年級之後，學校才安排了比較正式的英語課程。但英語教師的數量不足，上課的老師是個臨時雇來的老先生，幾乎每堂課都在教狀聲詞。例如「電車的鈴聲在日本是『叮叮』，但在美國是『叮噹』」，此外貓叫聲是「咪嗚」（meow），雞叫聲是「庫庫多多爾多」（cock-a-doodle-doo）。而且他的教法非常古板，例如他會在單字卡的正面寫上「叮叮」，在背面寫上「叮噹」。對了，他還教過一句「西砍那筆科拿多」（He cannot be conered），意思是人不可貌相。雖然我不懂英語，卻也看得出來這傢伙的英語不能信。我的英語都是跟這種人學的，遇上了美國兵當然就像是秀才遇到兵。

我心想總得說點什麼才行，於是交互指了指士兵與女人，以自己也嚇一跳的高亢聲音大喊：「大不如（double）、大不如。」「OK、OK。」士兵開心地摟著女人，對著我下令：「塔庫喜（taxi）。」那意思應該是計程車吧。當時路上確實偶爾可看到計程車，車子的形狀就像是背上扛了個提包。但我根本不知道怎麼攔，一時不知如何是好。士兵取出筆記本，撕下了一張紙，以原子筆在上頭大大寫上「TAXI」，遞到我面前。接著他對我哼了一聲，催促我趕快行動。最後他似乎放棄了，帶著女人邁步離開。我看著紙上的TAXI這幾個真正的英文字，心裡有種向電影明星要到了簽名的錯覺。我小心翼翼地將紙放入胸前口袋裡，低聲模仿了士兵的發音。到了隔天，我抱著碰碰運氣的心情，又前往了相同地點。那女人果然也在那裡，她的手裡拿著半磅罐裝的MJB牌咖啡及好時牌（Hershey）的罐裝可可，臉上帶著幾分志得意滿的表情。「你知道哪裡可以把這些東西脫手賣掉？」女人問我。當時中之島公園的咖啡廳已經成為專做美國士兵生意的娼婦聚集地，由於有些士兵會以咖啡、巧克力、起司或香菸代替金錢交給娼婦，所以在咖啡廳裡常有專門收購這些東西的三國人[34]。我把這件事告訴女人，女人哀求道：「我會給你跑腿費，你幫我拿去賣吧。」於是我進入了那家咖啡廳。果凍、紅豆捲餅及奶油麵包一個十圓，咖啡一杯五圓。店裡剛好沒有三國人，但某個看起來也像是收購商人的肥胖女人看了我手上的東西，對我說：「賣給我吧。」那女人說著便拿出一個簡直像是公車車掌小姐所使用的黑色零錢包，從中抽出四百圓，滿不在乎地遞給我。「沒有香菸嗎？如果能有一整條菸，我出一千兩百圓跟你買。」她這麼問我。這時店裡另一個一看就知道是美軍娼婦的女人，突然以異常悅耳動聽的嗓音唱道：「Only five minutes more... Give me five minutes more...」

說起英語的歌，其實我也知道一些。所謂的中學教育，說穿了就是討論會、罷課、樂團及棒球。每次舉辦討論會，總是由班上最愛說話的同學擔任主席，主題也大都是「學校該不該有制服」之類。但討論該不該有制服實在沒什麼意義，因為有經濟能力穿上制服的學生不到一半。倒是女學生們全都穿上了水手服，這點實在讓人佩服。我記得在戰爭剛結束的隔年年底，我站在遭炸毀的大阪城的護城河附近，恰巧有五、六個大手前文化學院的女學生突然通過我面前。她們的裙襬在風中輕輕飛舞，讓我看得目瞪口呆。不過我自己的妹妹在這個時期依然穿的是燈籠褲。由高等小學升格而成的中學，即使是女生，也是理所當然地維持著戰爭時期的穿著打扮。至於樂團，正是由那些有錢穿制服的富家學生所提議組成。明明還沒有樂譜，卻已經把

34 三國人：原意為「當事國以外的第三國國民」，後專指曾經是日本殖民地居民的韓國人或臺灣人。

樂器都給買齊了。當時他們演奏的樂曲有《You Are My Sunshine》、《When It's Lamp Lighting Time in the Valley》、《A Garden in Italy》，以及鼎鼎大名的《La Cumparsita》。發表會的時候，是由五年級某個據說已經到橋本的紅燈區嫖過妓的附近地主兒子，負責上臺介紹「若德里格茲（Gerardo Matos Rodríguez）作曲的探戈」。我們聽到「若德里格茲」這氣勢十足的名字，內心都不由得肅然起敬。報紙上說連皇太子也喜歡哼唱英語歌：「Twinkle, twinkle, little star...」

中之島的紀念照片館老闆從前曾經選修過外事專門學校的課，英語會話很有一套，我空閒的時候會拿再生菸[35]之類的小東西作為報酬，向他學習英語會話。畢竟要幫美國兵找女人，英語會話還是需要的。每天大概都會有一、兩個想要找美國兵賣身的女人，出現在中之島一帶。這些女人大都面容憔悴、肩頸纖瘦，來到這裡的唯一理由只是聽說在這裡可以認識美國兵、拿到巧克力。至於出現在中之島的美國兵，多半不知道中之島早已成了釣女人的聖地。這些年輕的士兵通常只是一臉惆悵地站在堂島川的岸邊，看著近來水流變得湍急而清澈的河水，內心思念著故鄉。我要做的事，就只是把這兩種人兜在一起。那些女人畢竟不是真正的娼婦，她們就算順利遇上了美國兵，靠肉體關係拿到了一些物資，也不知道該拿到哪裡換錢。這時我就會幫忙她們把物資賣給三國人，從中抽取大約一百圓的佣金。這工作比起幫報社拉廣告順便推銷寫真畫報或報架的工作要好賺得多，所以我拚命學習「愛厚普油哈普阿古泰」（I hope you have a good time）之類的好聽話，以及「瓦特康德歐普波幾遜、杜油來客」（what kind of position do you like）之類的臺詞。其實我也搞不清楚這些話的正確意思，但只要我笑臉盈盈地這麼說，美國兵就會哈哈大笑。果然就像京子所說的，不必怕語言不通，總是會有辦法明白。有一次偶然被同學撞見，他沒有注意到我的窮酸模樣，只驚訝於我能用英語跟美國兵說話。「那傢伙在做口譯的工作。原來他的英語那麼強。」同學在學校到處向人吹噓，從此之後便經常有同學跑來觀摩我做口譯工作的模樣。

希金斯夫婦的來訪已成定局之後，京子再度開始認真學習英語會話。「『古摸寧』。早上起床要說『古摸寧』，知道嗎？來，說一次看看。」她不僅這麼教導啟一，而且也勸俊夫，「孩子的爸，你怎麼不也學一點？」京子認為希金斯夫婦來到日本，至少要帶他們觀賞歌舞伎及參觀東京鐵塔。畢竟當初在夏威夷受了他們那麼多招待，至少得回報一點才行。「我工作那麼忙，哪有時間陪他們？」「兩、三天總是擠得出來吧？在美國，夫妻可都是一起行動的。

35　再生菸：原文作「シケモク」，指蒐集路旁的菸蒂重新捲成的廉價香菸，屬於日本在二戰後窮困時期的特殊現象。

當初在夏威夷，他們一直問我『丈夫在哪裡』，我只能騙他們說『過幾天才會來』。」俊夫心想：妳在說什麼鬼話？要不是我每天努力工作，妳哪來的錢到夏威夷遊玩？但比起憤怒，更加占據俊夫心頭的是必須帶那對夫婦遊覽東京的憂鬱。右手邊這棟就是全日本最高的大樓……路苦阿特砸賴特畢魯丁（Look at the right building）……砸椅子砸嗨艾斯特（That is the highest）……光想就覺得心煩。俊夫心想，為什麼我得像當年在中之島一樣，幹這種類似拉皮條的事情？不，更讓俊夫感到納悶的一點，是為什麼京子可以像那樣若無其事地跟美國人愉快相處？有時俊夫走在銀座的街上，也會看見年輕日本人與美國人相談甚歡的景象。那也還罷了，更誇張的是有些日本人竟然跟美國女人公然勾勾搭搭，昂首闊步走在大街上。俊夫心想，在我們那個時代，確實也有日本人喜歡向美國兵搭話。例如有一次，在擁擠的電車裡，有個大學生一臉神情緊張地向身旁的兩個美國兵這麼攀談：「花特度油辛克歐布甲胖？（What do you think of Japan?）」一個美國兵聳聳肩膀，另一個美國兵煞有其事地應了一句：「Half good, half bad.」大學生一臉肅穆地點點頭，簡直像是聽到了什麼禪意深遠的大道理。聳肩的美國兵遞出一片口香糖，大學生伸手接過，像捲香菸一樣捲成一團放進嘴裡。整個車廂的乘客都對那大學生投以羨慕的眼神。為什麼那時候的美國兵一看見日本人就喜歡送口香糖或香菸？因為不久前日本還是敵國，他們心裡很害怕？還是他們覺得日本人都沒飯吃，實在很可憐？但如果是這樣，怎麼會送沒辦法填飽肚子的口香糖？我還記得一九四六年的夏天，我住在大阪郊外的大宮町。或許是因為附近有農家的關係，物資的補給經常出現延誤、缺貨的情況。妹妹每天都會到米店前面看黑板，確認沒有配給的消息後垂頭喪氣地走回家。有一次我跟妹妹把家裡整個翻遍了，只找到鹽巴跟一包發粉。我們餓得受不了，決定拿水將發粉調開，兩人一起喝了。雖然當時我們實在很餓，但發粉水還是讓我們感到難以下嚥。就在這時，理髮店老闆的老婆裸露著有如乳牛般豐滿的乳房，跑來告訴我們：「配給來了，這次是七天份。」我跟妹妹一聽，興高采烈地拿著味噌篩子就要奔出家門，但我轉念一想，七天份的食物，用味噌篩子怎麼夠裝？應該拿個袋子去裝才對。過去每次物資配給都只有兩、三天份，一家三口的量也不過就是一小團，拿大袋子去裝實在太丟臉，所以每次都只拿味噌篩子，不知不覺就變成了習慣。於是我們拋下味噌篩子，改拿袋子奔到米店，卻看見堆積在店門口的是美軍的草綠色厚紙箱。「我老公打從滿洲回來之後，那檔事就再也不行了。」「那不是挺好嗎？天氣這麼熱，有時我才剛洗完澡，我老公又撲上來，真讓我受不了。」街坊鄰居的婦人們一邊說，一邊發出淫穢的笑聲。當時我已能聽懂那些對話的意思，於是我叫跟在一旁的妹妹先回去等我。我那妹妹有點凸肚臍，而且沒有衣服可以穿，只能裸露著上半身。某個從前當過護士的婦人眼尖地看見了，口無遮攔地說道：「哎呀，小小的肚臍挺可愛，但以後要在老公面前脫衣服，應該會有些害臊吧？」

不知道箱子裡裝的是起司，還是糖漬杏子，當時我們已經看慣了這種草綠色的箱子，知道裡頭裝的並不是米，而是美軍的救濟物資。糖漬杏子吃了一點飽足感也沒有，起司則感覺很有營養，而且加在味噌湯裡更是美味極了。在眾人的環視之下，米店老爹拿刀子割開箱子。箱子裡是一個個小盒子，有著令人眼花撩亂的紅、綠鮮豔包裝紙。眾人正感納悶，不曉得那是什麼，米店老爹旋即為大家解了惑。「這是代替白米的配給品，七天份的口香糖。」他一邊說，一邊從那看起來像寶石盒的玩意中抽出一盒。那一盒就是三天份。

每一盒口香糖裡有五十小包，每一小包有五片口香糖。我們一家三人的七天份，總共是九盒。我捧著九盒沉重的口香糖走回家，有種大豐收的感覺。「裡頭是什麼？」妹妹興奮地奔了過來。一聽到是口香糖，她立即大聲歡呼。母親先拿了一盒口香糖，放在佛壇上。那佛壇是以白木製成，看起來相當粗糙，是母親委託住在附近的木匠做的，代價是母親帶在身邊逃難而沒有遭空襲摧殘的正式和服。母親將口香糖供奉在戰死沙場的父親遺照前，輕敲了一下銅缽，接下來就是一家和樂融融的幸福晚餐時間。一家三人各自剝去口香糖的包裝紙，放進嘴裡默默咀嚼。算起來每個人一餐大概是吃二十五片。但一片一片咀嚼實在太費勁，我沒等上一片的甜味完全消失，就把下一片塞進嘴裡，沒嚼兩下又塞了一片。乍看之下滿嘴都是食物，簡直像在吃紅豆麵包或是大福麻糬。「這不是得吐掉嗎？」妹妹將咬了老半天的黃褐色口香糖拿在手裡說道。「是啊。」我嘴上這麼回答，心裡才驚覺我們一家人得靠這完全吃不飽的口香糖活七天。人家說喝茶也會飽，但吃口香糖只是徒增唾液，肚子反而更加飢餓了。強烈的窩囊感與怒氣讓我忍不住流下了淚水。後來我們將這些口香糖拿到即將封鎖的黑市裡兜售，以賣得的錢買了一些玉米粉，順利熬過了七天。說起來那些口香糖確實是幫上了大忙，但總之口香糖無法填飽肚子是無庸置疑的事情。

「機夫米洗歌雷」（Give me cigarette）、「巧克力三Q」（Chocolate, thank you）。任何人只要曾經以這樣的句子向美國兵乞討，應該都會再也沒辦法與美國人輕鬆交談吧。不，說得更明白點，他們怎麼敢以那猴子般的臉孔，跟高鼻梁、深眼窩的美國人相處？雖然現在常有日本人自吹自擂，說什麼日本人的臉孔很有韻味、肌膚柔嫩細緻，但我實在不認為那是真心話。我常在啤酒餐廳觀察坐在附近的美國海軍士兵，或是其他衣著寒酸的外國人，實在覺得他們的五官比我們更像文明人。那美麗的立體結構，常令我看得入迷。只要稍微跟旁邊的日本人比較一下，就知道差距甚大。就算不看臉孔，只看體格也一樣。那粗壯的手臂及寬厚的胸膛，日本人站在旁邊怎麼能不感到羞恥？

「希金斯先生是有英國血統的美國人，臉上留著一把白鬍子，簡直像舞臺上的名演員。」京子說道。其實不需要她多作說明，只要拿起那一疊彩色照片，任誰都能看得出來。有些照片裡的背景是黑沙海灘，有些則是鑽石頭山。希金斯先生穿著泳褲，雖然胸部有些下垂，但下腹部肌肉相當緊實。站在旁邊的希金斯太太明明年紀已經老大不小了，卻穿著接近比基尼的泳裝。「他們的皮膚很白，所以一曬太陽就會發紅。人家都說外國人毛髮濃密，但其實他們的毛質跟我們完全不一樣，不僅柔軟而且帶著金色光澤，真是美極了。」京子認為那樣的外貌來自於飲食文化的差異，因此回到日本後，曾有一段時期每天都讓啟一吃肉，但這樣的作法當然維持不了太長時間。「美國人最喜歡吃牛排了。日本的牛肉很棒，他們一定會喜歡。」最近京子又萌生了這樣的念頭，簡直像要進行排演一樣，學美國人買了一大堆牛肉塊放在冰箱裡。不僅每天的晚餐都是牛排，而且她還會說明這是兩分熟、那是五分熟，簡直像是大飯店的嘮叨服務生。

只要是在夏威夷看見的事情，都會被京子認定那是美國人的禮儀。例如她以粉紅色的毛巾製作了一條罩子，罩在西式馬桶的環蓋上。家裡的浴室沒有浴缸，也成了她心中的煩惱。她每天努力撲殺家裡的蚜蟲，打算安排客人睡在主臥房，並為自己添購了床墊，以及在西式房間裡裝飾塑膠花朵。這些也還罷了，但她接著又將她跟啟一在夏威夷拍的照片，以及夫妻兩人的結婚照放大，裝飾在房間裡。這些似乎是她從美國的家庭倫理電視劇中得到的靈感。剛開始，俊夫常為此抱怨，但後來俊夫認為既然京子把每件事都辦得妥妥貼貼，自己反而落得輕鬆。自從有了這樣的想法之後，俊夫就完全站在旁觀者的立場，任憑京子以各種偷懶的方式為自己的家改變風格。

當年我在中之島幹那種幾乎跟拉皮條沒有兩樣的工作，突然有一天，某個家裡在心齋橋開肉店的同學對我說：「你不是認識很多美國人嗎？能不能帶一個來我家？我爸爸想招待美國人吃飯。」我心裡納悶，不明白他父親招待美國人做什麼，一問之下才搞懂。原來那同學的父親靠賣肉賺了不少錢，因為錢都放在家裡，父親不放心，還把新建的房屋大門改裝成了電動門，但另一方面，父親又覺得錢多到沒處花，再加上喜歡熱鬧，常在家裡舉辦宴會，所以想試試看請美國人到家裡作客。「那些美國人千里迢迢來到日本，當然要慰勞一番才合乎禮儀。」那同學這麼對我說。我心想只要隨便介紹個美國人，或許他爸爸會送我一貫肉當謝禮，於是二話不說便答應了。當天我找了個名叫肯尼斯的美國人，二十一歲，德州出身。我拚命向他說明緣由，帶著他前往那棟位於香里園[36]的氣派別墅。家人們在壁龕前面鋪了一張虎皮，讓肯尼斯坐在上頭，送上外頭餐廳所做的豐盛雙檯式日本料理。但有一雙長腳的肯尼斯在榻榻米上坐得極彆扭，當然也吃不習慣味噌鯉魚湯、鯛魚生魚片之類的傳統日本料理，只是頻頻拿起貼著「麥酒」兩字的啤酒猛灌。後來家裡的幼童唱起了《勘太郎月夜歌》，肯尼斯配合著旋律，粗魯地跳起舞來。我覺得丟臉極了，實在是看不下去，肉店老闆卻是眉開眼笑。他拿出菸斗，吸了幾口菸之後，不停喊著他唯一知道的英語單字：「甲胖派普、甲胖派普（Japan pipe）！」

照理來說，京子應該是不至於幹這種蠢事才對。但如果希金斯夫婦吃不慣京子做的料理，皺起了眉頭，該如何是好？啟一那小子，最近老是喜歡學電視上的歌，還會裝模作樣地擺出「這可真傷腦筋」的表情，要是京子慫恿啟一在希金斯夫婦面前表演，還說出「累茲辛古」（Let's sing）之類的話，該如何是好？俊夫光是想像那個畫面，便感覺全身的血液都竄上了腦門。

「浴袍不曉得夠不夠大……」京子撕開百貨公司的包裝紙，取出一件暗紅色浴袍。「這已經是最大的尺寸了……孩子的爸，你來套套看。」京子也不管俊夫同不同意，硬要俊夫將浴袍穿上。俊夫身高五尺八寸[37]，以日本人而言算是塊頭頗大。那浴袍穿起來挺合身，京子卻伸出手指說道：「希金斯先生大概比你高這麼多，看來也只能請他多擔待了。」至於希金斯太太，京子打算讓她穿浴衣[38]。

「美國人平均身高一米八，日本人一米六，差了二十公分。這個差距決定了一切，我認為這正是日本的敗因。基礎的體力差距，一定會反映在國力上。」從前的社會課、現在的歷史課教師曾這麼說過。那個教師很愛說類似這樣的話，不知該說是愛大放厥詞，還是愛大吹牛皮。戰後的學校課本到處都被塗黑，從前大力鼓吹神國日本的教師，戰後都必須改口宣揚民主日本。若不找些理由來給自己臺階下，面子實在是掛不住吧。戰後美國第一次在埃內韋塔克環礁進行核爆實驗時，他還語帶威脅地說道：「美國幹那種事要是引發無限連鎖反應，地球可是會被炸成碎片。」甚至還當起了預言家，聲稱：「美軍強制徵收了轟炸地的地下鉛質水管，全部運送至美國本土，因為那是可以阻隔輻射線的物質。可見得第三次世界大戰已經近了，美蘇兩

36　香里園：大阪地名。
37　五尺八寸：約一百七十四公分。
38　浴衣：簡便形式的和服，多於夏季或洗完澡後穿著。

國馬上就會大打出手。」這些言論姑且不提，至少在身高造成國力差距這一點上，我也有切身感受。

一九四五年九月二十五日下午，我還記得那天是晴朗的好天氣。那一年從夏天到秋天都是豔陽高照，天上連一片雲也沒有。當然倒也不是完全沒下雨，早在初夏的時候就已發生過颱風，田裡的稻穗在狂風吹襲下倒成了漩渦狀。我記得很清楚，當時我看了田裡的模樣，便已猜到那年的收成一定很糟，心情也跟著鬱悶不已。總之不管是八月十五日還是九月二十五日，至少對美國人而言都是最棒的天氣吧。我聽說美軍將在這天登陸日本，學校也停了課。其實學校本來就沒上什麼課，我們絕大部分的時間都在整理遭轟炸後的廢墟。我心想美軍來日本不是坐飛機就是坐船，於是從當時我所居住的神戶新在家[39]廢墟內壕屋[40]出發，漫無目標地往海邊的方向走去。突然間，我看見一輛裝載著側座的機車帶著刺耳聲響自國道的另一頭駛來，上頭坐著一個扣上了帽帶、表情僵硬嚴肅的警察。大約在機車的一百公尺後方，跟著一大群車輛。事後仔細回想，那裡頭似乎有吉普車，以及罩上了帆布的大卡車。當時我就這麼茫然地看著那些車輛跟著機車蜿蜒前進，來到近處時才發現它們的速度非常快。

從那天算起的六年前，某天夜裡，同樣也有一群包含卡車的日本軍隊通過這條國道。士兵們為了等待船班，在神戶港滯留了將近二十天，這段期間都借住在民宅中。當時我的家裡也來了兩個士兵，成了我的最佳玩伴。某天晚上將近九點左右，他們突然說要出發，我還跟母親一起送他們出門。當時路旁停滿了大卡車，一名名士兵依序排隊上車，偶爾還會傳來宛如怪鳥叫聲的長官號令。因為天色實在太暗，我已經分不清哪個才是曾經住在我家的士兵。「勇猛的戰士必將凱旋歸來……」我當時似乎聽見了這樣的歌聲，但事後想想那應該是錯覺，因為我早已淚流滿面。車隊沿著國道往西前進，兩道探照燈動也不動地射向天空，照出了天上的雲朵。

同樣的國道，同樣是由東向西前進，只不過如今換成了美軍的車隊。剛開始，我還仔細盯著那一輛輛卡車，心情就好像是在數一列載貨火車有幾節車廂。但後來我發現數量太多，根本數也數不完。「啊！美國兵帶著釣竿！」不知何時國道邊已形成了一道人牆。每個人的腳上都還綁著綁腿、頭上戴著軍帽。一個額頭及後腦杓特別突出的孩子突然這麼大喊，我仔細一瞧，每輛吉普車的後頭確實插著一根像釣竿一樣的細棒，隨著震動輕輕搖擺。「從前中國兵帶雨傘

39 新在家：神戶地名。
40 壕屋：指建在防空壕上的簡陋房屋建築。

打仗，現在美國兵帶釣竿打仗，真是不同凡響。」一個老人這麼說。我雖然不明白這到底是如何不同凡響，但一想到美國兵打算學我們在東明的海邊釣隆頭魚及鰷魚，內心不禁五味雜陳。這時身旁一個已經退役的年輕人突然說道：「那是收音機的天線。」我一聽，更是讚嘆不已。美國人竟然連上戰場也帶著收音機。

驀然間，車隊停了下來，但我沒有聽見任何呼聲或號令。那些服裝顏色跟車子一樣、看起來宛如車子零件的美國兵們忽然像裝了彈簧一樣跳出車外，手上皆拿著槍。一踏上路面，他們卻又倚靠著車身，一派悠哉地看著我們。他們的臉孔簡直就像傳說中的惡鬼一樣紅。「什麼白人，根本是騙人的，那是一群紅鬼。」另一個年紀跟我差不多的年輕人一邊咕噥一邊打著哆嗦。看來大家心裡想的事情都一樣。就在這時，東邊大約兩百公尺的人牆處突然傳來一陣騷動，聽不出來那是歡呼聲還是慘叫聲。轉頭一看，有兩個美國兵正被人群包圍，他們的肩膀以上高過了人群，但看不出來他們在幹什麼。我正要走到國道上看個仔細，另有三個身材魁梧的美國兵不知何時已來到我們附近。那三人在大約兩公尺外停下腳步，下巴動個不停，忽然拆開一條條口香糖，胡亂朝我們扔來。我們見了他們那彷彿理所當然的態度，都有些傻了。他們比出各種手勢，要我們撿拾掉在地上的口香糖。第一個走上前去撿拾的人不是因為習慣當乞丐，而是因為擔心不撿會遭受責罰。那是個中年大叔，上半身穿著皺巴巴的白色襯衫，下半身穿著棉質七分褲，綁著兩條吊帶襪，腳下踩著茶褐色短靴。他雖然拿到了口香糖，表情卻一點也不開心，反而有些驚惶。他這麼一撿，其他人也紛紛衝上去撿拾，就像是鴿群看見了豆子。

原本我對美國兵倒也沒有什麼特別的想法，但當下近距離看了美國兵，腦中忽然想起柔道教師說的那句「要對付老外，只要緊緊貼住他的腰，來一招『腰投』、『內股』或『大外刈』」。當然我不是真的想對付美國兵，只是想起柔道教師那宛如說書一般的口氣，忽然想要估一估這些美國兵的斤兩。但我一仔細打量，不由得大失所望。原來白思華將軍那孱弱的模樣，只是美國兵中的例外。如今站在我面前的美國兵，兩條手臂有如樹幹，腰像石臼一樣粗，就連屁股也是結實堅挺。而且他們的軍褲泛著光澤，光是那氣勢就是我們日本的國民服完全比不上的。我在武德會[41]好歹勉強拿到了初段，若是一般動作笨拙的大塊頭，我只要一掃腿就能絆倒。但是若對上這些美國兵，我可就甘拜下風，只能看著他們虎背熊腰的體格讚嘆不已。我看著這些美國兵，內心不禁感慨日本會輸也是理所當然的事，甚至不禁想問我們為什麼要跟這

41　武德會：日本於十九世紀末期成立的武術宣揚及教育組織，隨著二戰戰敗而解散。

些壯碩的傢伙打仗。就算練就了一身高明的刺槍術，如果像平常一樣使用木槍，刺到他們身上多半也會折斷吧。那些美國兵似乎玩膩了撒豆子的遊戲，轉身回到車上。兩、三個日本人追上去繼續討口香糖，美國兵突然以矯健的動作朝著日本人舉起步槍，幾個日本人嚇得差點屁滾尿流。美國兵哈哈大笑，我們這邊的人群裡竟然也響起了一陣哄笑聲。

隔天，我依照指示前往海關從事勞動服務。我的工作是將各種文件資料從海關的大樓窗戶扔出去。名義上是大掃除，實際上是把各種文件資料一古腦兒全燒掉。其實不能被占領軍看見的證據資料，當初應該早就處理掉了才對。這時又來燒其他文件，說穿了只是上頭的人已經嚇得失去了理智。有些東西他們說是筆記本，但看起來像是拿文具店的收支傳票的背面來充數，正面畫了一些橫線，背面則是一片空白。我心想這些紙與其燒掉，不如拿回家用，於是偷塞了一些在褲頭。但海關畢竟是海關，檢查得可真嚴格，我這場「走私」馬上就被發現了，走私品也全都被燒毀。然而就在三個月前，我才跟其他居民一起集合在這海關前。這一帶到處是三井三菱的倉庫，我們的隊伍從倉庫之間穿過，走到小野濱的沙灘上，幫忙為日本軍方的高射炮建造防護壁。據說那是日本最精銳的一二五公釐高射炮，威力足以射斷一萬五千公尺高空的鋼帶。「這些高射炮都與電波偵測儀連動，共有三次攻擊敵機的機會，分別為迎擊射擊、垂直射擊，以及追擊射擊。」軍方的小隊長這麼向我們說明。他把神戶的防禦體制說得固若金湯，但那些高射炮全部加起來也不過才六門而已。此外我們還體驗了軍用的雙筒望遠鏡，雖然是大白天，木星卻能看得一清二楚。

六月一日，美軍的B29自大阪灣一直線入侵大阪時，這些高射炮連一架敵機都沒有打下來，但那些軍人卻似乎一點也不害臊。「發射時好像在噴火一樣，真是太有氣勢了。」我故意奉承了一句，那軍人竟滿不在乎地回答：「是啊，所以才叫作火炮。」

三個月前，我們幫忙日軍迎擊美軍；三個月後，我們為了迎接美軍而忙著大掃除。同樣是勞動服務，不同的是上次建造防壁，上頭只發了一塊麵包，但是自從戰敗之後，凡是勞動服務必定會發放工資，一天一圓五十錢。在海關勞動服務的時候，我曾經趁午休時間到附近的小野濱海灘去繞了一圈。當初那些高射炮及看起來像烤魚網一樣的電波偵測儀都不見了，沙灘上只擺放著二、三十根混凝土管。海面上可看見一整排美軍的小型軍艦，正在回收當初他們自己布下的水雷。

「希金斯幾歲了？」俊夫突然想起了一件事，向京子這麼問道。京子似乎也不清楚希金斯的詳細年齡，只說：「大概六十二、三歲吧。為什麼問這個？」「他沒提到當年從軍的事？」

「沒有。到夏威夷遊玩的人，怎麼可能會提那些不愉快的事？」京子說完之後，又補了一句：「又不是你。」接著京子心中一驚，又趕緊說道：「等等，他們來了之後，你可千萬不能跟他們聊戰爭的話題。他們要是聽到你爸爸死在戰場上，那氣氛不知會有多麼尷尬。」俊夫每次接待年紀和自己相仿的客人，喝醉了之後一定會聊起軍歌、動員令之類的話題。京子或許是不希望自己被冷落在一旁，又咕噥了一句：「每次都只會聊相同的話題，真像個傻瓜蛋。」其實京子完全是杞人憂天，因為俊夫根本沒有辦法靠英語和美國人聊戰爭。「既然是不愉快的回憶，別去想才是最好的作法。每年到了夏天，報章雜誌總是會出現什麼戰爭紀錄、戰後回憶之類的文章，我每次看到都覺得煩死了。當然我也有被媽媽抱著躲進防空洞的記憶，沒白米飯吃的時候也曾經吃過水飩，但是像這樣老是把從前的戰爭掛在嘴邊，念念不忘就是那八月十五日，我覺得好討厭。那簡直就像是把過去的痛苦經驗當成什麼光榮事蹟似的。」京子愈說愈是氣憤。俊夫只是默默聽著，也不敢反駁什麼。每次俊夫只要不小心跟公司裡的年輕部下聊到關於戰爭時期的空襲或黑市，那些人臉上就會露出淡淡的微笑，彷彿在說著「又來了」。俊夫擔心自己就像是戰國時代的大久保彥左衛門，動不動就說起往昔在鳶巢文珠山打頭陣的功勞，又怕自己每說起一次往事，就會加油添醋幾分，完全被年輕人看穿了。每當這種時候，俊夫只能抱著五味雜陳的心情趕緊結束話題。尤其是今年的八月十五日算起來已經是第二十二年了，俊夫很怕自己被當成是個愛提當年勇的老人。

八月十五日那天，我同樣在新在家的廢墟壕屋裡，保護著母親及妹妹。以現代的眼光來看，十四歲的少年保護家人或許有些匪夷所思，但在那個年代的內地[42]，十四歲的少年可說是一肩扛下了所有責任。如果壕屋因下大雨而淹水，我必須把雨水舀出洞外；如果無水可用，我必須到井邊打水回來。母親有神經痛及氣喘的毛病，幾乎就像半個病人。如今我已想不起來，當初我是在什麼時候聽到政府將宣布重要事情的消息了。或許是廣播的前一天，也或許是當天早上。雖然家園都化成了廢墟，但町會組織還是正常運作著。有些人住在斷垣殘壁及鐵板圍成的房子裡，有些人則直接在防空壕上蓋一個三尺高的屋頂，當作自己的房子。當時街坊鄰居像這樣的例子比比皆是，一定是其中某個人把這個消息告訴了我吧。我還記得當時為了聽廣播，約有三十個人聚集在運氣好沒有被炸毀的青年團建築物前，大家議論紛紛，有人說「政府要發布戒嚴令了」，有人說「天皇陛下要親自前往前線坐鎮指揮了」。大阪在十四日才遭到大規模

42　內地：指日本列島。用來與朝鮮半島、臺灣等日本殖民地（外地）做出區隔。

空襲，神戶也蒙受艦載機的機槍掃射，有誰能料想得到隔天戰爭就結束了？直到收音機傳出了天皇陛下的聲音，大家聽到那與一般人截然不同的聲音說出「五內為之俱裂」、「耐其所不堪耐、忍其所不堪忍」之類的句子，每個人都嚇傻了。接著播報員又把天皇陛下的詔敕恭恭敬敬地重複了一遍，廣播就此結束。每個人都露出一臉茫然的表情，雖然心裡已明白戰爭結束了，但是大家都怕惹禍上身，沒有人敢先開口。「看來是要談和了。」原本理著光頭、如今卻長出了滿頭白髮的町會長率先開口說道。我一聽到「談和」這個字眼，腦海裡想像的是歷史上不知是大阪夏之陣還是冬之陣，德川家康與豐臣秀賴談和的畫面。我不知道這意味著日本已經戰敗，只是愣愣地站在灼熱的豔陽下，甚至沒有察覺身上已是汗水涔涔。我抱著激動的情緒回到壕屋裡，對母親說道：「媽媽，好像不打仗了。」「那爸爸要回來了？」妹妹搶先問了這個問題。她正拿著梳子刮掉頭髮上的蝨子。母親什麼話也沒說，只是以栝蔞粉按摩著細瘦的膝蓋，好一會兒之後才說了一句：「你們要小心一點。」

「哥哥，好像有東西從B29上頭掉了下來。」妹妹對著我大喊。壕屋裡實在太熱，我正對著自己的胸口吹氣，想辦法讓自己涼爽一點。我聽到妹妹這麼說，以為美軍又來轟炸，趕緊說道：「傻丫頭，快躲進來！」「那不是炸彈，是降落傘。」妹妹說道。我戰戰兢兢地探出頭，那時正值傍晚，夕陽將六甲山染成了橘紅色，相較之下，大海上方的天空卻是深邃的藍色。三架B29在空中漸行漸遠，已幾乎看不見了。但我抬頭一看，就在我的頭頂正上方到西方一帶，出現了多得數不清的降落傘，這些降落傘層層疊疊，宛如擁有意志一般，以稍微傾斜的角度往西方飄去。妹妹或許是心裡害怕，緊緊抱住了我，我也伸手將她抱住。為了安全起見，我盡量蹲低了身子。「他們到底丟了什麼下來？」我的聲音也不由得微微顫抖。聽說美軍以新型的原子彈轟炸廣島時，原子彈上也裝了降落傘，但我們這一帶早已被炸成了廢墟，美軍沒有道理一次扔這麼多原子彈下來。那些降落傘在接近地面時速度愈來愈慢，像滑行一樣以倒橫的姿態著陸。此時地表正處於無風狀態，那些降落傘落在地面後就再也不動了。

將鏟子像步槍一樣拿在手裡的大叔、明明天氣炎熱卻包著頭巾的老婆婆，全都像沒頭蒼蠅一樣在簡陋的鐵皮屋進進出出，每個人都指著降落傘，但沒有人敢說話。詭異的沉默氣氛之中，某個貌似中學一年級左右、赤裸著上半身的孩子突然朝降落傘的方向奔去。我也抱著害怕又好奇的心態朝著降落傘邁步。第一張降落傘，落在早已變成番薯田的網球場內。降落傘的白布中央高高隆起，每個人都看得出來那就是降落物的本體，但大家都害怕那是炸彈，誰也不敢靠近。「絕對不要靠近！離開！快點離開！」警察騎在腳踏車上拿著擴音器大喊。我爬上一棵沒有被炸斷的梧桐樹，想要看清楚那是什麼玩意。我抬頭朝西邊的方向望去，一團團白色降落傘沿著國道落至地面，看起來簡直像是空襲過後的一個個水窪坑洞。「哇！掉下來好多！」我趕緊報告了自己的發現。有些白色團塊的周圍已聚集了不少人群，有些則偏離了國道，落在靠近海岸的位置，因此沒被人發現。「那東西掉在我家防空洞的旁邊，大家快來幫幫忙。」某個老婆婆跑過來向大家求助。「那東西到底是什麼啊？」每個人都親眼目睹降落傘落至地面，但沒有人看清楚降落傘底下的物體有著什麼樣的顏色及形狀。「看起來像是大酒桶，差不多有四斗大。我在防空洞裡放了一些雞蛋，進去拿是不是很危險？」老婆婆問道。大家都擔心那是未爆彈或是限時炸彈，沒有人敢給她一個明確的建議。有時揚起一陣若有似無的微風，那降落傘會微微鼓起，看起來像是擁有生命的白色妖怪，大家都只敢心驚膽戰地躲在遠處觀望。

驀然間一陣橐橐鞋聲，一群士兵奔了過來。我以為那是未爆彈處理小隊，心裡正鬆了口氣，但仔細一瞧，那十名左右的士兵竟然赤裸著上半身，沒帶槍也沒帶短劍。他們迅速散開，毫無畏懼地各自奔向降落傘。圍觀的群眾見狀，也紛紛湊上前去，人牆的圈子大幅縮小。士兵將白色的降落傘拉開，露出裡頭一個草綠色的大鐵桶。被火燒過的大鐵桶在廢墟裡並不稀奇，但這草綠色大鐵桶卻相當新，泛著金屬光澤，桶面上寫著許多英文及數字。三名士兵合力將大鐵桶推倒，以滾動的方式移動大鐵桶的位置，壓扁了地上不少番薯葉。「請問這是什麼？是炸彈嗎？」某個居民鼓起勇氣詢問。「這些是要給俘虜的補給物資。那些美軍設想得可真是周到。」士兵回答。

海岸邊有一座俘虜收容所，我經常看見俘虜在堤防上搬運貨物。這麼說起來，這些物資都是美軍要給俘虜的東西？「從今天開始，我們反而成了俘虜。」一名士兵粗聲粗氣地說著。「是羅斯福，還是杜魯門？可真是給我們送來了好東西。」他取出香菸，遞了一根給警防團的大叔。「這桶子裡頭可是應有盡有。」說完了話，士兵們合力將大鐵桶運到馬路上，踢著大鐵桶來到一輛拖車前。他們將大鐵桶搬上拖車，便拉著拖車離開了，圍觀的人群也跟著鳥獸散。我心想，既然那鐵桶裡裝的是好東西，與其老實交給俘虜，不如自己暗藏一個。驅策我的動力不是對敵人的憎恨，而是一股飢餓的力量。我看準了一個國道旁靠近海灘處的白色團塊，想也不想地疾奔而去。當時即將入夜，周邊一帶的廢墟已是一片昏暗。我還記得六月五日空襲那天，整個天空被黑煙覆蓋，眼前也是像這樣黯淡無光，我摸黑往防空壕的方向驚惶逃竄。如今我也是在奔跑，目標卻是那白色的降落傘。直到昨天為止，我若看見天上有東西掉下來，肯定是拔腿逃命，如今的情況卻是完全相反。但每個鐵桶的周圍都早已聚集了不少大人，宛如圍繞著食物的螞蟻。大家各自拿出鐵槌、鐵橇，想盡辦法要把鐵桶打開。我只是站在遠處觀看，也遭到大人們驅趕。我無奈地走回自家的壕屋，黑暗中聽見剛剛那個擔心能不能拿回雞蛋的老婆婆尖聲大喊：「既然掉在我家，就是我家的東西！誰也別想拿走！快滾！快滾！」

最後軍方介入仲裁，協議的結果是這些物資的量實在太多，沒必要全部交給俘虜。不如分發一些給各町會，由町會負責公平分配給民眾。但軍方也提醒民眾，美軍不知何時會到來，分到的物資一定要盡早用完。士兵們接著更語帶威脅地告訴居民們，如果在大鐵桶中發現食物及生活用品以外的東西，一定要立刻通報軍方，假如私藏很可能會遭判處死刑。每一處町會各分到兩個鐵桶，至於早一步成功打開鐵桶瓜分了物資的人，當然都占了便宜。隔天下午，我也跟著其他居民聚集在青年會建築物前的廣場上。鐵桶裡的物資都以綠色的包裝紙包住了，沒有人知道裡頭到底有什麼。整個鐵桶被當成了最新的配給物資，町會長看著鐵桶微微揚起嘴角，問道：「有沒有人看得懂英文？」我心想，看得懂英文的高知識分子應該都逃到鄉下避難去了吧。如今還留在市鎮裡沒辦法離開的人，不外乎是五金行老闆、建築工匠、服裝店老闆、香菸店老闆、乾貨店老闆、金光教[43]的大叔、小學訓導教師等等。當時我是防空訓練的組長，早已習慣在大人們面前裝模作樣地擺出嚴肅態度，英文卻是一竅不通。「既然沒人懂，為了避免不公平，我們就一樣一樣拆開來看吧。」町會長說道。據說每個鐵桶裡只會放同一樣的東西，鞋子就全部是鞋子，香菸就全部是香菸。但為了公平分配給居民，各町會之間已經互相交換、分配妥當了。町會長首先打開了一個長條狀的盒子，裡頭塞滿了各式各樣的物資，看起來像兒童便當一樣。物資的種類有起司、豆子罐頭、綠色的廁紙、三根香菸、口香糖、巧克力、硬麵包、肥皂、火柴、果醬、柑橘醬、三顆白色藥丸。每一戶可以分到兩盒。町會長接著又打開了另一種圓罐，裡頭裝著滿滿的起司、培根、火腿、豆子與砂糖。我心裡有股想要把其他人都殺死好獨占這些東西的衝動，我想其他人應該也有類似的心情吧。當町會長把砂糖倒進厚紙箱裡的時候，周圍響起了一陣讚嘆聲。每當我看見「奢侈是大敵」或「戰勝敵人前必須克制欲望」之類的標語時，我總認為其中的「奢侈」及「欲望」指的就是砂糖。在我的觀念裡，奢侈等於砂糖。想要盡情地吃砂糖，就必須先克敵制勝。沒想到卻在日本戰敗之後，砂糖竟從天而降。除此之外，還有其他各種珍貴的物資。其中有一樣東西，看起來是黑色的扭曲細絲狀，數量差不多可以在雙手掌心堆得像山一樣高。沒有人知道那是什麼，卻也沒人詢問。只要是從綠色盒

43 金光教：日本的新興宗教，屬於神道體系底下的教派之一，創教於十九世紀。

子裡拿出來的東西，每個人都是像寶貝一樣收下，就算只是普通的沙子，也會擔心分到的量比別人少。後來盒子裡甚至還出現了脫脂棉，某個戴眼鏡的伯母建議把這些脫脂棉分給女性居民，警防團的大叔立即反駁：「這麼做不公平。」我心裡大概能想像為什麼女人比較需要脫脂棉。遭遇空襲之後不久，母親就曾上藥局詢問「月經晚了很多天，該如何是好」。沒想到這麼一問，旁邊一個同年紀的女客人也跟著說「我也是」。幾個女人於是跟藥局老闆聊起了這個有點令人害羞的話題，最後的結論是「月經來了也沒有棉花可以用，不來反倒樂得輕鬆」。聽說有不少女人在經歷戰災之後就再也沒有月經了。

「美軍不知什麼時候會來，這些特別配給物資原本是美軍要給俘虜的補給品，請大家盡早用完，以免惹出麻煩。」町會長再次提醒大家。我回到了自家的壕屋裡，首先也是特別強調這一點。戰爭期間大家都習慣把食物留存下來，如果不再三提醒，大家肯定會捨不得吃。我一直看著町會長分配這些食物，早就餓得很了，要是跟我說今天只能先吃豆子，我可能會哭出來。我沒有在回家的途中偷吃砂糖，完全只是因為過於興奮，一心只想趕快回去炫耀今天的收穫。彷彿能拿到這些東西，全是我自己的功勞。

母親聽從了我的建議，先拿了硬麵包與香菸，供奉在壕屋角落的父親照片前。我將這些來自美軍的特別配給物資全都嘗過了一遍之後，內心突然產生一個疑惑。如果父親地下有知，會怎麼看待這件事？拿這些向鬼畜美英竊取來的物資，供奉遭鬼畜美英殺死的父親，說起來倒也是樁怪事。「這是什麼？」填飽了肚子之後，我們再度研究起那些黑色的細絲。所有的食物裡頭，就只有這玩意似乎必須經過調理才能食用。拿到鼻頭聞了聞，又放在嘴裡舔了舔，還是搞不清楚那到底是什麼東西。「我去問問別人。」我一心只想要把這玩意吃進肚子裡，於是跑到了外頭，詢問洗衣店的老闆娘。她也正摸不著頭緒，歪著腦袋想了一會後說道：「看起來有點像是曬乾的羊栖菜，多半是泡軟之後煮來吃吧。」我心想確實有道理，從前有一道料理是油炸的羊栖菜，聽說大阪商人的學徒最愛吃。於是我立即找來一座破損的火爐，以鐵絲綁好，點起了火，又找來一個沒有在空襲中損壞的鍋子，依照老闆娘的建議煮起那羊栖菜。煮了一陣子，鍋裡的水逐漸變成紅褐色。「羊栖菜煮起來就像這樣嗎？」我問母親。母親拖著微跛的腳來到旁邊，說道：「這應該是湯汁的浮渣吧。看來美國的羊栖菜煮起來有不少浮渣。」於是我把鍋裡湯汁倒掉，放入一些新的水，但新的湯汁還是馬上又變成了紅褐色。直到煮到第四次，湯汁才變清。最後我以鹽巴調味，煮滾了之後試吃了一口。但那羊栖菜的口感黏黏硬硬，實在是一點也不好吃。說起難吃的東西，我腦中首先想到的就是那有如黑色烏龍麵的海寶麵[44]。但這玩意比海寶麵還難吃得多。不僅完全沒味道，而且一咬下去就整個黏在口腔裡，根本無法吞嚥。「我總覺得吃起來有點怪，是不是煮太久了？」妹妹及母親吃了之後也露出了古怪的神情。「原來美國人也吃這麼難吃的東西。」母親咕噥道。但是再怎麼難吃，總不能將它丟掉。我心想再煮熟一點，應該能存放個幾天，於是將整鍋羊栖菜煮得爛熟，並改吃口香糖去除口中的異物感。除了我們之外，其他居民也都不知道該怎麼調理這美國羊栖菜。三天之後，町會長向士兵打聽出了眉目，回來告訴我們：「這玩意是美國的紅茶，美國人管它叫『黑茶』（black tea）。」但是當這個消息傳開的時候，所有居民早已吃得一片也不剩。

那陣子廢墟與廢墟之間的小路上，到處是口香糖的銀色包裝紙。為什麼會發生這樣的狀況？理由就在於當初第一個私藏了鐵桶的居民打開鐵桶一瞧，裡頭剛好全是口香糖。口香糖這種東西嚼得再久也吞不下肚，嚼多了下巴會瘦，又怕美軍不知何時會來，所以那私藏者將口香糖大方地分給了附近的孩童。孩童們也像咬肉桂乾一樣，隨便咬個兩下，稍微沒有了甜味就吐掉。至於那些銀色的包裝紙，原本孩童們還會小心翼翼地把上頭的皺褶壓平，像摺紙一樣收藏起來，但是當數量太多的時候，也逐漸不再珍惜，開始隨手亂丟。不久之後，整個路面上便都是銀色的紙，看起來就像雪片一樣，在夏天的豔陽下熠熠發亮。美軍要是來到這裡一瞧，馬上就會發現俘虜的補給品遭居民侵吞了，當時卻沒人擔心這件事，這就是所謂的鴕鳥心態吧。就這樣，來自美軍的特別配給物資在轉眼之間被吃得乾乾淨淨，不久之後又恢復了吃大雜鍋、水飩湯的生活。唯獨砂糖，大家實在捨不得一口氣吃完，所以偷偷留了下來。現代每當祭典過後，神社境內地面上總是會散布著五顏六色的垃圾，當時的情況也有三分相似。在那放眼望去一片茶褐色的風景之中，唯獨那些口香糖的銀色包裝紙為我們記錄下了一場名為美國特別配給的美夢。

說起美國，俊夫想到的正是那美國羊栖菜，以及落在廢墟中的雪、泛著光澤的軋別丁軍褲裡高高隆起的臀部、在「死虧茲」（squeeze）聲中伸出的厚實手掌、相當於白米七天份的口香糖、「哈巴古泰」（have a good time）、比天皇陛下高出一顆頭的麥克阿瑟、「QQ」日美親善交流、半磅罐裝的MJB牌咖啡、在車站遭黑人士兵噴灑的DDT殺蟲劑、孤獨地整理著廢墟的推土機、裝上了釣竿的吉普車、美國人房屋上以閃爍燈泡裝飾而成的無聲聖誕樹。

44　海寶麵：二戰期間的常見主食代替品。主原料為昆布之類的海藻而非麵粉，所以吃起來的口感與一般麵類頗不相同。

為了迎接希金斯夫婦，京子懇求俊夫將公司的公用車派往羽田機場接機。「孩子的爸，你也會一起來吧？」京子再三向俊夫確認。俊夫本來想以工作繁忙為由拒絕，但一來怕被京子抱怨太沒有誠意，二來又擔心拒絕之後京子會看出自己其實是在害怕，只好陪同京子一起前往了旅客絡繹不絕的羽田機場。俊夫裝出一派悠哉的態度，與京子一同走在國際線一帶，表現得好像曾經到外國旅行是一件多麼足以自豪的事。「阿啟，你還記得嗎？我們是從那裡走進去搭飛機，海關檢查窗口就在那後頭，對吧？」京子對啟一說道。「我到酒吧坐一下。」由於距離飛機抵達還有一些時間，俊夫搭手扶梯上二樓，走進了酒吧裡。「純威士忌，兩倍分量。」俊夫像酒癮發作一樣將威士忌一口喝光。「我絕對不說英語。」這是俊夫早上睜開眼睛時所做出的第一個決定。當然不會就是不會，就算想說也說不出口，但俊夫怕從前在中之島學會的那些零碎英語突然浮上心頭，自己會為了化解尷尬而忍不住說出來。俊夫不斷提醒自己，劈頭第一句話就必須說「嗨，歡迎你們」或是「午安」，就算希金斯夫婦露出錯愕的表情，也要視而不見。既然他們來到日本，當然必須說日語。自己在招待他們的這段期間，就連「古奈」（good night）也不會對他們說。幾杯黃湯下肚，打從中午就一直持續到剛剛的緊張感全都消失了，取而代之的是一股無論如何必須戰勝敵人的激昂情緒。

臉上留著鬍子，穿著棉褲及橡膠拖鞋，看起來只像是到鄰鎮遊玩的美國青年。身材高得嚇人的兩人組。以熟稔的步伐快速前進，看起來精明幹練的中年男人。混在外國人之中，看起來眼睛上吊、膚色混濁黝黑、臉上堆滿笑容的日本旅客。下巴特別寬厚、毛髮量特別多的夏威夷僑胞第二代。形形色色的旅客紛紛走出閘門，京子突然拉高嗓音大喊：「嗨！希金斯先生、太太！」俊夫仔細一瞧，前方走來兩個人，一個是曾經在照片上看過的年老男人，留著白色鬍子，身穿深藍色西裝外套及灰色長褲，繫了一條皮革領帶。至於走在旁邊的老婦人，則看起來比照片還要嬌小一些，嘴唇上塗著鮮紅色的口紅。兩人露出一副「我看見你們了」的表情，一邊點頭一邊走了過來。他們與京子互相擁抱，並且摸了摸啟一的頭。京子似乎一時也擠不出像樣的英語，只能以一句「How are you」含糊帶過。為了化解尷尬，京子立即指著俊夫說道：「My husband」俊夫挺起胸膛，伸出手掌，以稍微沙啞的聲音說道：「嗨，歡迎你們。」沒想到希金斯竟然也以略顯生澀的日語回答：「午安，幸會。」俊夫完全沒料到對方會說日語，登時嚇出一身冷汗。既然對方說了日語，俊夫突然覺得自己應該也得說幾句英語回應。但擠了老半天，也只能擠出「威爾康」（welcome）、「貝裡顧」（very good）等寥寥數語，而且完全串聯不起來。希金斯笑嘻嘻地接著說道：「這次有機會拜訪日本，我真是太開心了。」俊夫張口結舌，不知該如何回應。另一邊，京子則靠著英語及肢體語言，勉強與希金斯太太聊了幾句。希金斯太太神情自若地對俊夫說了一句「How are you」，俊夫也回了一句「How are you」，當初抵死不說英語的決心早已拋到了九霄雲外。

俊夫以「女士優先」作為藉口，讓京子與希金斯夫婦坐在後座，自己則與啟一一同坐在副駕駛座。「希金斯先生，你真是壞心。既然會說日語，當初在夏威夷怎麼一句也不說？」「那時候我早就把日語忘得差不多了。這次決定造訪日本，才趕緊溫習了從前學過的日語。」希金斯解釋。二戰期間，希金斯參加過密西根大學的日語課程，學會了日常會話，一九四六年還曾經跟隨進駐軍在日本待了半年。俊夫回想起來，當年確實聽說過有些美國人會說日語。而且根據謠言，那些美國人走在街上時，會假裝聽不懂日語，一旦聽見有日本人在說美國的壞話，就會把那些人抓起來，送到沖繩服勞役。俊夫問希金斯當年在日本做些什麼工作，希金斯只說與報社有關。此時車子正好行駛在連結羽田機場的高速公路上，在一九四六年的時候，這一帶還是一片廢墟。「如何？日本是不是變了很多？」俊夫不禁有些自豪，連問了好幾次。但這種事本來不必俊夫主動提出，希金斯自己應該就會感到驚訝才對。然而希金斯只是沉默不語，反倒是京子向他的妻子介紹遠處以燈光裝飾的東京鐵塔及摩天大樓時，妻子連連讚嘆「wonderful」。

「希金斯先生，你喝不喝酒？」俊夫轉頭詢問。「喝。」希金斯眉開眼笑地點了點頭，遞給俊夫一根雪茄。「三Q。」此時俊夫對於說英語已不再有絲毫遲疑。但俊夫心想，這雪茄在抽之前，不是必須先把一端剪掉嗎？從前看美國軍官抽雪茄，都是直接以牙齒咬了吐在地上，難道要學他們？俊夫拿著雪茄，正不知如何下手，竟看到希金斯吐出了寬厚的舌頭，在雪茄上來回舔動。他舔得非常仔細，彷彿眼裡只剩下雪茄，看在俊夫的眼裡，那模樣實在與動物沒兩樣。最後希金斯在身上掏摸，似乎在尋找火柴，於是俊夫趕緊遞出打火機。

「這裡就是銀座。」車子下了高速公路，正在駛向位於四谷的家。通過銀座四丁目的時候，俊夫還是忍不住當起了嚮導。據說銀座的霓虹燈光比起紐約、好萊塢更加令人眼花撩亂，俊夫原本期待希金斯這次一定會很驚訝，沒想到希金斯只是回答：「我知道銀座，這裡有一家PX[45]。」俊夫正要指向和光大樓，但還沒伸手，車子早已通過了和光大樓。「我們今晚乾脆在銀座用餐如何？」俊夫脫口說出這句話，才想起家裡早已備好了餐點。不過京子並沒有反

45 PX：指專為美軍設置的商店（post exchange的縮寫）。日本在二戰剛結束的時期，東京都內有很多像這樣的商店，位於銀座的和光大樓也是其中之一。

對，希金斯也似乎完全聽從東道主的安排，喜孜孜地下了車。

該帶他們去「L」或「K」那種有外國廚師的餐廳，還是壽喜鍋、天婦羅那種日本料理餐廳？正當俊夫拿不定主意的時候，希金斯突然問道：「這裡有壽司的店嗎？」「噢，你吃壽司？」「是啊，美國也有賣壽司的店。像龜壽司、清壽司這些店都很好吃。」希金斯的妻子倒是被銀座熙來攘往的人潮嚇了一跳，不斷向著丈夫發問。「我太太看這裡人多，還以為在舉辦祭典呢。」希金斯笑著告訴俊夫，俊夫想說句風趣的話，卻礙於不諳英語，最後只能擠出一句日式英語「喔威是拉許」（always rush）。希金斯太太似乎聽懂了，對著俊夫嘰哩呱啦說起英語，俊夫一句也聽不懂，只能帶著日式微笑頻頻點頭。

希金斯夫婦的握筷方式是握著筷子的頂端，卻能靈巧地夾起壽司放進嘴裡。「在美國，我們也說Toro（鮪魚腹肉）、Kohada（小鰶魚）、Kappamaki（小黃瓜捲）這些壽司名稱。」希金斯一邊喝著日本茶一邊這麼說，態度一派悠哉，簡直像是已經在日本住了好幾年。「我想帶希金斯先生去小酌幾杯，你們先回去吧。」俊夫一面告訴京子，一面轉頭問希金斯：「如何？」希金斯笑著點頭說道：「好呀。」京子發起牢騷，「他們剛來到日本，一定很累了，別讓希金斯太太為難。」希金斯向妻子說明了之後，妻子似乎也同意了。「斯他克帕提！」（stag party）

俊夫向希金斯太太說明，卻顯得此地無銀三百兩。「好吧，那我們去逛街好了。」京子表情僵硬地邀約希金斯太太。「別太晚回來。」京子一如往昔提醒丈夫之後，便帶著希金斯太太及啟一離開了。「孩子這麼晚還沒上床，似乎不太好吧？」希金斯的口氣中帶了點告誡之意。俊夫這才想起，依照美國人的習慣，夫妻出遊時都是把孩子留在家裡。至少美國漫畫《白朗黛》都是這麼演的。驀然間，俊夫對自己的行為感到有些可恥。

俊夫帶著希金斯去了一家平日只用來招待最上等客戶的高級酒店。「哎呀，真難得您身邊會帶外國朋友。是來談公事嗎？」「不是，他從前來過日本，日語說得很溜。」俊夫怕媽媽桑說出失禮的話，趕緊加以提醒。那媽媽桑見是外國客人，刻意安排了兩個會說英語的小姐陪酒。俊夫與那兩名小姐都不熟，反倒被冷落了。希金斯終於不必再說半吊子的生澀日語，聊起天來突然變得精神奕奕。「這兩位小姐的英語說得真好！」他向俊夫這麼稱讚。過了一會，他竟然與小姐們牽手搭肩、摟摟抱抱起來。俊夫心想，原來希金斯這個人如此好女色。既然知道了這一點，如果不讓他享點豔福，似乎顯得自己招待不周。俊夫於是暗自盤算，看來明天得找個應召女郎來陪陪他才行。基於工作上的需要，俊夫對這些特種行業多少有些門路。「希金斯先生，明天有什麼計畫嗎？」俊夫問。希金斯掏出筆記本，遞到俊夫面前，說道：「兩點要跟記者俱樂部的朋友見面，五點要跟CBS的朋友吃飯。為什麼突然問這個？」俊夫見希金斯在日本原來有這麼多朋友，心裡有點不是滋味。「晚上也沒關係，我想介紹漂亮女孩子給你認識。」「謝謝你。」希金斯的態度相當平淡，並沒有特別開心。「那就約跟CBS的朋友吃完飯之後，好嗎？」「大概幾點？」「約八點應該沒問題。」「OK。」俊夫與希金斯詳細敲定時間，簡直像要進行一場重要的商務會議。確定了時間後，俊夫立即離席，打電話給熟識的應召站老闆。「雖然是外國人，但年紀很大了，最好派年輕一點的來。」俊夫提醒。那業者提出外國人必須加收五成費用的要求，但也答應會派出旗下最豐滿的小姐。俊夫另外又叫了一個小姐來陪自己，約定好在巢鴨的賓館會合。

希金斯喜歡喝純威士忌，他每次都是以經典酒杯倒半杯一口喝光，卻絲毫沒有醉意。俊夫曾告訴他所有行李都可以放在車上，希金斯卻堅持將一個公事包帶在身邊。喝了一會，他突然從公事包裡拿出一個厚紙袋，告訴大家，「我這裡有一些裸照。」俊夫一看，照片裡的金髮美女撐開了雙腿，擺出性感撩人的姿勢。希金斯將那些照片一張張排在擺滿了水果的桌上，絲毫沒有害臊之意，看著小姐們驚聲尖叫，還有些樂在其中。「我很會拍照，從前在日本的時候也拍了不少。」他說道。俊夫心想，那大概是以口香糖、巧克力、絲襪作為誘餌，強迫日本少女脫掉了衣服吧。俊夫本來想這麼譏諷幾句，但心思馬上被眼前那些猥褻的金髮美女照片吸引，將那些念頭拋諸腦後。突然間，有一滴不知什麼東西噴到了俊夫的眼前。抬頭一看，原來是希金斯正拿著橡皮細線伸入牙縫摩擦，食物殘渣及唾液四下亂噴，他卻毫不在意。小姐們只是默默擦去，誰也不敢抱怨。

後來兩人又跑了兩家酒店，希金斯還是毫無醉意，開開心心地猛灌威士忌。回程的車上，兩人還合唱起了《You Are My Sunshine》，踏入家門時已是凌晨三點了。俊夫帶希金斯上二樓的房間，自己也在早已熟睡的京子、啟一身旁躺下。枕頭邊凌亂擺著一些口香糖及餅乾，多半是希金斯夫婦帶來的伴手禮。此外還有香水、白蘭地，以及看起來像是夏威夷原住民所穿的廉價夏威夷傳統洋裝。

隔天早上，俊夫宿醉嚴重，只好打電話進公司，說自己會晚一點到。俊夫一邊咬著止痛藥，一邊向早已起床的希金斯夫婦打招呼。希金斯毫無宿醉的跡象，看著庭院裡的草坪說道：「該修剪一下了。」平日京子很努力打掃家裡，但無暇整理庭院，因此庭院裡確實長了不少雜草，還隨處可見乾掉的狗糞。希金斯夫婦不喝京子貼心準備的冰咖啡，卻要了日本茶。此外只吃了一片麵包，對沙拉及荷包蛋連碰也沒碰。「這附近能不能買得到英文報紙？」希金斯問。

俊夫心想，美軍商店裡應該找得到，但實在懶得專程去買。「今天我要陪希金斯太太去看歌舞伎，她剛剛說希金斯先生今天也與人有約。我們都會在外頭吃完飯才回來，你呢？」京子問俊夫。俊夫心想，總不能老實回答要帶希金斯去嫖妓。希金斯在一旁明明也聽見了京子的問話，卻只是專心舔著他的雪茄，不做絲毫解釋。最後俊夫沒有明說自己會與希金斯見面，只是敷衍了一句：「別擔心，我自己會找事情做。」希金斯太太將啟一叫到身邊，不厭其煩地教導他「good morning」和「how are you」的正確英語發音。啟一臭著臉隨便亂念，希金斯太太卻不曾氣餒。「要不要乾脆先把啟一送到他外婆那裡？」俊夫在廚房悄悄詢問京子。「媽媽身體不好，我不想勞煩她。為什麼這麼說？」「今天晚上你們大概也會很晚回來吧？讓他一整天陪著你們大人到處走，他也會累。而且晚上太晚睡，也怕他養成習慣。」「你別亂操心，啟一很喜歡希金斯太太。跟著我們一起走，也能多學一點英語。還是你願意早點回來，在家裡陪啟一？」京子似乎誤以為丈夫不贊成自己與希金斯太太出去，口氣相當差。「何況讓啟一熬一點夜，也沒什麼大不了。你很晚回家的日子，他也常晚上不肯睡，說要等你回來。」俊夫見氣氛不對，也不再說什麼。庭院裡忽然傳來啟一的歡笑聲，轉頭一看，希金斯正抓著一臺除草機。那除草機是當初俊夫在庭院裡設置草坪時，順便添購的機器，但一直放在儲藏室裡，一次也沒用過。只見希金斯叼著雪茄，慢條斯理地操縱著除草機，那副模樣帥氣得可以當作海報照片。「哎呀，希金斯先生，請放著吧。不敢勞煩你。」京子向希金斯說完後，轉頭對著俊夫抱怨，「我早叫你把草除一除，你就是不聽。那機器太重了，我操縱不了。你看吧，現在丟臉了。」

中午吃過午飯，京子便帶著啟一及希金斯太太出門了。她們說要先上美容院，再去觀賞歌舞伎。俊夫雖然不再宿醉，但總不能自己一個人出門，將希金斯獨留在家裡。希金斯除完了草，到浴室沖了個澡。「要不要喝杯啤酒？」俊夫想不出有什麼事情可以做，只好這麼對希金斯說。「有沒有威士忌？」希金斯問。俊夫迫於無奈，只好陪著希金斯在大白天喝起烈酒。希金斯為了赴三點的約而出門之後，俊夫已無法工作，只好一個人繼續喝著兌水的威士忌打發時間。因為無事可做，俊夫溜進二樓寢室偷看。希金斯太太的衣服在房間裡亂成一團，完全沒有整理。一翻開她的行李，裡頭竟然有十多件五顏六色的內褲，實在不像是一個上了年紀的老女人應該帶在身邊的東西。

晚上七點，俊夫與希金斯約在N飯店碰頭。俊夫已喝得微醺，心情不由得異常亢奮，對希金斯說道：「希金斯先生，要不要乾脆讓兩個小姐都陪你？不用跟我客氣，我不玩沒關係。那可是最頂級的『數子天井[46]』……呃，該怎麼說呢？就像魚子醬，由諾（You know）？那裡就像最高級的魚子醬。」俊夫見希金斯一臉疑惑，便繼續解釋，「我的意思是她們的××，由諾（You know）？依茨來客（It's like）魚子醬。就是蛸壺[47]，你懂嗎？」希金斯從前在日本似乎也是花柳界常客，忽然哈哈大笑，說道：「我懂了，你說的是巾著[48]？」

兩人來到了位於巢鴨的N飯店賓館，卻只見應召站老闆等在裡頭。昨天他滿口答應，今天卻換了一副口氣，說道：「願意陪外國人的小姐並不多，加上這次時間太匆促，我安排的小姐年紀已經有點大了，但技巧保證是第一流的。」一問詳情，原來那小姐已經三十二歲，從前曾在立川美軍基地陪美國兵。「我的那個呢？」俊夫問。「那可就不同了，保證是經驗少的上等貨色。」對方回答。「我可以付兩倍的錢，你幫我想想辦法，讓陪我的那個去陪那外國人。拜託你了，那可是非常重要的客戶。」俊夫苦苦哀求。剛剛俊夫才對希金斯誇下海口，說今天的小姐是最頂級的貨色，要是讓那個來路不明的女人去陪希金斯，這個臉可就丟大了。「這種事得看小姐的意願，不過我可以幫你問問看。」俊夫再三懇求，直說任憑小姐開價。希金斯一走進賓館房間，立刻繞過幾乎占據整個房間的棉被，走到壁龕處坐下，裝設起了照相機。「我想給小姐拍照，可以嗎？」希金斯問。俊夫心想，如果只是拍拍臉，應該沒什麼問題，但如果要拍昨晚那樣的猥褻照片，可就很難說了。「ＯＫ，我去交涉看看。」這時的俊夫幾乎已跟皮條客沒兩樣。二十分鐘後，應召站老闆帶著兩個女人進來。老闆朝俊夫招招手，說道：「我已經講好了，讓原本陪你的那個去陪外國人，但價錢是兩倍。」「能不能拍照？」「拍什麼照？」「小姐的裸照。我這客戶馬上就要回美國了，絕對不會給小姐添麻煩。」「這得問小姐才行，你們自己跟她交涉吧。」老闆的言下之意，似乎是希望不大。老闆帶來的兩個小姐之中，較年輕的那個有著苗條的身材及姣好的臉蛋，就算說是時裝模特兒，人家也會相信。至於曾陪過美國兵的女人，則有著寬厚的下巴，長得讓人不敢恭維。而且她將身體轉向一邊，似乎有點不太開心。兩個小姐看起來原本也不認識，希金斯更是默默坐著，並不開口說話，俊夫只好再度當起皮條客，問道：「呃……妳叫什麼名字？」「美幸。」「他是希金斯先生，你們的房間在隔壁。」俊夫心想，反正沒必要報假名，所以說出了希金斯的名字。接著俊夫將兩人帶到隔壁房間，

46　數子天井：日本花柳界隱語，意指能夠讓男人感到非常舒服的最高等級女性陰戶。「數子」的原意為鯡魚卵，文中的俊夫不知如何解釋，因此以魚子醬來加以形容。為方便讀者理解，此處翻譯從簡。

47　蛸壺：女性陰戶的隱語。

48　巾著：女性陰戶的隱語。

讓希金斯先到房間裡等著，再偷偷問美幸，「這老外喜歡照相，他說想拍一些照片。反正他過幾天就會回美國，照片只會放在相簿裡，當成日本女性的代表。當然我會支付一些報酬……」「開什麼玩笑！」美幸不等俊夫說完，已氣呼呼地拒絕。她狠狠地瞪了俊夫一眼，彷彿把俊夫當成了想要拍照的本人。俊夫無奈地回到自己的房間，那曾經陪過美國兵的年長小姐已脫得全身只剩下一枚黑色襯衣。俊夫雖然興致缺缺，還是憑著一股醉意，脫光了衣服躺下。「我是個寡婦呢。」那女人以又膩又嗲的聲音說著，一邊嬌喘一邊貼了上來。她的床上技巧似乎都只是為了滿足她自己，而且不知道是不是受了美國兵影響，她一直在俊夫身上亂親、亂抓。俊夫生怕在身上留下了偷腥的證據，只能拚了命閃躲。想到隔壁房間，那漂亮又年輕的美幸與希金斯的交歡景象，一定與自己的窘境完全不同吧。俊夫靠著那想像所帶來的刺激，才勉強辦完了事。俊夫走進浴室一瞧，自己的腋下、手臂及胸口的乳頭附近都留下了怵目驚心的吻痕。這一嚇，讓俊夫的醉意全都醒了。

俊夫打發小姐離開後，取出冰箱裡的啤酒，在房間裡一邊喝著一邊等待希金斯。但希金斯遲遲沒進來，俊夫躺在床上差點睡著，驚醒時剛好看見兩人走進房間。美幸依偎在希金斯身邊，與剛剛的潑辣態度有了一百八十度的轉變。

「希金斯先生的日語說得真好。」美幸連連稱讚。「謝謝妳。」希金斯一邊說，一邊將照相機裡的底片往回捲。看來照片是讓他拍到了。此時應召站老闆打電話來詢問狀況，俊夫應了一句「還行」，老闆接著又說：「我這邊有表演黑白秀[49]的高手，不知道你那位外國朋友有沒有興趣？像這樣的秀，其他地方可是很難看到的。包含拍攝費用，總共三萬圓。這個男演員從前在淺草一帶可是鼎鼎大名，後來休息了一陣子，最近才回來重操舊業。他的那話兒可了不起了，絕對有一看的價值。」俊夫於是問道：「希金斯先生，你知道黑白秀嗎？」「不清楚。」「呃，就是很歐布新（obscene）的秀，法克新（fucking）的秀。」俊夫胡亂解釋一通。「我懂了。」希金斯揚起嘴角。俊夫於是轉頭告訴老闆「明天六點，麻煩你了」，接著告訴希金斯：「兔摩羅（tomorrow），在這裡，日本第一片尼斯（penis）。」希金斯呵呵一笑，點了點頭。

兩人又回到銀座，一間間酒店輪著喝。所有的花費都是由俊夫支付，希金斯似乎也覺得理所當然，什麼話都沒說。事實上就算希金斯掏出錢包，俊夫也絕對不肯讓他花一毛錢。兩人最後到六本木的壽司店吃了壽司，才搭車回家。俊夫回到家裡一看，京子竟然還醒著。「你既

49 黑白秀：原文作「シロクロ」，花柳界隱語。屬於脫衣秀的一種，由男女演員在觀眾面前表演各種做愛姿勢。

然和希金斯先生在一起，怎麼不跟我說？我見你一直沒回來，心裡很擔心，若不是希金斯太太告訴我，你們又一起去喝酒，我還不知道你去了哪裡，真是丟臉死了。」京子氣呼呼地抱怨了一頓，接著又語帶譏諷地問道：「你每天玩到這麼晚才回來，公司那邊沒問題嗎？我在家裡可是一直接到公司打來的電話呢。」「妳怎麼說這種話？這客人可是妳邀來的，我這麼盡心招待他，怎麼反而好心沒好報？」「就算要招待，也不必每天晚上喝到三、四點才回來吧？希金斯先生年紀大了，身體會受不了的。」俊夫心想，希金斯可是精力旺盛得很，但這句話無法說出口。「那個老太婆也真是沒禮貌，今天她竟然擅自打開我們家的冰箱。看來當婆婆的都不是好惹的人物，美國也不例外。」京子又絮絮叨叨地念了一會，但畢竟是自己邀來的客人，也不好一直責怪丈夫。京子將身體朝俊夫湊來，俊夫因為白天那件事的關係，不禁有些慌亂。今天天氣炎熱，穿著內衣實在有些不自然，但如果脫掉內衣，馬上會被看見吻痕。俊夫只好假裝若無其事地將京子推開，說道：「我去洗澡。」「不行。希金斯太太把日式的浴槽當成西式的浴缸用，洗完澡就把水排掉了。我懶得重新放水，所以我跟啟一今天都沒有洗澡，你也忍耐一天吧。」京子冷冷地說完後，轉身朝著另一邊睡了。俊夫正求之不得，趕緊也鑽進了被窩裡。

酒醉之後的疲勞感，彷彿要將身體拖入黑暗之中。但是另一方面，意識卻又異常清醒。

仔細想想，為什麼我要這麼全心討好那個老頭？為什麼跟希金斯在一起的時候，我會滿腦子只想著要取悅他？美國人殺死了我的父親，為什麼我一點也不恨美國人，見了美國人反而感到有些懷念？難道是十四歲的時候，那些身材魁梧的占領軍在自己的心中留下了恐懼的陰影，所以自己想要靠讓希金斯喝酒、玩女人，來化解自己的心結？抑或是因為當年自己正三餐不繼的時候，獲得了那來自美軍降落傘的特別配給，以及後來的大豆渣配給，所以自己想要報答那些恩情？雖然那些大豆渣在美國只是家畜飼料，其他如玉米之類，也只是當時美國生產過剩的農產品，但如果沒有那些救濟物資，日本不知會多餓死幾萬人。話雖如此，但自己在看見希金斯的時候，為什麼會湧生懷念之情？希金斯重回日本，是否也懷念起了當初隨進駐軍來到日本的時光？為什麼他能夠這麼氣定神閒地看著別人付錢？為什麼他能夠擺出一副那麼厚臉皮的姿態？若站在希金斯的角度來思考，當初隨占領軍來到日本的時候，正是他人生中最意氣風發的時期。因此如今舊地重遊，除了感到懷念之外，或許還讓他回想起了當年占領軍耀武揚威的一面。但為什麼我會願意配合他，做那些拉皮條的事情，簡直就像當年我眼中的大人一樣？為什麼做這種事會讓我感到開心？陪一個美國人喝酒，對我有什麼好處？難道我也在懷念當年那些時光？不，沒這個道理。想當年我還因為經常餓肚子的關係，養成了像牛一樣把食物吐回嘴裡咀嚼兩、三次的習慣。有一次，我到香櫨園[50]的海邊游泳，在外海處遭美軍的小艇追趕，差點溺死在海裡。還有一次，我在中之島幫女人斡旋賣淫，結果那女人逃了，美國兵竟然氣得對我拳打腳踢。想來想去，實在是想不出什麼美好的回憶。我母親也因為戰爭期間吃了太多苦，最後身體衰弱而死，我不僅得獨自活下去，而且還要照顧妹妹。換個角度想，這些也都是美國的錯。但為什麼我一看到希金斯的臉，就滿腦子只想著如何滿足他的需求？難道就像遭強暴的處女，反而會對那個壞男人念念不忘？

隔天早上，京子的氣全消了。「希金斯太太說要搭觀光巴士繞東京一圈，我想趁這個機會帶啟一到泉岳寺走一走。」京子的心情也有些雀躍。「你呢？今天也跟希金斯先生在一起？」「嗯。」「別太晚回來，今天我希望你在家裡吃晚飯。」京子說道。今天希金斯一大清早就起床了，明明不熟悉附近的地理環境，卻興匆匆地出門散步。回來之後，他一邊心滿意足地說著「我發現了一間很漂亮的教堂」，一邊又喝起了威士忌。俊夫雖然對自己的酒量也挺有自信，但實在沒辦法陪著他這麼喝下去。今天非進公司不可，俊夫問希金斯要不要一起出門，希金斯竟泰然自若地回答：「你先出去吧，我還想在家裡多待一會。」俊夫迫於無奈，只好將鑰匙交給希金斯，並提醒他出門時記得將門鎖上。希金斯的態度就好像是已經在這裡住了好幾年，一切都彷彿理所當然。

俊夫以略顯心虛的口吻，向職員們說明自己家裡來了美國客人。職員們知道俊夫從不曾與外國人往來，全都吃了一驚。「我們公司要跨足美國了？聽說我們日本的動畫技術，連美國人也相當佩服呢。」聽了職員這異想天開的誤會，俊夫也懶得解釋。「我可以幫忙翻譯。」另一名職員興致勃勃地說道。「對方是美國的大富豪，這幾天來日本旅行。」俊夫說道。「噢，您真有本事，能結識這樣的美國人。您跟他認識很久了？」「嗯，從當年進駐軍時代就開始往來了。」這句話說起來半真半假。在俊夫的心裡，就算是美國的孩童，看起來也像個進駐軍的小小士兵。俊夫暗想，眼前這個年輕人絕對不會懂自己的心情。對年輕人而言，美國大概就只是個這輩子一定要去過的國家，是個只要找得到關係就能免費旅遊的天堂。就好像到善光寺拜拜是為了祈求保佑，到美國也只為了貼上一層金箔。

晚上兩人依約回到了位於巢鴨的賓館，一路上俊夫向希金斯詢問昨天買春的感想，希金斯擠了擠眼睛，說道：「那女孩子的身體確實漂亮，但若要比豐滿，還是比不上我照片裡拍的那

50　香櫨園：兵庫縣地名。

些美國姑娘。」俊夫見了希金斯那露骨的得意表情，心裡暗想你等著瞧吧，等等的黑白秀一定會讓你見識到日本第一的陽具有多麼雄偉壯觀。心急如焚地等了一會，應召站老闆帶著一對男女走進了房間。男人的身材頗為矮小，年紀與俊夫相仿，女人則大約二十五、六歲年紀。「我們得先換衣服，請稍待片刻。」兩人裝模作樣地行了一禮後轉身離開房間，老闆跟著說道：「聽說他們還是第一次在外國人面前表演呢。男的那話兒可真不得了，連我看了也不禁有些自卑。」聽完了老闆的吹噓，兩人剛好穿著浴衣走回房間。他們在墊被上躺了下來，希金斯似乎是嫌自己坐的位置看不清楚，指了指墊被上的枕頭旁邊，示意想到那裡去看。「請、請，靠近一點看，才能看清楚日本的四十八手絕活。」老闆說道。俊夫也跟著補了一句「佛踢耶特波幾遜（forty eight position）」，希金斯點了點頭。

男人首先反覆親吻女人的嘴唇、頸項及乳房。女人的呼吸愈來愈急促，男人慢慢將女人的浴衣剝開，露出裡頭的肌膚。驀然間，身旁傳來「咚」的一聲響。原來希金斯將好幾張座墊疊在枕頭邊，坐在上頭看得入神，卻因為太過專注的關係，整個人從座墊上跌了下來。他絲毫沒有流露出尷尬的神情，只是默默坐回座墊上。俊夫在一旁看了，內心不禁暗自叫好。俊夫心想，原來我費盡苦心招待他，就只是為了看他露出這樣的醜態。不管是將他灌醉也好，或是讓他愛上日本女人也行。俊夫終於明白了，到頭來自己只是希望以日本的某樣東西，讓希金斯為之瘋狂或徹底屈服，使他無法再維持那談笑自若、氣定神閒的態度。此時女人已經脫得一絲不掛，過火的前戲讓她流露出了打從心底渴望男人的表情，那已不再是單純的演技。男人扳開女人的雙腳，跪坐在兩腿之間，拉開浴衣的前襟，露出了自己的陽具。男人不愧是性愛老手，那陽具雖還未呈現出雷霆萬鈞的氣勢，但整根色澤黝黑，彷彿時機一到就要翻雲覆雨一番。男人在手掌上吐了一些唾液，輕柔地往女人的下體探去，一旁的希金斯也伸長了脖子，看得目不轉睛。女人等得愈來愈心焦，不禁以雙腳勾住了男人的腰際。但男人只是維持著宛如跪地祈禱的動作，陽具雖然已微微隆起，但還不到能夠提槍上陣的程度。男人一邊以右手捧著陽具，一邊以左手探摸女人的下體，接著男人將身體貼了上去，女人雖發出呻吟，但顯然並沒有真正結合。類似的經驗，俊夫自己也曾有過。例如喝得酩酊大醉，想要臨陣卻力不從心，用盡手段卻依然是徒勞無功。剛開始，俊夫以為這也是表演橋段之一，但仔細一瞧，男人的表情愈來愈焦躁不安。男人重新挺起了上半身，反覆套弄起自己的陽具，但那東西反而愈來愈委靡不振，距離日本第一當然也是天差地別。女人也終於察覺不對勁，起身將那東西含在嘴裡，但還是毫無起色。

俊夫詢問老闆這是怎麼回事，老闆只是歪著腦袋苦笑。男人的臉就在希金斯的腿邊，只見他汗水涔涔，皺起了眉頭，緊閉著雙眼，彷彿在默念著什麼。有時他會像女人一樣突然把兩腿張開，有時又重新伸直。女人也拚命以手指輕撫男人的胸口及大腿內側，一股寧死也要達成使命的氣勢表露無遺。俊夫也急得彷彿自己才是委靡不舉的當事人，不斷在心中吶喊著。你在幹什麼？不是號稱日本第一嗎？還不快振作起來，讓美國人見識一下我們日本最引以為傲的龐然大物。嚇破他的膽，讓他屁滾尿流。若要形容此時俊夫的心情，或許可以形容為「肉棒國家主義」吧。男人在這節骨眼如果硬不起來，實在有辱大和民族的名聲。如果可以的話，俊夫多麼希望自己能代替那男人上陣。此時俊夫的胯下早已堅硬挺拔，但轉頭往希金斯的兩腿之間望去，竟是絲毫沒有動靜。

「真是非常抱歉，我也是第一次遇上這種狀況。」男人奮戰了將近三十分鐘，應召站老闆再也看不下去，問道：「阿吉，你到底是怎麼了？」那男人有氣無力地仰躺著，連站起來的力量也沒有，說話的聲音更變得沙啞了。女人也不知如何是好，直說：「他大概是累了吧，以前他從來不會這樣。」

「那好吧，先休息一下，喝杯啤酒吧。」俊夫見那男人為了展現男性雄風而身心交瘁的模樣，也不禁覺得可憐，雖然希金斯在一旁看著，但也顧不得面子問題。俊夫遞給男人一杯啤酒，但男人不肯接下，只是一臉嚴肅地說道：「讓兩位見笑了。我會把錢還給你們。下次有機會的話，請再讓我表演一次，我不會收你們的錢。」「唉，你別想那麼多，男人總有這種時候。來，喝吧。」俊夫試著安慰對方，但那男人像逃命一樣快步離開了房間。希金斯繼續舔著他的雪茄，一句話也沒說。

「我從來沒遇過這檔事。沒想到阿吉竟然會出這種紕漏，再怎麼說……」老闆將那男人的陽具形容得天花亂墜，最後瞥了希金斯一眼，說道：「應該不是因為外國人在場的關係吧。」

那個被喚作阿吉的男人，年紀看起來大約三十五歲前後。由這年紀來看，他無法順利勃起的理由很可能是因為希金斯在場。如果在當年的占領軍時代，阿吉也曾有過與我類似的經驗……不管怎麼想，應該是一定有吧。雖然東京的情況不見得與神戶、大阪相同，但只要曾經向美國兵討過口香糖，只要曾經畏懼於美國兵那虎背熊腰的體格，無法勃起也是情有可原。美國人希金斯就這麼大剌剌地端坐在那裡，阿吉躺在希金斯的腳邊，就算再怎麼屏除雜念，腦袋裡也一定會浮現吉普車的景象，響起當時的流行歌曲《Come, Come, Everybody》。不再受到聯合艦隊及零式戰機保護的不安感，在廢墟中承受豔陽曝曬的空虛感，有如昨天的經歷一般清晰鮮明。阿吉無法勃起，一定是因為這個緣故吧。但是希金斯絕對無法明白這個道理。不，就算是日本人，只要不是我這個年紀，想必也是無法理解吧。那些能夠平心靜氣與美國人說話的傢伙，那些在美國見到周圍都是美國人卻依然能保持理性的傢伙，那些看見美國人時不會緊張得全身僵硬的傢伙，那些不以說英語為恥的傢伙，那些汙衊美國人的傢伙，那些吹捧美國人的傢伙。他們不會理解阿吉心中的美國，不會理解我心中的美國。

俊夫突然有種全身精力流失的疲累感，轉頭對希金斯說：「京子說今天要在家裡舉辦壽喜鍋宴會，得早點回去。」「抱歉，我要去大使館找朋友，沒辦法奉陪了。」希金斯拋下這句話之後，對應召站老闆說了一句不知道算不算譏諷的「謝謝」，起身離開房間。他的步伐毫無迷惘，實在不像是個睽違日本二十年的美國人。俊夫獨自回到家裡，京子正氣得直跳腳。「希金斯太太真是不懂禮數！她明知道我準備了晚餐，卻突然說今晚要住在橫濱朋友的家裡。」京子預期美國人的食量很大，所以桌上的數枚大盤子盛著堆積如山的松阪牛肉、豆腐、蒟蒻、蔥及雞蛋。「看來我們只能自己吃了。孩子的爸，你要多吃一點，不然可就糟蹋了。」京子不停地碎碎念。「我為她做了那麼多，她卻好像全都不看在眼裡。搭觀光巴士遊覽時也一樣，我明明在旁邊努力介紹，她卻只盯著英語的旅遊手冊。而且她這個人還很小氣，購物的時候專挑便宜的東西買，就連送給啟一的玩具，看起來也像是夜市買來的便宜貨。還有，她還很愛管東管西，曾經當著我的面責罵啟一。總之他們真的是很厚臉皮，說來就來，全部的錢都要我們出。我只是因為在夏威夷受了他們照顧，想要回禮而已，但他們這一來，可不知道要待多久。孩子的爸，你有沒有在聽我說話？我說，這對夫婦到底要待多久？」「誰知道呢。搞不好會待上一個月。」「別開玩笑了。如果他們真的賴著不走，我會跟他們攤牌，要他們趕快離開。」京子氣呼呼地大喊。

不論是早是晚，希金斯總有一天會回美國。但就算希金斯走了，美國人終究還是會賴在我的心頭，一輩子也不會離開。那個躲藏在我心中的美國人，是個只屬於我自己的美國人。我會被他牽著鼻子走，不時想起當年向美國人討口香糖的日子，或是將Q掛在嘴邊的日子，並為此痛苦呻吟。這或許是一種名為美國過敏症的不治之症吧。「孩子的爸，你明天有什麼打算？別再跟著他到處跑了。」俊夫沒有回答京子這個問題，只是在腦袋裡默默想著，自己多半會忍不住改以藝伎來吸引希金斯的目光吧。嘴裡說著「日本藝伎閣樓（girl）」之類的話，做出一些跟皮條客沒兩樣的行徑。俊夫一邊想像著那個畫面，一邊自暴自棄地把肉往肚子裡吞。明明手上的筷子從來沒停過，桌上的松阪牛肉卻絲毫沒有減少的跡象。肚子早已高高鼓起，卻還是只能不斷把肉往胃袋裡塞。就像當年的美國羊栖菜一樣，感受不到一絲一毫的滋味與香氣。

焦土層

那是一棟彷彿隨時會風化的屋子。土牆外層剝落，裸露出裡頭一根根交錯的細小竹枝；每一扇窗戶的玻璃上都有剪成花形的紙片，排列出圓弧線條。若沒有那塊寫著「德井公寓」的招牌，實在很難讓人相信這是一棟依然有人居住的屋子。善衛愣愣地站著不動，凝視眼前的景象。看了一會，善衛忽然萌生一個想法。把眼前這棟房子仔細看個清楚，或許也是一種道別的儀式吧。

善衛抱著這樣的心情細細打量，更加覺得這整棟屋子就像是一個包著白布的骨灰盒。一股焦躁感在善衛的心中油然而生。以後再也不會有機會看見了，一定要把這畫面好好牢記在心裡才行。首先映入眼簾的，是門口那兩根塗上了花崗岩粉的柱子。左側的房間是洗衣店的工作房，一個身穿白色襯衫的矮小男人正拿著舊式的蒸汽熨斗在熨燙衣服。那明顯用了大量漿水的衣物，看起來反而更添寒酸感。右側的房間則是間空房。門口的混凝土地面擺著涼鞋、兒童鞋，以及生鏽的堆沙玩具。一團團黑色的東西，不曉得是狗糞還是嬰兒的糞便。唯有顏色鮮豔的滅火器看起來異常刺眼。明明是大白天，門內卻宛如洞穴深處一樣昏暗，從外頭無法看得清楚，只知道隔著走廊的兩側各有三間房間，每間房間都是大約六疊大。走廊的盡頭處是廚房，右邊的內側是廁所，左邊則有通往二樓的樓梯，樓梯的底下還有一間約兩疊半大的房間。善衛重新將視線拉回屋子的外觀，牆壁是灰色的木筋砂漿材質，上頭有著綠色的屋瓦。二樓的房間外頭晾著一條毛巾，在風中微微搖曳。向外突出的欄杆處擺著三個盆栽。

這棟公寓位於十字路口處，其他三個角落都是新建的文化住宅[51]，有著氣派的混凝土圍牆。往大海方向延伸的道路，遠處可看見釀酒廠的高塔，在陽光下閃耀著白色光芒，看起來簡直像是石化工廠。至於六甲山方向，則受省線的堤防遮蔽了視野。山腹附近飄著一道淡淡的紫煙，或許是發生火災了。

德井公寓在二戰前原本是神戶市營公車的員工宿舍。直到一九四五年初夏的那場空襲之前，善衛自己也居住在這一帶，因此對這棟建築依稀有點印象。或許是錯覺的關係，當年總覺得這一帶全都因空襲而燒成了廢墟，幸免於難的建築物應該只有小學校舍及公會堂而已，沒想到德井公寓竟然能殘存到今天。這棟老舊而腐朽的建築物後來多半是轉手讓給了民間人士，所以才會冠上「德井」這個毫無意義的名稱。所謂的德井，其實就只是這一帶的町名。善衛不禁

51　文化住宅：指日本在五、六〇年代出現的新式公寓住宅。相較於傳統公寓，這種新式建築多具有較高的生活機能，因此有了「文化住宅」的雅稱。

感到納悶，為什麼舍利萬絹會住在這種地方？

絹是善衛從前的母親。嚴格來說，是曾經養育善衛十二年的養母。善衛每個月都會匯一萬圓給絹當生活費，再加上絹已屆六十九歲高齡，又沒有親人可以依靠，符合清寒補助金的資格。這一萬圓加上清寒補助金，應該有兩萬多圓，照理來說，絹根本不必住在德井公寓這種老舊不堪的屋子裡。更何況絹所住的房間，還是在廁所對面的樓梯底下。只要花個四千圓左右，應該就能租到向陽處的房間才對，為什麼絹要住在這種地方？善衛匯給絹的生活費，每個月都是由善衛任職的演藝經紀公司會計課匯往神戶銀行的六甲道分行。而且絹每個月都會寄一封明信片給善衛，通知已收到匯款。明信片上總是寫著「承蒙每月撥款扶持，助益甚大。一如往昔郵寄菲禮，懇請笑納。還望保重身體」，每個月都是相同的詞句，從不曾變過。收到明信片的大約兩天之後，就會有一包廉價的調味海苔寄達公司。這是善衛小時候最喜歡吃的零食，但這種會讓心情沉重的東西實在不想帶回家，因此只要有人恰巧在這時到公司拜訪，善衛就會順手將海苔送給對方。

「部長，您的電話。」昨天下午，部下一邊這麼說，一邊將電話的話筒遞給善衛。善衛在公司裡負責與作曲家接洽，因此每天都會接到二、三十通電話。善衛原本以為這也是一通工作上的電話，因此沒有想太多就接了起來，沒想到對方的說話口氣與演藝圈內人士截然不同，顯得有些畏縮與遲疑，吞吞吐吐了一會之後才問道：「請問你認識舍利萬絹女士嗎？」舍利萬是善衛的舊姓，但善衛在剛聽到的瞬間，卻完全想不起來那是誰。畢竟上一次聽到這個姓氏，已經是二十年前的事了。絹寄來的明信片上雖然也寫著舍利萬這個姓氏，但善衛總是翻到背面瞥一眼那數十年如一日的詞句，就將明信片與其他廣告信件一起扔進廢紙簍，從不曾仔細看過。「舍利萬？」善衛一時之間愣住了。「是啊，這姓氏相當罕見，一般不知道的人都會讀作『合利萬[52]』吧。」善衛聽了這句話，霎時心頭一震。二十多年前，舍利萬還是自己的姓氏的時候，當時幾乎沒有人知道這個姓氏怎麼讀，就連學校老師也叫自己「合利萬」。因此善衛當時非常恨自己為什麼會有這麼古怪的姓氏。當時還活著的外婆告訴善衛，舍利萬是打從江戶時代就在福井縣傳承下來的家族。原本這個家族代代販售一種名叫「佛舍利萬頭」的糕點，後來到了明治維新的時候，政府允許一般庶民擁有姓氏，當時為了紀念「佛舍利萬頭」，所以家族就

52　合利萬：原文中「舍利萬」的正確讀音為「こつま（KOTSUMA）」，但因為這個姓氏太罕見，很多人會誤讀為「しゃりまん（SHARIMAN）」。此處因中日文特性不同，翻譯上無法精確譯出，為幫助讀者理解，權且將錯誤的讀音「しゃりまん（SHARIMAN）」譯為「合利萬」，以示讀音上的區隔，相關譯文亦稍做調整。

決定以「舍利萬」為姓氏。

「舍利萬絹？我認識。」善衛除了震驚之外，還受對方口音影響，忍不住說起了神戶腔。「噢，你認識她嗎？真是太好了，我不知道她有什麼親戚，只在小櫥櫃裡頭的一張紙底下看到你的姓名及地址，所以我打電話到一〇四，問出了你的電話。」對方似乎鬆了口氣，說起話來也變得流暢許多。「我明白了，請問舍利萬絹發生了什麼事嗎？」「她今天早上不幸過世了。啊，根據醫生的說法，應該是昨晚過世，只是到今天早上才發現。我不知道該聯絡誰，正像無頭蒼蠅一樣。如果你認識她的親戚，能不能幫忙通知一聲？我們這邊會先幫她辦個守靈儀式。」對方算是相當熱心，還在說個不停，善衛心不在焉地聽著，忽然察覺職員們露出狐疑的眼神，便趕緊說道：「給你添麻煩了，我會再打電話跟你聯絡。讓你打這長途電話，我也過意不去。」「反正這電話是從公司打的，這倒是無所謂。」雖然對方這麼說，善衛還是向對方要了電話號碼。一來在辦公室不方便詢問細節，二來自己也需要一點冷靜的時間。

關於舍利萬絹的事情，善衛原本以為自己早已盤算妥當了。畢竟絹年事已高，總有一天得為她處理後事。不，在她過世之前，如果她臥病在床而無人照顧，善衛也有心理準備要負起照顧的責任。然而一旦發生這些事，處理起來畢竟麻煩，所以善衛平日總是刻意不去多想。每次收到絹寄來的明信片，丟棄前瞥一眼上頭一成不變的詞句，內心多少會感到鬆一口氣。如今突然接到絹過世的噩耗，善衛不由得方寸大亂，一心只想著要趕緊前往，卻不知道絹生前住在何處。

直到一九四七年的年底之前，絹與善衛一同住在篠原南町的某二樓房間，後來絹過起獨居生活後，搬到了八幡神社的附近。善衛依然清楚地記得這些地點，但後來絹又搬到了哪裡，就不得而知了。因為一旦得知絹住在什麼樣的地方，就會忍不住想像她過著什麼樣的生活，但是就算再怎麼操心，自己也無能為力。所以善衛長久以來總是刻意不去思考絹住在何處，一收到明信片也是馬上丟棄。

「我要到關西地區出差兩、三天。」善衛先打電話回家說了一聲。妻子玲子聽了很不開心，應了幾句後，將話筒拿給年僅三歲的兒子俊衛，說道：「你爸爸又要出差了，快提醒爸爸別忘記買禮物回來。」「我要冰淇淋，然後還要飛機……」兒子絮絮叨叨念了一長串，善衛隨口敷衍，掛了電話後，馬上打給剛剛來電通報死訊的男人。「請問絹女士生前住在哪裡？」「石屋川的公車站牌旁，一棟名叫德井公寓的屋子，你到那附近打聽就知道了。」「請問她在過世之前臥病很久嗎？」「不，聽住在那屋子裡的人說，她原本倒也沒什麼病痛，是突然過世的。」這麼說起來，至少她並沒有長期纏綿病榻，善衛頓時感覺心情輕鬆了些。善衛告訴對方今晚就會趕過去，掛了電話後便立即搭上新幹線。身邊帶著以支付給作曲家的頭款的名義向公司支領的十萬圓，不曉得夠不夠用。

二十年前，善衛為了回到生父的家，與絹兩人帶著以米糠蒸成的飯糰，擠了十四小時的火車，沿著這條東海道鐵路前往東京。當時在車廂裡，有個高大的男人竟倚靠在絹的身上打瞌睡，善衛以手肘頂了那男人一下，那男人卻也在善衛的頭上敲了一記。由於搭乘的是慢車，在各車站的停車時間很長，下車到月臺上喝水成了沿途唯一喘口氣的方法。但身為女人的絹實在沒辦法離開擁擠的車廂，只能將一塊沾水的人造絲手帕含在嘴裡。「進了那個家門之後，你就要當那個家的孩子，好好聽話。那個家的爸爸是你的親生父親，但媽媽是繼母，還有一些跟你同父異母的兄弟，你一定要當乖孩子，跟他們好好相處。」打從列車駛離神戶車站，絹便頻頻這麼囑咐善衛。不，早在好一陣子前，絹就從早到晚一直對善衛這麼耳提面命。如果善衛繼續待在舍利萬家，勢必會與絹一同餓死。畢竟母子兩人置身在那戰爭剛結束的時期，沒有任何財產，善衛才十二歲，絹又因為遭遇空襲時雙手灼傷而無法碰水。絹只好央求善衛的生父，將善衛帶回去撫養，至少給他一個與其他孩子一樣讀書升學的機會。善衛的生父在東京的中野開一家水果行，不僅頗有積蓄且沒有糧食匱乏之虞，所以二話不說便答應了。從那天起，絹就經常這麼開導善衛。事實上絹的這些話，也是說給自己聽的。畢竟是辛苦拉拔了十二年的孩子，絹自己也是依依不捨。

母子兩人抵達東京的時候，天色已經暗了。由於環境陌生，竟然沒有順利遇上前來迎接的善衛生父。兩人只好沿路打聽，終於在將近十二點時找到了位於中野的生父住處。大門一開，一個年紀差不多可以當絹女兒的年輕女人走了出來。「你們終於來了。應該很累了吧？我們正在擔心呢。」那女人正是善衛的新母親。

不一會兒，父親也回來了，善衛也與同父異母的兄弟正式相見。這天晚上，善衛終於吃到了好一陣子不曾入口的白米飯。自從遭遇空襲之後，善衛只在領到罹災特別救濟物資時才曾吃過白米飯，這時不禁吃得狼吞虎嚥。相較之下，絹卻顯得有些畏畏縮縮，而且或許是這兩年來吃了太多苦的關係，在這一家和樂的氣氛裡竟顯得異常淒涼寒酸。善衛看在眼裡，內心感到既懊惱又羞慚，已不願再把絹當成自己的母親。

「接下來你們會有好一段日子見不到面，今晚你跟媽媽睡吧。」新的父母這麼告訴善衛。兩人被安置在客房裡，房間的壁龕上掛著一幅鯉躍龍門的畫軸。「畫得真好。」善衛趴在被上看著那幅畫，嘴裡這麼呢喃。「從明天起，你要把那個阿姨當成媽媽，這樣她才會疼你。」絹一邊摺著善衛的衣服，一邊說道。「在這個家裡，只要你有心讀書，不管多高的學校都能讓你念。你多讀一點書，媽媽也開心。」善衛聽著母親的細語，不一會兒便睡著了。此時善衛滿腦子還沉浸在終於能填飽肚子的喜悅之中，根本沒想過能不能適應這個家，或是能不能與新的母親好好相處。

三天後，絹以行動不便的雙手提著裝滿了蘋果的籃子及鮭魚，在善衛的陪伴下前往了東京車站。列車就跟當初來的時候一樣擁擠，善衛奮力將絹推入車廂內，沒有流淚也沒有揮手道別。列車一動，不少乘客因身體遭到擠壓而發出尖叫，彷彿宣告著母子的離別。善衛愣愣地看著列車的車尾燈，內心沒有任何感觸，視線不久就被燒毀的車站建築外的丸大樓、國鐵大樓及中央郵局所吸引。善衛的心中不存在一絲悲傷與不捨，對新的母親喊媽媽也喊得理所當然。

從新大阪車站轉搭地下鐵及阪神電車，抵達石屋川站時已是晚上九點。善衛雖然對這一帶並不陌生，但說穿了只是在空襲剛結束時，在這附近遊蕩過一陣子而已。如今過了二十二年，周邊一帶竟然還是冷冷清清，多少讓善衛有些吃驚。印象中只要沿著河道往上游的方向走，應該就能走到阪神國道上。走了一陣子，右手邊看見了熟悉的天滿神社。神社境內一棵樹也沒有，社殿很新，看起來像是最近才剛建好。又前進一會兒，夜色中浮現了公會堂的身影。善衛還記得當年尚未遭遇空襲前，自己曾經好幾次在這裡的地下餐廳前排隊，等著吃大雜鍋。善衛走進地下餐廳，沒有半個客人，只看見一個年老的服務生，於是點了啤酒，順手取來電話簿，想要查一查德井公寓的地址，卻是什麼也沒查到。善衛心想，如果德井公寓已經在舉行絹的守靈儀式，好歹得帶些壽司過去才行。但走到國道上左右查看，沒看到任何壽司店的燈光。向服務生打聽，得到的回答是「這一帶多半沒有吧」，據說就連酒館也是天一黑就早早打烊了。

善衛回到東京投靠生父之後，在高中入學的那一年，曾經回到神戶探望過一次絹。當時兩人已有三年沒見。善衛身上所穿的學生服，以一九四七年的學生而言，算是相當奢侈氣派的服裝。經過大人們的討論，善衛剛開始的半年還維持舍利萬這個姓，後來就改回了生父的姓。善衛非常適應新的生活，日子甚至比兄弟們過得更加無憂無慮。「絹女士的生計，你爸爸都打理好了，你不用擔心。」新的母親這麼告訴善衛。善衛為了向母親撒嬌及表現出自己是個溫柔善良的孩子，有時會假裝關心絹的生活，但其實心裡並不特別在意。甚至為了向絹炫耀自己已經不再是三年前的寒酸模樣，善衛在出發前往探望絹之前，還央求母親特別製作了新的學生服。

當時絹在某家麻將館的二樓租了一間四疊半大的房間。善衛好不容易找到了，絹卻剛好外出不在家。老闆娘告訴善衛，絹現在在做拉保險的工作。善衛原本從未想過絹會外出工作，因此有些錯愕。但仔細想一想，一個女人過著獨居生活，不工作總是活不下去。既然絹不在，善衛於是先到六甲車站附近閒晃了一陣子。那一帶沒有遭受空襲波及，街景依然是當初的熟悉景象。走回麻將館的時候，絹剛好匆匆忙忙從二樓奔了下來，兩人就這麼遇上了。善衛霎時腦袋一片空白，原本想好要說的話，此時全都飛到了九霄雲外。「善衛，好久不見，你長這麼大了。」善衛見絹依然把自己當成孩童，多少有些不滿，但心裡畢竟感到懷念。進入房間一看，裡頭完全沒有任何家具，只能以四壁蕭條來形容。而且善衛仔細打量絹，發現不過三年時間，她竟顯得更加蒼老。不管是那條幾乎蓋住一半小腿的長裙，還是宛如男人服裝一般的上衣，都看起來相當土氣，與東京的母親相比，可說是有著天壤之別，令善衛感到不寒而慄。「你應該餓了吧？我去換些壽司回來給你吃。」絹從壁櫥內的米袋裡量了一合的米，倒進紙袋裡。「你在東京，美味的壽司應該吃了不少吧？」絹說完這句話，便匆匆走了出去。獨留在房間裡的善衛偷偷打開壁櫥一看，上層只有兩條薄薄的棉被，下層則放著粗劣的飯碗及小碟子，看起來簡直像是餵貓吃飼料用的容器。當初兩人一起住在篠原時，絹所擁有的竹籃及衣物箱都已不見蹤影。照理來說，絹不可能連件替換用的衣服都沒有，但善衛左顧右盼，卻是一件也沒看到，只看見棚子上有一座簡陋的佛壇。

「我去泡個茶，再等我一下。」絹親自將換來的壽司拿進房間，又走了出去，似乎是去向麻將館的老闆娘商借茶壺。善衛坐在昏暗的房間裡，看著色澤黯淡的壽司，心情也跟著變得憂鬱了。絹依然不斷忙進忙出，一下子準備毛巾，一下子準備醬油。「那個……」善衛看著絹，本來想喊一聲媽媽，卻喊不出口。「妳不一起吃嗎？」善衛故意使用了標準的東京腔。「善衛，你自己吃吧。多吃一點，不要客氣。我們這邊的壽司可能不合你的胃口，你多包涵。」絹又說了一句自我貶低的話。「家裡的人都還好嗎？」「很好。」「那真是太好了。託你們的福，媽媽也很健康。」絹毫不遲疑地稱自己為媽媽，但或許是上了年紀的關係，她的膚色看起來相當混濁。善衛原本以為只要見了面，應該馬上就能聊開，沒想到氣氛卻是愈來愈尷尬。驀然間，善衛想到絹可能會留自己住一晚，趕緊說道：「爸爸託我幫忙處理一些事情，我得先去辦了，再回來找妳。」這理由聽起來相當牽強，絹卻反而露出求之不得的表情，說道：「那你快去辦吧。媽媽平常白天都在外頭，但你只要告訴我什麼時候回來，媽媽就會在家裡等你。」「好，那我明天傍晚再來。」善衛心想，總不能就此回東京，只好胡亂約了個時間，匆匆離開絹的房間。善衛來到了當初遭空襲炸毀的廢墟附近，本來以為能遇上一些小學的朋友，向他們炫耀自己身上的氣派服裝。但那一帶竟然還是一片斷垣殘壁，上頭覆蓋了一層受雨水沖刷的泥土，以及茂盛的野草。放眼望去只看見壕屋殘骸，完全找不到尚有人居住的跡象。

喝了一杯啤酒後，善衛走出地下餐廳。外頭還是一片灰暗，唯有右手邊一家赤帽咖啡廳是戰前就有的店家，除此之外全都是從前沒見過的建築物。善衛找了一家香菸店，詢問德井公寓的位置，店裡的人回答只要從國道彎進靠山側的巷道，不久後就會看到。善衛原本以為德井公寓應該是一棟新式的文化公寓，因此從德井公寓的門口通過了好幾次，卻沒有察覺那就是德井公寓。好不容易找到了之後，從敞開的大門往內窺望，裡頭似乎一個人也沒有。

「打擾了！」善衛扯開喉嚨大喊。右手邊的房門突然開了，走出一個大約十歲的孩子。他一看到善衛，突然將右手舉到頭上，將握拳的手掌向上攤開，喊了一聲「啪」。這個舉動一做完，孩子又縮回門內。「是誰來了？」門內一道粗獷的男人聲音詢問孩子。「打擾了！」善衛又喊了一次。這次輪到左邊的房門開了，走出一個眼睛患有斜視、身體矮小得像孩童的女人。她一邊整理著身上的睡衣，一邊問道：「哪一位？」「我是舍利萬絹的故人。」「啊，來了。」女人突然轉頭朝其他房間大喊：「合利萬婆婆的親友來了。」這句話一出口，兩側五間房間都陸續有人開門走出來。善衛一時慌了手腳，趕緊胡亂鞠了個躬，說道：「這麼晚來打擾，真是抱歉。」接著善衛詢問今天白天打電話聯絡的男人是哪一位，但問來問去，卻沒有人知道。

「剛剛我們還在幫她守靈呢。看時間晚了，我們才各自回房間。」其中一人一邊說，一邊帶著善衛往內走。一踏進走廊深處，便聞到一股刺鼻的廁所臭氣。或許是因為地板底下的支撐條腐朽嚴重的關係，每走一步，地板都會上下浮動。「小心頭頂。」一人提醒。事實上不用那人提醒，善衛也看得出來，樓梯底下的房間若不將腰彎得很低，根本鑽不進去。原本整個走廊只有樓梯口有一盞微弱的小燈，善衛眼前幾乎伸手不見五指，只能彎著腰站著，一步也不敢移動。突然間，有人點亮了房內的燈光。善衛定眼一瞧，絹的遺體赫然就在自己的腳邊，臉上蓋了一塊白布。

房間只有兩疊半大，實在太過狹窄，幾乎動彈不得。傾斜的樓梯底面就擋在房間的半空中，當然也沒有窗戶。「醫生說死因是衰老。這樣的往生方式，實在是再幸福也沒有了。」一個肥胖的男人站在背後說道。這時善衛才察覺，站在周圍的男男女女，身上穿的都是棉花裸露的袢纏[53]或廉價的休閒外套。相較之下，善衛由於工作上的需要，身上穿的是體面氣派的西裝外套，不僅與周圍氣氛顯得格格不入，甚至還有一種褻瀆往生者的感覺。「喪禮的部分，你打

53　袢纏：一種日式傳統短罩衣，穿著者大都是工匠、商店職員或勞工。

算怎麼處理？你是合利萬婆婆的親戚嗎？」善衛再次聽到「合利萬」這個稱呼，胸口彷彿遭人搥了一拳。「倒也稱不上是親戚。她的後事，接下來我會負責處理，給你們添麻煩了。」

善衛不禁有些後悔，早知道就該帶些啤酒來。若照鄰居的說法，絹是衰老而死，臨死前應該沒有承受太多痛楚，但那遺體的模樣，看起來畢竟太過淒涼。即使只是鄰居的一些無心之語，也會讓善衛感覺正在遭受責難。原本待在房內的一人走了出來，讓善衛進入房內。由於房間太過狹窄，依照習俗將遺體的頭部朝著北面放置之後，要進入房間深處就只能跨過遺體的頭部。雖說是正在進行守靈儀式，但既沒有香爐也沒有焚香，只有一枚缺了角的小碟子裡殘留著一些蠟塊，勉強算是剛剛的守靈儀式留下的痕跡。

或許是善衛的表情太過凝重的關係，圍觀的一人突然說道：「好了，孩子們都進房間去吧。沒什麼好看的。」這句話一出口，大人們也都各自離去。善衛鼓起勇氣掀開白布一瞧，遺體的臉色竟是接近黑色的深灰色，而且飄散出一股惡臭。臉上的雙眼雖然閉著，但嘴唇卻是半開半闔，整張臉孔唯有殘留在牙齦上的五顆牙齒泛著白色光澤。善衛接著又掀開遺體身上的薄棉被看了一眼。絹的雙手在胸前緊緊交握，手背上可明顯看到一道黃色線條。那是絹在當年遭遇空襲時灼傷的疤痕，生前看起來是血紅色，此時卻在黝黑的皮膚上泛著溼滑的光澤，看起來簡直像是某種生物。緊緊握在一起的手指與其說是合十膜拜的姿勢，更像是在按著疼痛不已的疤痕。

一九四五年六月五日的那場空襲，善衛是在疏開至北河內的叔叔家後得知的。五天之前的大阪空襲，可以清楚地看到大阪冒出驚人的濃煙，相較之下，這次的神戶空襲則因為距離較遠的關係，只能隱約看見遠方的雲朵被濃煙染黑了。上次大阪空襲的時候，父母很快就趕來叔叔家報平安，因此善衛猜想爸爸或媽媽這次一定也會背著背包趕來。但是等了又等，善衛卻等不到父母出現。發生空襲的第三天，叔叔決定到神戶看看狀況。當天深夜，叔叔回到家裡，以為善衛已經睡著了，毫無顧忌地說道：「健三完蛋了。」「完蛋了？這麼嚴重嗎？」「豈止是嚴重而已。嫂子阿絹也燒傷了，住進了醫院。舍利萬家幾乎全毀了。」

善衛的養父健三是貿易公司的課長，善衛只知道那是一家與油有關的公司，其他詳情並不清楚。每次配給的時候，家裡就只有食用油總是用不完，還曾經因為分給小學老師而遭到批評賄賂教師。當初健三委託叔叔幫忙照顧善衛，也是以兩桶一斗罐裝的油作為報答。善衛聽到「完蛋」一詞，不知道那意味著死亡，只以為那是在相撲遊戲中落敗了之類的意思。反倒是母親絹燒傷的消息，讓善衛的心中感到一陣難過。善衛害怕如果這時被叔叔發現自己還醒著，不管是父親的「完蛋」還是母親的燒傷都會化為現實。因此善衛不斷強迫自己睡著，希望一覺醒來就能看見爸爸、媽媽前來迎接自己。善衛偷偷吸了吸鼻水，就這麼矇矓睡去。但這一切畢竟不是在做夢，父親連屍體也找不到，母親則是上半身遭受灼傷，住進了渡邊醫院。

「你已經五年級了，應該到你媽媽身邊照顧她。現在醫院裡沒有護士，你媽媽好可憐呢。」嬸嬸這句話雖然說得合情合理，但嬸嬸心中的盤算，多半是希望趕快把失去扶養人的孩子送走，免得成為家裡的負擔吧。

嬸嬸於是帶著善衛，前往了位於蘆屋海灘附近的渡邊醫院。兩人從阪神電鐵的蘆屋川站下了車，沿著河畔前進。這一帶完全沒有遭受過空襲的跡象，一路上不斷有避難的人拉著拖車來來往往。「等等見到你媽，可別嚇一跳。她雖然身上綁著繃帶，但很快就會痊癒了。」嬸嬸一邊說，一邊從堤防上的家庭菜園裡偷拔了一根小指頭粗的小黃瓜放進嘴裡。到了醫院一瞧，當時明明距離空襲已過了一星期，卻依然吵鬧得有如火災現場。有些傷患的頭上綁著繃帶，有些則是手臂或腳，但繃帶不論是綁在何處，上頭必定滲出血水。有些人將臉湊到手腕上，不斷朝著繃帶吹氣，想要吹掉從裡頭冒出來的蛆蟲。有些人漫無方向地伸著手在半空中胡亂摸索，顯然是被空襲時的濃煙給燻瞎了。醫院的建築物本身是堅固的鋼筋混凝土建築，來到二樓一看，走廊上擺滿了火爐、木炭等雜物。或許是因為天氣炎熱的關係，每間病房的房門都是敞開的狀態。絹就躺在十一號病房裡，若跟她的慘狀相比，剛剛樓下等候室那些病患的傷勢似乎都沒什麼大不了。絹的上半身整個包滿了繃帶，只在鼻子、嘴、眼睛等處露出黑色的縫隙。鼻孔附近的紗布邊緣細絲微微搖曳，成了絹還有呼吸的唯一證據。「聽說她剛走出防空壕，整個屋子忽然垮了下來。」嬸嬸說道。家裡的防空壕，位在庭院旁那間六疊大的房間的地板下，善衛回想起那防空壕裡的冰涼空氣，驀然驚覺自己的家真的已經在空襲中燒毀了。但善衛實在無法相信眼前這個包滿繃帶的妖怪就是母親，只是愣愣地站著不動。絹將吊在半空中的手腕左右輕搖，嘴裡呢喃了一句不知什麼話。「怎麼了？要上廁所嗎？」嬸嬸從床底下取出便盆，粗魯地將絹身上的白色病袍拉開，卻發現床單上沾滿了鮮血。善衛一看，滿腦子只想著母親要死了。不久前曾經聽過班上同學的母親吐血而死的傳聞，這次輪到自己的母親了。嬸嬸見善衛一步步往後退，一臉嚴肅地說道：「你別擔心，這只是月經。唉，來得真不是時候。」她拿起身旁一塊破布，將床單上的血吸掉。善衛看著母親的身體，發現母親的上半身包滿了繃帶，下半身卻連一點擦傷也沒有，愈看愈感到不可思議。在這段期間，母親那包著繃帶的手腕依然不斷搖來搖去，彷彿在抗拒著什麼。

善衛感到喉嚨乾渴，想要喝水卻不知道碗放在哪裡。雖然房間裡有面三尺高的壁櫥，但要打開勢必得移動絹的遺體。於是善衛起身走出房間，心想總是能找到喝水的道具，來到廚房一看，那患有斜視的矮小女人正以瓦斯爐上的大鍋煮著食物。每次快要溢出，她就會趕緊拿起鍋蓋。「我正在煮烏龍麵，等等給你送過去。」女人以唱歌般的嗓音說道。善衛仔細一瞧，這個共用廚房裡既沒有冰箱也沒有電鍋、烤麵包機，只凌亂堆放著一些老舊的鍋子及砧板。接著善衛又察覺整棟公寓實在太過安靜，顯然連電視機也沒有。這裡的每個房間只隔著一層夾板，如果有人在看電視，聲音一定會傳出去。善衛愈想愈是心裡發毛，轉身走回絹的遺體旁。

「能不能幫媽媽買殺死葡萄球菌的藥？」這是母親在蘆屋的醫院裡對善衛說的第一句話。住院病患的家屬之中，有個沒什麼人想理會的老婆婆，孀孀幫忙雇用了她來照顧母親的生活起居。每天在走廊上的炊煮及清洗工作，都可交由那老婆婆來做，但便溺方面老婆婆不肯幫忙，因此這工作就落在善衛的肩上。每當母親要大小解的時候，老婆婆就會先離開房間。善衛因為味道太臭而將頭別向一邊，望著庭院裡的垃圾焚化場，忽聽見身旁傳來清晰的說話聲。母親竟然一邊哽咽，一邊說著「對不起、對不起」。那天母親在紙上寫了「葡萄球菌」，又取出銀行存摺，從裡頭抽出一張十圓鈔票，一併交給善衛。善衛搭上終於恢復行駛的阪神電車，遠眺著遭空襲炸毀的廢墟。那是善衛第一次親眼看到空襲過後的廢墟。八幡筋上有一家沒有遭空襲炸毀的藥局，善衛在那裡買到了藥，卻實在沒有勇氣回自己的家看看變成什麼模樣。只是從小學及公會堂的位置，大致能判斷出自己的家在哪個方向。絹身上雖然包滿了繃帶，但傷勢痊癒的速度卻比預期要快一些，大約半個月後，已能拆掉臉上的繃帶。可惜母親的額頭、鼻子及部分的臉頰都留下了明顯的紅色斑痕。過了一陣子，又拆掉了肩膀的繃帶。至於雙手，則因為當初在大火中奮力推開火團，因此傷勢非常嚴重，上頭孳生的蛆蟲也遲遲無法除盡。在這段期間，還是陸續有遭炸傷或遭機槍射中的傷患被送進醫院裡。由於絹已無生命危險，院方也不想讓她繼續久待。「接下來只要在燙傷的疤痕上多抹點油，慢慢就會痊癒。」言下之意，當然是希望絹趕快出院。七月二日，絹雖然出了院，但兩手只是指尖勉強可以動的程度。舍利萬家的本家在福井，但絹與本家的親戚合不來，卻又沒有其他能夠投靠的對象，只好帶著善衛前往春江的分家，投靠另一個年紀與絹相仿的女性親戚。那女人與絹過去只不過是通過書信的交情，突然見到行動不便的絹帶著孩子前來投靠，自然不會給什麼好臉色，只是勉強在紡織工廠的角落幫母子倆安排了一個住處。剛抵達的當天晚上，母子倆滿心以為對方應該會準備晚餐，只見女人的孩子送來一個便當盒，母子倆開心地打開盒蓋，裡頭卻只是一整條以鹽醃漬的小黃瓜。母子倆一路上什麼也沒吃，這時也無米可炊，只好將那條鹹得要命的小黃瓜分成兩截，母子倆配著水吃了，無奈地草草就寢。

不過春江畢竟是鄉下地方，只要完成遷入登記，偶爾還是能領到少量的配給白米。善衛還記得當時第一次領配給的時候，自己一個人前往位於河畔的米店，領到了一袋沉甸甸的白米，心裡興奮得不得了。但是就在將米袋扛上肩的時候，袋底竟然破了，白米瞬間撒入清澈的河水中。善衛看著白米在水藻之間迅速下沉，心裡嚇傻了，一時竟忘了趕緊將袋底的破洞堵住，只是愣愣地站著不動。不過母子倆在這裡的生活還算是平穩，到了七月底，絹的手指已能勉強彎動。進入八月後不久，天空竟已開始透著秋天的氣息。「去年年底到今年年初，這裡的雪積了三公尺高。你們看看那扇窗戶，上頭的玻璃正是被雪壓破了。」當地人士指著一扇窗戶說道。那扇窗戶的位置相當高，看來這裡到了冬天的嚴寒程度，光靠特別配給的毛毯根本抵禦不了。為了度過寒冬，善衛曾試著到附近的河邊撿拾流木當作薪柴，卻只能撿到一些小樹枝。絹明知道鄰居會獅子大開口，還是只能支付高昂的金錢，向鄰居購買了棉被。這時存款還有將近三萬圓，絹原本盤算要在此地勉強生活個兩、三年。沒想到不久之後，日本宣布戰敗，就算返回神戶也不會再有什麼危險。當然即便回到神戶，也沒有什麼能夠投靠的人，但總比這寒冷的春江容易生活，更何況母子倆都對故鄉懷念不已。然而一旦決定返回神戶，不久前才買的棉被反而成了累贅。絹只好利用限重三十公斤的鐵路行李託運，為了打包那些棉被，絹那彎曲困難的雙手手指還滲出了鮮血。回到神戶之後，母子倆在六甲山山腳下的篠原南町租了一個房間，那天是八月三十一日。當初母子倆遷居至福井春江之前，曾經投靠過住在北河內的叔叔，但叔叔以「我家附近有高射炮陣地，建議你們搬到更安全一點的地方」為藉口，拒絕收留兩人。如今母子倆重回神戶，又到叔叔家拜訪，才知道叔叔當初的藉口竟然一語成讖，一家人都在空襲中喪生了。回程的路上，絹與善衛第一次在廢墟中尋找自家的位置。早已習慣的廢墟臭氣，直到如今依然未曾散去。由於正值盛夏，地上長了茂密的野草，再加上到處流竄的雨水在道路上挖出一條條深坑，母子倆一時之間竟找不到家的所在。好一會兒之後，才終於發現了一道熟悉的圍牆。「這裡就是我們的家。」絹的口氣興奮得彷彿自己家的屋子並沒有在空襲中被燒毀。兩根門旁石柱之間的地面上，掉著一個粗大的鐵筒。「你爸爸應該就在這裡吧。媽媽逃走的前一刻，還聽見你爸爸大聲問我有沒有受傷。」絹說道。在這一天之前，善衛只是緊跟在母親絹的身邊，咬緊牙關熬了過來，幾乎沒有多餘的心思去想關於父親的事。此時聽絹說父親「就在這裡」，反而覺得有些毛骨悚然。

「舍利萬絹婆婆應該很想死在丈夫的身邊吧。」某個鄰居說道。德井公寓的所在位置，距離當年的舍利萬家只有不到兩百公尺。「吃碗烏龍麵吧。」患有斜視的女人從遺體的上頭將麵碗遞給善衛，善衛不好意思拒絕，只好接了過來，放在榻榻米上。朝碗裡一看，麵上還放著一塊油炸豆腐皮。善衛於是將那碗烏龍麵放在絹的頭部旁邊，代替傳統喪禮習俗中的米丸子。說起這烏龍麵，善衛心裡也有著舊恨。當年健三任職的那間公司，社長住在京都，絹曾帶著善衛前往拜訪，索討丈夫健三的退休金。當時健三已失蹤將近半年，根本不可能還活著，那社長卻反覆說著「我總覺得健三還沒死，他一定還好好活在某個地方」。健三生前在那公司服務了將近二十年，死後社長卻只給了遺孀三千圓。當時的米價為一升一百二十圓，因此三千圓連一俵米也買不到。母子倆被帶進一間看起來就像是隨從等候室的簡陋房間裡，吃著清湯烏龍麵。才剛開始吃不久，天空突然下起了驟雨。「你爸爸若能活著，就算行動不便，我們也不至於受這種氣。」絹一面說，一面以天氣一冷就會龜裂的手背擦拭淚水。

從一九四六年的第三學期[54]開始，善衛轉入六甲小學的五年級，勉強算是恢復了從前的生活。絹購買了一臺縫紉機，開始做起縫製更生服[55]的工作。但由於雙手動作不靈活，沒做多久就放棄了。後來絹改在六甲道車站前擺地攤，賣些乾貨。那一帶由於戰爭期間遭受嚴重空襲，從前的守望相助小組早就離散了，絹不必在意舊識的目光，反而落得輕鬆。但後來遇上了下雨，乾貨全都淋溼了。地攤生意失敗之後，絹改為搭乘擠滿人的電車到加古川、河內等地購買黑市稻米，到處向人兜售。她平常習慣將手舉到胸前，保護受傷的手背，那模樣雖然有些窩囊，讓善衛在同學們面前有些抬不起頭，但她不屈不撓的氣魄也讓善衛大受感動。善衛變得比遭受空襲前更加用功念書，升上六年級後，第一學期及第三學期都擔任班長。教師向善衛拍胸脯保證，以這樣的成績絕對能進入一流中學。但就在這個時期，絹徹底喪失了繼續打拚下去的意志力。最大的理由，就在於販賣黑市稻米的同伴之一，邀請絹共同經營一家補習班，聲稱可以獲得安定的收入。當時政府限制民眾提領存款，若要強行將存款變換成現金，金額必須打八折。絹答應了那同伴的邀約，沒想到竟被騙光了所有積蓄。政府雖然限制提款，但每個月還是有五百圓的額度能夠提領，如今喪失了這重要的經濟來源，生計頓時出問題，絹只好決定向善衛的生父求助。

54　第三學期：日本的學校為三學期制，第三學期約在每年的一月至三月。
55　更生服：日本戰敗後由於民間物資極度匱乏，一般民眾的服裝都是由舊衣的布料修改製作而來，稱為更生服。

就在善衛忙著準備中學入學考試的一九四七年二月，某天絹突然一臉認真地問了一句：「善衛，你喜歡讀書嗎？」善衛心裡想著「這還用問嗎」，但嘴上還是應了一聲「嗯」。過了幾天，家裡陸續收到一些包裹，裡頭有軍靴改造成的更生靴[56]，以及從軍隊外流至民間的襯衫等等。善衛知道母親早已沒有能夠互相依賴的知己好友，家裡也不曾再收過任何人的來信，如今突然收到這些物資，心中當然感到納悶。「你一定要好好用功讀書。有個人說，只要你能考上好中學，不管多少錢都願意幫你出。」絹這麼告訴善衛。當然善衛的生父並沒有提出「必須讓善衛考上中學」之類的要求，單純只是因為絹想在將善衛還給生父之前，將善衛培養成超越同儕的優秀學生。

不知不覺天色已亮了，善衛拿起放置在枕邊的死亡診斷書，放入胸前口袋裡。屋外已陸續出現通勤的上班族身影，整棟德井公寓卻還沒有人起床。善衛離開公寓，先到區公所提出死亡申報，領到了火葬許可證，接著到去程的路上事先找好的殯儀館購買棺材及預約運棺車輛。殯儀館人員表示車輛必須一小時後才能抵達，善衛於是先到從前遭受空襲的廢墟一帶閒晃。那附近已出現不少民宅，但無人問津的空地也不少。善衛想要找出從前舍利萬家的位置，但由於道路已與當年截然不同，善衛看來看去，只能大致推敲出籠統的方位。那附近並排著三棟鋼筋混凝土公寓，看起來似乎是企業的員工宿舍。善衛心想，這樣的建築物應該打了很深的地基，當年施工的時候是否挖出了健三的遺骨？抑或，當年那粗大的鐵筒裡裝的炸藥，已經把健三的身體徹底炸成了碎片？善衛胡思亂想了一會兒，轉身回到德井公寓。走進門內一瞧，幾個孩童正在走廊上奔跑。他們似乎正在玩著偷看遺體後尖叫奔逃的遊戲，善衛不敢隨便斥責，只能伸手制止。善衛站在門口等候，不一會兒殯儀館的人員也到了。但由於房門口太窄，棺材搬不進去，只能放在走廊上，再由善衛幫忙抬腳，將絹的遺體搬出房間，放進棺材裡。遺體這時已不再僵硬，皮膚看起來更加黝黑而混濁。

「直接送到火葬場嗎？」殯儀館人員一臉狐疑地問道。就算是再怎麼低調的喪禮，好歹也會找個和尚來念經超度一番。「先燒了再說，喪禮過兩天會補辦。」善衛如此解釋。遺體運走了之後，善衛拉開壁櫥一看，裡頭只有一座小櫥櫃、一個缺了蓋子的衣物箱，以及一個包袱。

善衛的生父在領回善衛後，依然持續與絹有著書信往來。當年生父將善衛送給絹當養子，是因為善衛的生母在生產後不久就身體衰弱而死，沒有辦法照顧善衛。「阿絹一個女人家獨力

56 更生靴：同「更生服」。

扶養你，應該吃了很多苦吧。」生父隨口說出的一句話，刺入了善衛的心坎裡。「不過你不用擔心，我會好好照顧她。」生父說道。善衛想起絹，擔心她回去後半夜會因手背的舊傷而痛苦呻吟，不由得流下了淚水。但接下來的日子，善衛可以說是無憂無慮，過著比當時一般學生奢侈的生活。進入演藝經紀公司後，善衛把第一個月的薪水交給父親，說道：「請幫我轉交給舍利萬女士。」乍看之下似乎是一片孝心，但其實說穿了只是因自己一個人過著富裕生活，心頭多少有些罪惡感。「我先幫你留著吧。如果阿絹變得過於依賴你，那也不太好。當然我相信她應該不會這樣，但就怕有個萬一。」父親顯得相當謹慎。一年就這麼過去了，這筆錢並沒有轉交到絹的手上。工作進入第三年之後，善衛的經紀人才能獲得公司肯定，收入除了固定薪水之外，還多了一些績效獎金。這時善衛還未結婚，這麼多的薪水根本花不完。「聽說阿絹不再拉保險了，現在做的是幫酒館催債的工作，而且聽說收入很多。」善衛聽父親這麼說，一時驚愕得啞口無言。演藝經紀公司基於其經營性質，每到月底都會有不少業者前來催收帳款，所以善衛很清楚那是什麼樣的工作。酒館故意雇用行動不便的老婦人向熟客催款，是因為對方礙於面子問題，通常會多少付一點錢出來。善衛每當遇到有人到演藝經紀公司催款，總是會忍不住想像舍利萬絹以那灼傷的雙手及天氣一冷就會出現斑狀疤痕的臉孔，到處催收酒館帳款的畫面。

「我已經能夠獨立賺錢了，不敢忘了她對我的十二年養育之恩。我想從我的薪水裡撥一些錢給她，讓她不必再做太辛苦的工作。」善衛向父親懇求。於是善衛開始匯錢給絹，父親也在寄給絹的書信中說明了此事。第一次匯錢之後，絹的來信中只寫著很欣慰善衛已經能獨立賺錢等寥寥數語，接下來的來信也都是固定詞句。事實上自從善衛回到生父的家生活之後，絹原本從來不敢寫信給善衛，繼母於心不忍，勸善衛主動寫信向絹問候，但就算善衛照做了，絹也從不曾回信。「阿絹是個很堅強的人。她認為既然將你送了回來，就必須忍耐不跟你聯絡，以免動搖你過新生活的決心。你要好好加油，不能辜負她的期許。」父親這麼告誡善衛。當年善衛跟著絹過了將近一年三餐不繼的苦日子，如今卻是生活富裕、衣食無缺，事實上善衛完全不認為現在的生活有任何需要「加油」之處。善衛細細回想養母絹的性格，或許是因為無法懷胎生子的關係，絹確實有著頑固、倔強的一面。正因為這樣的性格，絹才會與舍利萬家的本家親戚們處不好。當年還參加守望相助小組的時候，只要發生爭執，絹一定會吵到對方低頭道歉為止。母子倆回到神戶之後，絹絲毫不顧形象地拚了命工作，也是基於一股不服輸的個性。但是這股傲氣到了後來卻已蕩然無存。一九五〇年，善衛到絹的租屋處探望她，那房間內的景象竟是如此淒涼而蕭條。在遭遇空襲之前，絹總是把家裡拉門上的木條及小隔板打磨得光亮乾淨，簡直像是舞臺上的背景道具。

由於還沒過中午，火葬場不用排隊，不消片刻絹的遺體已燒成了白骨。善衛拿著素色陶罈收集骨片，每一片都是細小的碎塊，可見得絹的衰老程度有多麼嚴重。問題是這罈骨灰該如何處置？當初與妻子訂婚的時候，善衛懶得多做說明，只說養母已經死了。生父的家族墓地在青山，但絹畢竟是外人，不能送到那裡。如果手邊有健三的骨灰，還可以將他們夫妻的遺骨一同送到福井縣的舍利萬家族墓地安置。問題是健三沒有留下遺骨或遺照，直到現在依然生死成謎。

善衛捧著骨灰罈回到了德井公寓，公寓裡的男女老幼又陸陸續續走出來看熱鬧。善衛不禁感到好奇，這群人平日是靠什麼維持生計？善衛恭恭敬敬地將骨灰罈放在絹生前的房間角落，無視那些從門外窺探的鄰居，仔細查看壁櫥裡的遺物。小櫥櫃的裡頭鋪著一張紙，紙下藏著神戶銀行的存摺，以及一張寫著善衛姓名及公司名稱的紙。翻開存摺一瞧，餘額竟然只有一千圓。善衛每個月匯來的一萬圓，都在固定的日子被全額提領出來。缺了蓋子的衣物箱裡，只放著連當抹布都嫌太破爛的布塊。包袱裡放著一串佛珠、一本佛經、一袋米，以及一塊寫著養父健三名字的簡陋牌位。那牌位上的名字並非佛教習俗的戒名，而是俗名「舍利萬健三」。絹身邊的遺物竟然只有這寥寥幾樣東西，實在不像是每個月有兩萬數千圓生活費的老人該過的生活。難道絹的錢都被這公寓裡的那些形跡可疑的鄰居騙走了？善衛的心中雖產生了這樣的懷疑，但事到如今已無從追究。所有的東西之中，就只有養父的牌位不能胡亂丟棄，善衛將它與絹的骨灰罈包在一起帶走。至於其他東西，就任憑那些人處置吧。但基於禮貌，善衛還是取來一張白紙，在裡頭包了一萬圓，交給從事洗衣業的鄰居，對他說：「讓你們驅驅穢氣，請笑納。」來到了屋外，善衛回頭看著德井公寓，不禁想像絹生前是抱著什麼樣的念頭住在這種地方？正當善衛陷入沉思的時候，忽然間旁邊有人喊了自己的姓。「你好，我是昨天打電話給你的那個人。」那是個騎在腳踏車上的男人，態度相當親切。「看來後事都已經辦完了。我本來想來幫忙，但剛好有事分不開身。」「請別這麼說，真的很謝謝你。」善衛行了一禮。「我看這公寓裡的人吵吵鬧鬧，嚷嚷著『合利萬』婆婆死了，忍不住插手管了這件事。」「你不是住在這公寓裡的人？」那男人聽善衛這麼問，誇張地搖手說道：「不是，這裡原本是出租給戰災受害者的公寓，後來許多來歷不明的傢伙都混了進來。我想你也看得出來，這屋子已經很老舊了，那些人賴在裡頭不走，是打算等屋子要拆除重建的時候，可以領到一筆遷居補償金。」男人一臉無奈地說到這裡，忽然慌張地說道：「啊，『合利萬』婆婆可不是這樣的人。她雖然生活過得拮据，但從來不曾訴苦，實在讓人佩服。」善衛心想，絹死前那可悲的淒涼模樣，有什麼好讓人佩服之處？內心正感納悶，那男人接著又說道：「我們經常勸她申請清寒補助金，但她總說自己有經濟來源，生活還過得去。」

絹沒有領清寒補助金？善衛記得父親曾經說過，絹只要沒工作，就符合請領資格，再加上自己每個月匯的錢，生活費可說是綽綽有餘。「所以我猜想她搞不好小有積蓄，如今她過世了，我擔心公寓裡那些人會盜走她的錢。所以我跟醫生將她的房間仔細找了一遍，發現你的電話號碼，趕緊跟你聯絡。」兩人並肩朝著山的方向緩緩邁步，男人依然不停說著，善衛卻已一句話也聽不見了。「如果她沒有申請清寒補助金，每個月就只有我匯的一萬圓。就算是個老婦人，每個月光靠這一萬圓生活，也是不夠的。」善衛嘴裡這麼咕噥著。問題是絹為什麼要拒絕請領清寒補助金？「這一帶的地主都在等著地價上漲，不肯輕易脫手賣掉，所以很多地方到現在還是一片荒蕪。不過這陣子終於陸續蓋起房子了。」遠方可看見一臺巨大的挖土機正在翻土，發出刺耳的聲響。「請問『合利萬』婆婆生前健康的時候，過著什麼樣的生活？」善衛問道。「唔，她常常拄著枴杖，在這附近散步，是個舉止相當優雅的老婆婆。」

善衛心想，絹一定是宛如宗教巡禮一般，經常在曾經是廢墟的這塊土地上來回走動。眺望著可能是當年健三粉身碎骨處的地點，緬懷著昔日時光。「對了，『合利萬』婆婆生前的生活費，就是你寄的嗎？」男人以天真無邪的口氣問了這麼一個問題。善衛下意識地搖頭否認，男人說道：「噢，好吧。打擾了，再見。」男人拐了個彎，推著腳踏車往另一個方向走了。善衛不知不覺走到了挖土機挖掘出來的那座深達約兩公尺的大坑旁。

「媽媽果然還是把我當成了兒子看待。接受兒子寄來的生活費，成了她人生中最大的樂趣。雖然請領清寒補助金會讓生活變得好過許多，但是讓兒子扶養的喜悅卻會大減。媽媽住在那間只有兩疊半大的房間裡，我所匯的錢……兒子所匯的錢是她唯一的心靈寄託。不，或許待在爸爸過世的地點附近，也是支撐著她活下去的重要理由。我完全沒有想到這一點，每個月竟然只匯給她一萬圓。如果我有心要照顧媽媽，就算是兩、三萬圓，我也不是付不起。倘若她請領了清寒補助金，對她來說，臨死前的人生就跟當初剛遭遇空襲時沒有什麼不同。」可惜現在才察覺，一切已經太遲了。淚水奪眶而出，善衛忍不住蹲了下來。偶然間抬起頭，善衛發現眼前的大坑自地表往下約六十公分處，有一排凹凸起伏的紅褐色瓦礫焦土層，散發出一股熟悉的臭氣。善衛驀然驚覺，那正是當年的廢墟地面泥土，只是上頭覆蓋了一層泥沙而已。善衛搖搖晃晃地爬到坑底，那焦土層的位置剛好就在眼睛前方，可清楚地辨識出裡頭層層疊疊地夾藏著瓦片、破爛鋼板、腐朽木材及鐵絲。善衛將臉貼在那泥土上，久久不能自已。半晌之後，善衛解開包袱巾，倒出骨灰罈裡的絹的骨片，在焦土層的瓦片與瓦片之間挖出一個小孔，把健三的簡陋牌位與骨片小心翼翼地塞進去。「這裡就是爸爸、媽媽的墳墓。現在你們終於團聚了。」善衛捧起泥土，將小孔封住。當年那廢墟的蕭瑟荒蕪感清晰地浮上心頭，在胸口內側不斷蔓延，讓善衛忍不住又蹲了下來。

養育死兒

老鼠奔上了陡峻的斜坡，一條短腿的狗在後頭緊追不捨。老鼠身上不斷灑落水滴，似乎剛剛才從水裡爬上來。不過一會兒工夫，狗已抓住了老鼠，將老鼠叼在嘴裡。那狗流露出些許驕傲的表情，宛如是個幫大人買了肉回來的孩子，叼著老鼠回到一名身穿廚師服裝的少年身邊。少年的手上拿著一個捕鼠籠，他舉起捕鼠籠對著地面重重一敲，甩去上頭的水滴。另一隻全身著火的老鼠，宛如一團火球般奔向行道樹的樹根處，繞著樹幹奔了好幾圈，接著突然停下腳步，像個老太婆一樣緩緩蜷曲起身體。老鼠的身體還在冒著些許黑煙，身上包著藍色腹圍的調酒師哈哈大笑，舉起穿著木屐的腳，將老鼠使勁踢出。老鼠仰天翻倒，四肢微微顫動。星期日的下午，沒開店的香菸店門口處擺著一個新水桶，裡頭裝滿了水，水裡泡著一個捕鼠籠。捕鼠籠裡的老鼠將鼻子自網格之間探出，從水中仰望天空，周圍一個人也沒有。老鼠並沒有流露出特別痛苦的神情，彷彿成了水棲動物一般。每當看見這種以火燒或水淹的方式凌虐老鼠的景象，我總是會嚇得動彈不得，卻又無法移開視線。我心裡非常清楚，總有一天我也會變成老鼠，遭人以同樣的殘酷手段殺死。我總是目不轉睛地看著老鼠那不住顫抖的長尾巴及鬍鬚，以及那從不曾眨眼的雙眸。如今，我終於成了老鼠。我終於能夠沉浸在變成老鼠的安心感之中。

「妳為什麼要做這麼殘忍的事？這麼可愛的孩子，妳怎麼下得了手？喂，別悶不吭聲，快說個理由吧。」刑警從厚厚一疊照片中抽出一張又一張，連續在桌上擺了五、六張之後，朝著照片伸手一推，讓照片滑到久子面前。「再給我好好看一次，照片裡這無辜的孩子。她可不是睡著了，是死了。被妳殺死了。」

久子沉默不語，低頭看著照片，臉上毫無驚恐之色。「說吧，到底是為什麼？難道是因為老公外遇，妳想要報復？還是妳遇上了更好的男人，嫌孩子礙事？來，伸出妳的手。」久子照著做了。刑警突然像看手相一樣，一把抓住久子的拇指，說道：「就是這雙手，殺了那個孩子。為什麼妳要下這種毒手？明明是妳自己懷胎生下來的孩子，為什麼妳要掐死她？妳說句話吧，明明是這麼可愛的孩子，為什麼妳要親手捏斷她的喉嚨？妳看看，脖子都發黑了。」

久子忽然嘆了口氣，凝視著刑警的臉，卻沒有說話。兩人就這麼對看了一會兒，刑警無奈地將手中剩下的照片重重摔在桌上，打開房門，將等在走廊上的女警叫了進來。

「伸子小妹妹現在已經上天堂去了。妳既然犯下這種罪行，就應該勇於承擔。就算是為了伸子小妹妹，妳也應該老實說出真話。鄰居們都說，妳原本是非常疼愛這個女兒的。既然如此，為什麼妳要幹這種事？難道是因為妳沒有自信將她好好扶養長大？我想應該不是吧。聽說伸子小妹妹生前身體非常健康呢。」女警突然發出一聲啜泣，拿起伸子遺體的臉部照片。當然，這也是引誘嫌犯招供的技巧之一。「她一定很難過吧……沒想到自己竟然會被世界上最信賴的媽媽殺死。」女警說到這裡，忽然厲聲說了一句：「真不知道妳當時是什麼樣的表情。」然而久子臉上的神情依舊沒有絲毫改變。

什麼樣的表情？不過就是普通的表情而已。殺死了伸子之後，當我回過神來，發現自己坐在三面鏡的前面，正愣愣看著自己的臉。我記得很清楚，當時從鏡子裡可以看到伸子的小床一角。畢竟對象只是個兩歲三個月的孩子，結束她的生命不費吹灰之力。我既沒有喘息，也沒有流汗，頂多就只是臉色有點蒼白而已。我拿著梳子梳頭髮，坐在逐漸變得昏暗的房間裡，心情沒有一絲紊亂。畢竟這一切都是註定的事。我養育伸子，正是為了將她殺死。我一定要變成老鼠才行。我要變成老鼠，被人用火烤、用水淹，徹底凌虐致死。

「妳上一次月經是什麼時候？別再保持沉默了，快說句話吧。妳不覺得伸子小妹妹很可憐嗎？難道妳是無血無淚的惡魔？妳丈夫已經來了，他就在外面，像發了狂一樣，直說要把妳給殺了。聽說妳丈夫很疼愛這女兒，經常買禮物回來給她。而且聽說妳女兒很喜歡跟爸爸一起睡，每天早上都會偷偷溜到爸爸的床上。難道妳是因為嫉妒，才把女兒給殺了？喂，妳到底為什麼要這麼做？妳的親戚裡頭，有沒有人得了精神病？除非是瘋子，否則怎麼會幹這種事？」

久子拿起了手邊的一張照片，照片上拍的是女兒伸子的臉部特寫。久子仔細凝視照片中的女兒，彷彿正在看的是女兒在七五三節[57]盛裝打扮的照片。驀然間，久子的臉上漾起了微笑。「有什麼好笑？為什麼妳還能笑得這麼開心？那可是被妳殺死的女兒！」女警憤然起身，奪下久子手中的照片。就在這時，另一名刑警走了進來。「我們已經拿她沒轍了，看來只能請你幫我們問問。」那刑警以低沉的聲音說道。久子抬頭一看，丈夫貞三就站在自己面前。

女警收齊伸子的遺體照片，轉身離開房間。「妳告訴我，真的是妳幹的嗎？」貞三的口氣比想像中要冷靜得多。「是我幹的。」「真的是妳？」驟然一陣磅硠聲響，久子感覺到一股殺氣，貞三朝久子撲了過來，刑警趕緊將貞三抱住。久子看著貞三，不禁暗想，這個人是誰？今天早上送他出門上班的時候，他確實是我的丈夫。但如今這個受低矮的檯燈燈光由下往上照耀著，恣意大吼大叫又暴跳如雷的男人，卻成了徹頭徹尾的陌生人。沒錯，既然我已經是一隻老鼠，自然不會有親人、有丈夫。「為什麼！告訴我為什麼！妳這個該死的女人，把伸子還給我！」貞三甩開刑警，隔著桌子揪住久子的頭髮，想要將久子扯倒。接下來是一陣制止聲與怒

---

57 七五三節：指孩童在三歲、五歲（男童）或三歲、七歲（女童）時必須穿著正式的和服到神社參拜的習俗。

吼聲，但過沒多久便恢復一片平靜，久子只感覺遭拉扯的髮根頭皮又熱又麻。

絕對不會有人了解我的心情。回想當初我躺在產房裡時，幾乎累得精疲力竭。從開始陣痛到分娩，歷經了十四小時。我什麼也無法思考，只能維持著半夢半醒的狀態。「看，是個女孩呢。」突然間，我感覺有個沉重的東西壓在我的腹部。護士在我眼前扶著伸子的身體，伸子的哭聲宏亮得幾乎不像是人類的聲音。「啊，長得跟貞三好像。」這是我腦海中的第一個想法，但我馬上感受到一股恐懼感竄上心頭。雖然當時我還不清楚這恐懼感來自何方，但自從得知懷孕之後，我心中的不安確實與日俱增。當我看到眼前那扭曲的柔軟肉塊時，我彷彿清楚看見了心中的不安，不由得將頭別向一旁。

久子是在二十四歲懷孕，當時是結婚第三年。貞三在電臺工作，兩人租了一間六疊兩房的公寓房間。不過那裡並不像當時的大多數出租公寓一樣禁止年輕夫妻生小孩，懷孕生子完全不會有任何問題。貞三也表現得像是電視家庭倫理劇裡的模範父親，雖然不像電視上演的那樣在孩子出生前驚惶失措，但是當夫妻獨處時，有時貞三會說出「不同的育兒書籍，給的建議有時會完全相反呢」之類的話。多半是他在上班期間，偶爾會拿電臺裡當作備用參考資料的育兒書籍來翻閱吧。「真的可以生下來嗎？」剛確定懷孕時，久子曾向貞三問了好幾次相同的問題。

「我們也差不多該有孩子了。何況人家說第一次懷孕就拿掉不太好。」雖然貞三的回答有些含糊，但以初為人父而言，這樣的反應也很正常。「但是我好害怕。」久子這麼告訴貞三，然而貞三似乎以為久子只是想獲得更多關心。「每個女人都得歷經這種事。妳想想，如果生小孩是一件那麼危險的事，地球上怎麼會有這麼多人類？」這樣的對話可說是平凡無奇。只要是第一次迎接孩子的夫妻，多半都曾說出類似的話。久子熬過了害喜期，縫製了孕婦服，腹中的胎動也愈來愈明顯。尤其是洗澡的時候，胎兒或許也感到很舒服，動得更是厲害，以肉眼就能看出下腹部的波浪狀起伏。久子經常感到不安，向貞三的母親求助，母親總是這麼告訴久子：「大家都是這麼過來的。人家說時候到了，孩子自然就生得出來，真的是這樣沒錯。」

久子也是第一次懷孕，只好努力說服自己每個孕婦都得歷經這一段。「男生的名字我來取，女生的名字讓妳取。」貞三這麼告訴久子。即將臨盆的時候，婆婆搬來與兩人同住。「最近久子的臉色愈來愈嚴峻，看來一定是個男孩。」婆婆這麼說道。雖然是可喜可賀的事情，久子心裡總有種事不關己的感覺。久子壓抑不住煩躁的心情，向生過孩子的朋友訴苦，那朋友說道：「天底下的婆婆都是這樣，愛說不負責任的話。一下子說男孩好，一下子說女孩好，我當初也為這種事氣得跟家裡的人大吵了一架。」久子不禁心想，不如自己也找個機會發脾氣好了。久子與貞三就跟一般的夫妻一樣，偶爾會發生爭吵。貞三因為工作性質的關係，經常早出晚歸。有時連續兩、三天很晚回家，或是回來時一身酒臭、說話愛理不理，久子也常對他抱怨。但是自從懷孕之後，久子卻只覺得鬱悶沮喪，連動怒的力氣也沒有了。那如影隨形的恐懼感，有時會像清醒後的夢境記憶一般迅速消褪，有時又會像實際的觸感一樣清晰。「別說了，妳這只是產前憂鬱症。妳是個堅強的人，不應該這麼軟弱。」被貞三這麼一說，久子自己也開始覺得一切都只是自己杞人憂天。畢竟久子向來覺得自己比別人堅強，憑著這股自信，久子努力將不安拋諸腦後。

久子的母親在五月二十五日的東京山手地區空襲中喪生。戰爭結束之後，久子雖然還只是女學校一年級，卻已必須扛起打理家庭的責任。父親是壽險公司的特約醫生，但平時上下班幾乎和上班族沒兩樣。戰爭剛結束的那段日子，久子每天都必須一大清早起床，煮一鍋水飩的大雜鍋，放學回家之後，還得時時關心有沒有配給物資可以領。雖說父親經常會從公司帶回特別配給的物資，久子不必費心到鄉下購買違法糧食，但比起同年代母親健在的少女，久子更早學會了打理家務。高中畢業之後，久子進入出版社工作，平日做事細心，酒宴餐會從不缺席，寫字的筆跡像男人，綽號是「恰子[58]」。某一次，久子專訪某位廣播藝人，結束後對方突然問了一句「妳每個月薪水多少」，久子照實說了，對方接著說道：「好，我多出五成買妳。」久子明快俐落的應對態度讓對方極為欣賞，於是久子辭去了出版社的工作，成為該藝人的專屬助理。因為平日需要進出電臺的關係，久子結識了貞三。當時的貞三是個風流傳聞不斷的美男子，剛開始久子只覺得他是個老愛嘻皮笑臉的男人，並不放在心上。某次兩人單獨在電臺的排練室裡討論事情，貞三裝出一副若無其事的模樣，卻突然從後面將久子抱住，親吻了久子。接著貞三宛如喝醉酒一般，開門見山地問道：「妳願不願意嫁給我？」起初，久子抱著半信半疑的心情。傳聞中貞三是個情場高手，但沒想到久子幾次跟貞三一起吃飯、看電影，貞三一直維持著正人君子的形象，從不對久子亂來。不久之後，貞三更正經八百地懇求久子的父親將久子嫁給他。原本久子從不曾想過，自己的婚姻竟然會就這麼順水推舟地成定局，不過或許出乎意料之外反而是件好事。畢竟母親已死，父親又只有久子這麼一個女兒，倘若認真煩惱起父親的老後生活，恐怕久子一輩子都無法結婚。「只要妳能有個好歸宿，爸爸自己也會再找個伴。」父親顯然也很欣賞貞三，如此告訴久子。久子聽了父親這番話，這才驚覺自己真的要結婚了。

58　恰子：原文作「チャコ」，為「久子」（ひさこ）的訛音。

雇用久子的藝人希望久子在結婚後還能繼續工作，所以久子並沒有為了結婚而辭職。夫妻兩人的收入加起來相當可觀，甚至能為新家庭添購一九五六年才剛問世不久的電視機。

不管是結婚禮服還是嫁妝，久子全都親自安排策畫。蜜月旅行的地點是京都，除了在車站月臺跌了一跤相當丟臉之外，整個旅途十分順遂。初夜的晚上，久子紅著臉對貞三說：「謝謝你為我忍耐這麼久。」後來貞三回憶起這件事，總說當時著實嚇了一跳，沒想到久子會說出這麼有女人味的話。久子每次聽貞三提起這段往事，也是相當尷尬。

結婚第三年時，夫妻兩人從東京都內的公寓搬遷到了獨棟的建案住宅，同時久子也辭去了工作。久子與父親維持著「沒有消息就是好消息」的關係，除了每年都會舉辦像扮家家酒一樣的慶生會，以及互寄聖誕卡片之外，幾乎沒有聯絡。久子成了徹頭徹尾的家庭主婦，再加上又懷了孕，生活可說是無憂無慮。

那天早上，久子開始陣痛，於是便在貞三及婆婆的陪同下住進了醫院。貞三依照事先的安排，從這天傍晚就和朋友在家裡一邊打麻將一邊等待。到了晚上九點，久子順利生下孩子，貞三立刻穿著一身黑色西裝趕到醫院。「這是我第一次跟孩子見面，所以穿上了正式的服裝。」貞三這麼告訴久子。但由於時間太晚，這天晚上貞三沒能見到伸子。當時久子並沒有因丈夫如此重視孩子而感到開心，反而顯得有些心不在焉。久子在黑暗中不斷甩著頭，想要趕緊將孩子放在肚子上時那溼滑又沉重的感覺忘掉。

每次按摩乳房，大量的奶水就會向上噴濺，幾乎達到天花板的高度。但或許是伸子吸奶的方式不佳吧，就算把乳頭放進伸子的嘴裡，伸子還是哭個不停。久子只好先把奶水擠到奶瓶裡，再餵給伸子喝。伸子的皮膚就像燈籠拉長一樣逐漸變得光滑，久子看在眼裡，內心也感受到了暖意。或許當初的不安，真的只是孕婦的通病吧。住院七天之後，母女回到了家中。泡奶粉的時候，久子將柔軟的奶嘴放在嘴邊測試溫度，沒想到突然有大量的牛奶流進嘴裡，讓久子有些嗆到。不管是滋味還是溫度，都讓久子感到異常熟悉。

奶粉罐平常都放在母親的梳妝臺旁邊。我當時就讀小學五年級，正是對裝扮感興趣的年紀。但由於正值戰爭期間，女孩子既不能使用蝴蝶結，也不能穿著顏色太可愛的衣服。即使如此，我還是常穿上運動會的制服及國定假日新買的白襪子，在鏡子前照個不停，順便打開奶粉罐，以裡頭的小湯匙偷吃幾口奶粉。「久子，妳不覺得小寶寶很可憐嗎？妳可以吃飯、吃麵包，但是小寶寶可沒有其他能吃的東西。」母親這麼告訴我。雖然母親並沒有親眼看到我偷吃奶粉，但從奶粉減少的速度，也能輕易發現是我偷吃了。在那個時期能夠吃到甜食的機會，就只有料理用的黑糖塊，或是偷吃放在慰問袋裡的黑色糖果。奶粉的溫和甜味是其他甜食完全比不上的，我當時正值渴望甜食的發育期，所以母親並沒有嚴厲責罵我。而且她明知道我會繼續偷吃，卻沒有把奶粉罐藏起來。那時候嬰兒大概出生半年左右吧。我還記得有一次，我陪伴挺著大肚子的母親到醫院，回程的路上不巧遇上防空演習，警防團的人明知道我母親是孕婦，卻責罵她沒有穿燈籠褲，讓我感到丟臉極了。這讓我想到，母親在和親戚閒聊時，曾經說過「過了四十歲又生孩子實在很丟臉」之類的話，讓我很不喜歡這個嬰兒。但是實際生下來之後，我不禁又覺得這個妹妹很可愛。一九四三年的春天，由於學校重新編班的關係，我提早放學回家，看見母親躺在地上，旁邊還有一名產婆。大人們將我帶到了位在四谷的親戚家，我害怕母親會就這麼死去，奔出了家門，在沒有人看見的地方偷偷抹去淚水。一個年紀幼小的孩子看我哭喪著臉，竟然露出樂不可支的表情。隔天我直接從親戚家去了學校，放學後回到位於高樹町的自家。我還記得當時是傍晚，母親躺在昏暗的房間裡，正在給嬰兒餵奶。母親的乳房脹得非常大，讓我嚇了一跳。父親對我說，妹妹的名字是「文子」，讀音是「AYAKO」。

如今回想起來，我應該算是很疼愛文子吧。每次排隊買東西，我總是背著她，就像不肯放開洋娃娃的孩子一樣。家裡的茶間有一座櫥櫃，櫥櫃上頭放著收音機與佛壇，我總是讓文子坐在收音機與佛壇之間，轉身背對著她，將背巾綁在胸口，母親見了直稱讚我好聰明。雖然我很疼愛文子，但我並沒有改掉偷吃奶粉的壞習慣。我不清楚當時的配給狀況，但我家地板底下的防空壕裡堆了大量的奶粉罐，就算讓我偷吃一些，文子的份也不會不夠。我不僅偷吃，還用牛皮紙信封裝了一些，跟朋友交換花生來吃。將奶粉含在嘴裡時，白色的粉末會變成黏稠狀，沾在下巴及臉頰的內側。對著鏡子張開嘴，會看見整個嘴裡都變成了白色，讓我聯想到因感染白喉而死的孩童。據說一旦感染了這個病，喉嚨會被白色黏膜封住，發出像狗吠一樣的咳嗽聲，直到斷氣為止。

貞三算是非常疼愛孩子的父親，但還不到異常的程度。他並沒有因為伸子而改變原本的生活作息。事實上，他當時剛轉調到新設的電視臺，工作上也不容許他每天提早回家照顧孩子。但是每當他三更半夜回到家裡，總是會一直站在藤製嬰兒床邊，欣賞伸子的睡相。就算伸子在午夜忽然啼哭，他也從不動怒。有時傍晚他難得在家，也會幫伸子洗澡。畢竟男人的力氣較大，做起來也比久子得心應手。有一次他故意賣弄從育兒書籍上看來的知識，抓起伸子的雙腿，讓伸子呈頭下腳上的倒栽蔥姿勢。他聲稱這是嬰兒體操，能夠讓孩子的腿變長，不禁讓久子看得心驚膽戰。八個月大的時候，伸子得了感冒，餵了退燒藥之後，卻又出現腹瀉症狀。伸子的身體明顯日益瘦削，貞三與婆婆都急得像熱鍋上的螞蟻，一下子嚷嚷著要換醫生，一下子又到處遷怒他人，搞得驚天動地，唯獨久子依然是一副氣定神閒的態度。伸子的病情好轉之後，貞三忍不住感嘆，「妳真不愧是母親，那股自信實在是太了不起了。我一度還以為孩子沒救了，每天在電視臺裡坐立難安，聽到電話鈴聲就嚇得跳起來，又怕回到家裡時最糟糕的事情已經發生了，回家的路上也是一顆心七上八下。跟我比起來，妳真是太鎮定了。」「小孩子的生命力是很強的，沒那麼容易死。」「話是這麼說沒錯，但妳看她的身體這麼小，光是能擁有生命，就是一件不可思議的事。」「你在說什麼啊。」雖然最後在歡笑聲中結束了對話，但久子自己也不明白，為什麼自己能夠一點也不擔心。當然在伸子呼吸急促或體溫升高時，久子也會迅速為女兒更換冰枕及餵藥。伸子到後來腹瀉最嚴重的時候，拉出來的水便簡直就像是洗米水一樣稀，就連婆婆也已做了最壞的打算，自己卻依然能夠表現出若無其事的態度。難道這真的是懷胎生子的母親所獨有的一種宛如動物本能般的自信？

過去那股不安就像是一種預感，偶爾會浮現心頭，彷彿濃霧散去一般，展現出清晰的姿態，我只是強迫自己視而不見罷了。然而這股恐懼變得愈來愈明顯，我開始清楚地感覺到，我的內心深處正隱隱期盼著伸子能夠夭折。我不斷說服自己，我身為母親，不可能會希望自己的孩子死去。但我確實期盼伸子的生命只到八個月大就結束，這是難以撼動的事實。伸子的發育速度相當快，八個月大已經能扶著拉門站起，甚至已開始有學步的跡象。生了一場大病之後，發育變得緩慢了些，我內心反而感到鬆了口氣。當年我妹妹文子也長得肥嫩健康，街坊鄰居還曾建議讓她參加健康優良兒童的選拔賽。那年的大年初一晚上，文子似乎也是八個月大左右，我坐在桌爐邊，拿著文子最喜歡的學步車，文子忽然踉踉蹌蹌地朝我走了幾步。雖然她馬上就摔倒了，但我確實是第一個親眼目睹文子走路的人。伸子緊緊抓著拉門，簡直像要進行一場大冒險，低頭看了看榻榻米，又抬頭看了看我。丈夫不斷為她加油打氣，喊著「快過來、到這裡來」，我卻只想閉上雙眼，把耳朵摀住。「我好希望伸子就維持現在這樣。」我假裝若無其事地對貞三坦承，他卻對我這麼說：「我明白，畢竟她現在這麼可愛。不過聽說最可愛的時期，應該是兩歲左右。等她長大了，就得嫁人了。不曉得她會跟什麼樣的人結婚。」貞三不愧是在電視臺工作，他還準備了錄音機，將伸子發出的那些毫無意義的聲音錄了下來。至於我心中的恐懼，他根本不曾察覺。

一九四四年年底，父親不想讓久子跟著學校進行集體疏開，因此特別安排久子到新潟進行個人疏開。久子在新潟的住處，是某個父親部下的老家，經營紡織品批發事業。建築物模仿京都風格，門面很狹窄，但內部格局呈長條形，還有一座中庭。久子住在二樓的房間，每隔十天左右，必定會有父母其中之一前來探視狀況。那個家庭也有一名跟久子年紀相仿的女孩，多少能幫助久子排遣無聊。久子在新潟度過了整個四月，為了進入女學校就讀，又回到了東京。抵達上野車站時，久子驚覺短短一個月的時間，車站周邊的景象竟然完全變了樣。車站內一群學生圍成了圓圈，放聲高歌，一個中年婦人卻在嚎啕大哭，到處都有眼神銳利的憲兵正在監視著旅客。久子感覺彷彿來到了一個陌生的國度。高樹町一帶也有很多建築物基於避免延燒的理由而遭到拆除。東京的燈火管制比新潟嚴格得多，久子一踏進家門，登時聞到一股懷念的氣味，並看見文子朝自己撲了過來。

那年冬天的降雪量非常驚人，大家都在擔心蔬菜、魚肉等食物無法補貨，我因為習慣了東京的配給制度，看在眼裡反而覺得有趣。新潟的生活非常平穩，簡直不像是在戰爭期間，只在港口附近偶爾會出現B29飛機，據說是在朝港外拋擲水雷。當時我也逐漸習慣了在雪中生活，有時會幫忙剷除屋頂上的積雪。畢竟那戶人家的兒子是我父親的部下，家裡的人都對我很親切，跟我年紀差不多的女孩也對我相當仰慕。不過她仰慕我的理由，可能只是因為我從東京帶來了許多書本及玩偶。我回到東京之後，還是會與她互通書信。那女孩喜歡以英文字母拼寫自己的名字，我看了之後很是氣憤。這麼說起來，我可以算是個軍國少女吧。

歷經了一場大病之後，伸子一直發育得很順利。過了伸子的生日之後，久子由於家事繁忙，也漸漸淡忘了心中的恐懼。某天，貞三喝得醉醺醺回來，送給伸子一大罐餅乾，說是客戶給的伴手禮。伸子撒嬌要母親打開，久子照做了，但那罐裡的餅乾實在太多，伸子竟當成了玩具，一塊塊拿起來折斷後扔進垃圾桶。「不能浪費食物。」久子只不過是斥責了一聲，但伸子畢竟是獨生女，平日驕縱慣了，竟然哭到全身抽搐。「別這麼凶，她還不懂。」貞三在一旁為女兒說話。「不行，浪費食物就是不對。」「話是這麼說沒錯，但也沒有必要像那樣歇斯底里地對她吼叫。」「你別管，她是我的孩子。」「妳冷靜點，別嚇壞了伸子。」「要我冷靜，你就別插嘴。你只不過偶爾待在家裡，就什麼事都順她的意，這麼做只會害了她。」貞三也動了怒，不再與久子爭辯。伸子躲在房間的角落，一邊哽咽一邊看著父母，似乎無法理解發生了什麼事。「伸子，把妳丟掉的餅乾撿回來放好。」「妳這麼說，她是聽不懂的。」「你閉嘴！」久子含著眼淚大喊。貞三將伸子抱了起來，久子也不再堅持，無奈地自行撿拾垃圾桶裡的餅乾。伸子見了，也過來有樣學樣地照做。

「她實在太任性了。菜色不喜歡，吃了兩口就不吃；給她水也不喝，一定要喝果汁。」久子恢復冷靜後，又開始抱怨。「那也沒辦法，現在的孩子都這樣。在我們小時候的年代，只要一粒米沒吃乾淨，馬上就會被罵。」貞三接著又半開玩笑地說道：「但男人實在沒辦法像那樣氣呼呼地對孩子大吼大叫，或許這也是一種身為母親的自信吧。」

不，我氣伸子浪費食物及偏食，絕對不是源自什麼身為母親的自信。當年我回到東京不久，三月十日就遇上了空襲。父母都說高樹町距離紅十字醫院很近，絕對不會遭受空襲，但他們自己多半也不相信那種話。父親曾經歷過大地震，他認為真正發生災難時，往空曠的地方逃反而危險，因此他選擇了住家附近的美術館作為避難地點。五月二十五日晚上十點，空襲警報一響起，父母立刻將縫紉機、食物及各種物資拋進庭院的防空壕，蓋上榻榻米。父親還來不及掩上泥土，澀谷方向忽然發出陣陣閃光，風勢愈來愈強，震耳欲聾的聲響不斷撼動著腦袋。我抬頭一看，夜空中彷彿懸浮著無數火把，而且逐漸往北方飄移。母親背著文子，父親則拿著水桶，但他們都只是愣愣地仰望天空，並沒有躲進防空壕。因為躲在防空壕裡卻遭蒸烤而死的例子時有所聞。有人說可以先躲在防空壕裡觀望，一看見燒夷彈落下就立刻衝上去澆熄，但任何人只要親眼見識過燒夷彈的可怕威力，就不會想嘗試這種事。維持了片刻詭異的寧靜之後，不知何處傳來物體在屋瓦上碰撞的聲響，緊接著便是一陣陣爆裂聲。雖然住家及附近似乎都沒有異狀，但父母還是趕緊帶著我離開。父母讓我走在中間，並且囑咐我「絕對不能放手」。來到電車大道上，放眼望去淨是你推我擠的逃竄人潮，有人破口大罵，有人高聲尖叫。面對道路的屋舍二樓也擠滿了人，每個人都指著遠方的火勢，露出一副事不關己的態度。轉眼之間，除了神宮方向之外，幾乎整個夜空都染成了紅色。墜落聲及爆炸聲此起彼落，我們來到了南町時，看見空中流竄著陣陣火光，一旦被其擊中，就會像爆炸一樣噴出猛烈火舌。於是我們趕緊退回到霞町，穿過廣尾。我們看左手邊有一座高臺，上頭一片寧靜，於是沿著小徑爬了上去。那裡有一座山洞式的防空壕，裡頭一個人也沒有，似乎居民都避難去了。由於我有一個朋友的鋼琴老師就住在這附近，我對這一帶還算熟悉，心情也不像剛剛那麼驚惶。母親將背上的文子放下，交給我照顧。她與父親兩人站在防空壕前，眺望著樹林另一頭的火海。文子一點也不害怕，反而掙扎著想要下去。外頭的火光將整座防空壕裡照得異常明亮，我正左右張望，就在我們都有些鬆懈的時候，忽然又響起墜落聲。剛開始，我依照大人們所教的作法，以手指摀住了眼睛及鼻子，抱著文子趴在地上。片刻之後，我抬頭望向父親的方向，竟看見母親倒臥在防空壕的入口處。「繃帶！繃帶！」父親顯得非常緊張，我想要走過去查看狀況，卻被他推開了。地上的母親一動也不動。

不知道是燒夷彈還是小型炸彈的碎片，插入了母親的胸口。雖然我沒有親眼看見，但據說傷口只有五公釐，卻讓母親當場死亡。四谷的親戚家也在空襲中被燒毀了，我們只好到位於中野的某個父親同事家裡權且寄身。那個父親同事以陸軍中尉的身分受到徵召，這時並不在家。當時我們甚至沒辦法為去世的母親燒一炷香。二十七日中午，父親帶了一個簡陋的盒子回來，據說母親的遺骨就在裡頭。父親什麼話也沒對我說，只是不停撫摸我的頭。不久之後，我便背著文子回到了新潟。當時新潟的氣氛也跟之前截然不同，B29已經炸遍了全日本所有大都市，任誰都猜得出來今後B29會以地方都市作為目標。半年前那悠閒的氛圍早已蕩然無存，居民們到處挖掘防空壕，每個人都在思考怎麼樣才能保住性命，有人說應該渡過橋往東方逃走，有人則說應該要逃往海上。食物也不像從前那麼充足，而且父親的那個部下認為日本這個國家已經要滅亡了，不想繼續待在東京，決定回到老家務農維生。因為這個緣故，家裡的氣氛也與從前截然不同。對他們來說，現在的我只不過是個背著幼兒的空襲難民。「玩偶跟書都燒掉了？真是可惜呀。」同年紀的少女雖然表面上對我說了一些同情的話，但顯然在心裡竊笑著，對我的態度也轉為輕蔑。

每個人都以為久子很喜歡孩子。平日除了照顧伸子之外，久子有時聽見街坊鄰居的嬰兒在啼哭，甚至還會當著母親的面，將嬰兒抱起來安撫。「聽說哭泣對嬰兒來說也是一種運動呢。」有些人會對愛管閒事的久子這麼酸言酸語。每當聽見孩子的哭聲，久子總是會感到坐立難安。如果是鄰居家的孩子哭泣，還可以逃到聽不見的地方，但自己的孩子哭泣，可就無處可逃了。由於貞三經常晚歸，伸子常常會因為想念父親而睡不安穩，在夜裡開始啼哭。這時久子卻又會突然厲聲大喊：「夠了！妳要我說幾次？別再哭了！我要生氣了！」伸子被母親這麼一瞪，反而會哭得更大聲。久子只好摀住耳朵，躲到另一個房間。貞三回來之後，恢復冷靜的久子懇求丈夫以後早點回家，但電視臺的節目播放才剛上軌道，貞三實在無法答應。「唉，孩子晚上哭個幾聲，有什麼好在意？只要別管她，沒多久她就會自己睡著了。」貞三聽了理由後只是一笑置之，然而久子卻愈來愈無法忍受晚上與伸子單獨相處。雖然伸子並不見得每晚都會啼哭，可是一旦開始在意之後，久子就再也無法對伸子的哭聲聽而不聞。久子只好倒一些貞三的威士忌攙水喝下，咬緊牙關熬過漫漫長夜。隨著伸子的成長，久子心中的恐懼逐漸顯露出真面目。

後來住在新潟的那段日子實在很苦。父親將我送去的時候，那家人還笑臉盈盈，但父親一走，他們馬上就換了一副嘴臉。他們說原本我住的二樓房間要給兒子使用，要我改到倉庫去睡。倉庫雖然也是兩層樓建築，但裡頭堆滿了斗笠、蓑衣、鋤頭等農具，以及木雕半身像、肖像畫、書架等各種雜物。他們在倉庫裡挪出了一個空間給我睡，當時已快要進入夏天，那裡卻連一扇窗戶也沒有。「這倉庫比防空壕還堅固，妳在這裡比較安全。」家裡的老人對我這麼說。但我知道他們這麼安排，是因為剛回到這裡的那天晚上，文子嚎啕大哭，家人們嫌那聲音太吵。母親的死沒有讓我徹底絕望，或許是因為事情發生得太突然，讓我一直無法接受這個事實，也或許是因為這個時期彷彿世上每個人都殺氣騰騰，讓我想哭也不敢哭出聲音。父親說他會盡量像之前一樣經常來探望我，但我一想到前來新潟的一路上擠滿了避難民眾的景象，就知道父親即使想來也來不了。「東京能炸的都被炸光了，不會再有空襲了，妳不必為爸爸擔心。」父親摸著我的頭說道。「妳已經是姊姊了，要好好照顧文子，知道嗎？」我點了點頭。那時我還有著不能辜負父親期待的決心，但我不知道接下來的糧食問題竟是那麼嚴重。住在主屋的那家人跟附近的農民很熟，平日還是理所當然地吃著白米飯，我跟兩歲四個月大的文子卻只能吃脫脂大豆、高粱及玉米。而且我必須自己在倉庫前面設置火爐、炊煮食物，自己到井邊打水喝。生活恢復穩定之後，文子當然會開始想念母親。每天早上，跟我同年紀的少女上學前都會故意大聲地向大人們告狀，「昨晚真是吵死了，完全沒辦法睡。」文子在倉庫裡啼哭，聲音傳到主屋應該已經不怎麼刺耳，但聽她這麼說，我一顆心也是七上八下。進入七月之後，倉庫裡實在太悶熱，文子跟我都起了滿身汗疹。因為天氣炎熱的關係，主屋的窗戶原本都是打開的，但只要文子一開始啼哭，那家人就會故意用力將窗戶關上，發出巨大聲響。我無可奈何，只好背著文子離開倉庫，朝著東堀川的方向一直走。我還記得那天一點風都沒有，連垂下來的柳葉也是動也不動。不管我再怎麼輕搖、唱歌，文子還是哭個不停。那附近有間車床工廠，金屬碎屑全都裝在圓筒狀的俵袋[59]裡，一只只堆積在路旁。我將文子放在俵袋上，抹了抹汗水。放眼望去，周圍半個人也沒有。我可以理解文子想啼哭的心情，畢竟她才兩歲多，就與母親訣別，再加上天氣炎熱，連我也想找個人訴苦。但那哭聲實在讓我無法忍受，因為只要她一哭，我就無法好好睡覺。「夠了，別哭了。」我反覆說了好幾次，最後我終於忍不住動手打了她。剛開始，我只是在她的頭上拍了一掌，但她還是哭個不停，於是我改成握起拳頭，揍了她一拳。這一揍，文子的哭聲頓時停了。我見她不再哭泣，就將她抱起來，轉身走回倉庫。自從知道這一招有效後，拳頭成了最好的催眠曲。每到半夜，文子發出恐懼的驚呼聲，接下來一定會開始啼哭，這時我就會二話不說給她一拳。

59　俵袋：以稻草編織成的圓筒狀容器，多用來裝米穀或木炭。

「母親哄小孩，不是都會一邊哼歌，一邊輕拍孩子的屁股嗎？」貞三一邊看著報紙一邊說道。他只要一看到報紙上有關於育兒的文章，就會剪下來，有時還會讀給我聽。或許他已經察覺我對伸子的態度有些不太對勁了吧。他對我說母親拍孩子的臀部其實不太好，因為震動會沿著脊椎傳到大腦，引起腦震盪。我笑著回答「怎麼可能」，他一臉嚴肅地強調：「嬰兒的骨頭很軟，只要一點衝擊就會導致昏厥。很多時候母親以為孩子睡著了，其實是輕微腦震盪呢。」剛聽完的當下，我只是隨口應了，並沒有多說什麼。但其實我心裡很清楚，那就像是仙女棒煙火的火花一樣，在我的胸口不斷噴發、激盪，最後帶來的是擋也擋不住的嘔吐感。腦震盪……這麼說來，當年文子被我揍了之後就不再啼哭，就跟技不如人的拳擊手在擂臺上被擊暈沒有兩樣？當時的我每天晚上將一個兩歲多的嬰兒打到昏厥不醒？我站在廚房，看著自水龍頭不斷噴灑出的水流，任憑水滴濺在我的身上，心裡不斷強迫自己別去想、別去想。但不管我再怎麼努力，當年那倉庫裡的昏暗景象還是會不由自主地浮上心頭。我不僅毆打文子，而且因為配給的糧食愈來愈少，我還以文子吃壞了肚子作為藉口，將她的份也全都吃光了。對我來說，這就跟從前偷吃她的奶粉沒有兩樣。那段時期我只給文子喝稀米湯，至於偶爾配給的番薯乾、白蘿蔔、雞蛋或魚肉，我都自己一個人躲起來偷偷吃掉，完全沒有想到她只是個兩歲大的孩子。因此文子轉眼之間迅速瘦削、衰弱。有時父親寄信來，裡頭會夾著一些現金，我總是會拿到白山神社旁的紅豆湯店，購買違法販賣的紅豆湯來喝。換句話說，我為了讓自己活下去，可以說完全不顧文子的死活。

戰爭結束後，父親來新潟接我回去。他彷彿什麼事也沒發生，只對我說了一句「這段期間讓妳吃苦了，以後不用再過這樣的苦日子」。父親並沒有騙我，後來我們父女倆租了個房間一起生活，我獲得了父親的庇護，卻也扛起了打理家務的責任。或許是因為每天忙於家事的關係，在新潟發生的那些往事迅速從我的記憶中消失，甚至連作夢也沒有夢到過。後來我不僅結了婚，而且新潟在一九五五年發生了一場非常嚴重的火災，那間紡織品批發商的屋子也慘遭祝融，我聽到這個消息時，也沒有特別的感觸。直到伸子出生，那些往事才驀然朝我撲來，彷彿以尖刀抵住了我的胸口。伸子剛出生的時候，情況還沒有那麼嚴重，但隨著伸子長大，她的一舉手一投足都會牽動我心中關於文子的回憶。原本我好不容易才說服自己別去想，但貞三跟我提到那報紙文章的瞬間，那塵封的往事全都赤裸裸地浮現在我的腦海。

我聽到伸子的哭聲會想摀住耳朵，是因為不想回憶起那倉庫裡發生的事情。當伸子把餅乾當成了玩具胡亂浪費時，我對她大發雷霆，是因為我在不知不覺之中，拿她跟幾乎整整兩個月只能喝稀米湯的文子比較了。我不僅將文子的事情忘得一乾二淨，而且只當那是一些戰爭期間所發生的特殊經歷。當然這藉口並沒有真正說服我自己，但在戰爭結束之後，那兩個月的事情對我來說就像一場夢境。當我迅速回歸日常生活，那些事情也在忙碌的每一天中被我拋諸腦後。然而到頭來，我並沒有真正忘了那一切。我雖然沒有下手殺害妹妹文子，但她可以說是死在我手裡。我依然清晰記得，當年我是如何害死了文子。而且最令我感到諷刺的一點，是隨著自己的女兒伸子慢慢長大，接近當年文子過世的年紀，一股潛藏在我心中的預感變得愈來愈明確。伸子那天真無邪的笑容，以及那口齒不清的隻字片語，彷彿都在嚴厲指責著我的罪愆。每當我看見伸子大吵大鬧，我就會想起當年我曾將這樣的孩子打到昏厥。每當伸子向我討果汁喝，我就會想起當年我曾奪走原本屬於孩子的食物。如果可以的話，我願意加倍疼愛伸子，以彌補我當年的過錯。如果我有時光機，我願意帶著家裡的所有餅乾、糖果及薄餅，回到當年那個倉庫裡，送給連哭的力氣也沒有的文子。我流著眼淚祈禱，但我知道想這些只是在自欺欺人，我永遠沒辦法為自己贖罪。

一九四五年八月十三日，新潟市在知事的命令下進行了全體市民的疏開行動。當時已有傳聞指出，美國投在廣島及長崎的新型炸彈是原子彈，直徑兩公里範圍內的一切東西都會被炸成灰。但我剛聽到時，實在是有些難以想像。在那之前，威力最大的一噸炸彈也不過只能炸一丁[60]左右的範圍。每個人都在議論紛紛，有人說原子彈的攻擊有死角，還有人說只要穿白色的衣服就能反射原子彈的強光，保住自己的性命。當時日本還能維持機能的都市，僅剩下京都、奈良、金澤及新潟。除此之外，就只有東京的世田谷區、杉並區，以及大阪的森宮一帶。大家都說這幾個地區的其中之一就是第三顆原子彈的目標。尤其新潟縣的長岡市前陣子才遭到轟炸，整個新潟市可說是人心惶惶，市民們紛紛躲避到郊外的寺院裡。而且由於正值夏季，還有很多人直接露宿在田間小徑或阿賀野川的堤防上。若以從塞班島出發的距離來看，到東京與到新潟並沒有多大差別，但畢竟新潟面臨的是日本海，再加上新潟市內除了石油精煉廠之外並沒有重要設施，因此過去新潟市民對空襲的危機意識並不高。但如今情況完全變了樣，知事下令當天所有市民都必須撤離市區，原則上只能步行，而且不得攜帶糧食以外的一切財物。警防團的人員像發了狂一樣催促市民離去，警察騎著腳踏車到處巡邏。有人強調天氣炎熱，飯糰最好先烤過，還有人主張水比食物重要得多，整個場面混亂得有如大掃除遇上失火。「妳有什麼打

60　丁：日本傳統長度及面積單位，一丁的長度約等於一〇九公尺。亦作「町」。

算？我們要逃到木崎村去，但沒辦法帶妳們一起走。」家裡的老婆婆這麼對久子說。「當然不行。光是我們這些人，就已經給對方添了不少麻煩。不過別擔心，只要離市區遠一點，就不會有危險。」曾經是父親部下的男人一邊說，一邊將西裝外套放進背包裡，還不忘放入幾顆樟腦丸。「這些放得進去嗎？」老婆婆拿著往生者戒名簿及牌位問道。「那些放在提袋裡就行了。」男人冷冷地回答。女兒也正忙著將教科書及參考書塞進帆布書包裡，並且以繩子將算盤、尺及鞋子綁在上頭。自中午過後，開始有人拉著拖車或駕著馬車離開。任何想要進入新潟的車輛，只要未經許可，全都禁止通行。久子走出屋外，看著大量人潮湧向萬代橋，心裡並沒有遭到拋棄的恐懼，反而因為住在主屋那家人都離開了，心情感覺輕鬆不少。而且上頭還發放了特別配給的糧食，每個人都可以得到三餐份的乾麵包。當時文子已衰弱得動彈不得，臉上滿是汗疹惡化形成的膿瘡及血痂。久子將幾塊乾麵包放在文子的額頭上，但文子只是不停伸嘴去吸，似乎連吃的力氣也沒有了。

那戶人家畢竟是自古傳承下來的舊家族，家裡有扁擔，屋主背起了背包後，將其他行李掛在扁擔兩頭，扛在肩上。到了兩點，上頭發布警戒警報，大家彷彿早已等著這一刻。不管是已經啟程的人，還是正在整理行囊的人，全都加快了動作。「奶奶，妳快一點。」家人在門外尖聲大喊，老婆婆卻還一個人留在二樓，拉下遮雨板、扣上窗閂。消防車在路上奔馳而過，為了維持治安而留守市內的警防團人員及町內會幹部全都默默站在街角。另有大約一百名赤裸上半身的士兵正朝著海岸的方向奔跑。整條道路上擠滿了避難的人潮，卻沒有逃命的緊張感。女人牽著小孩邊走邊聊天，老人拄著枴杖專心邁步，兩、三個中學生正在打打鬧鬧。病人遠比想像要多得多，全都躺在鋪了棉被的門板上。不論是誰，都沒有轉頭朝那熟悉的故鄉瞥上一眼。

白天時路上人潮源源不絕，但是到了晚上，已走得一個也不剩。我走下比路面低了約兩公尺的東堀川岸邊，看著涓涓細流中搖曳的水草，心裡幻想著如果能夠偷偷溜上停泊在岸邊的水肥船逃離這裡，不知該有多好。一輛腳踏車通過頭頂上方的路面，發出吱嘎聲響。耳中聽見了轟隆聲，朝天上望去，滿天都是星辰。這時我心裡還不害怕，畢竟早已習慣了獨處。然而置身在一個人影也沒有的環境裡，我忽然珍惜起了與我血脈相連的文子。回想起來，我已有好一陣子沒有抱過她。病懨懨的文子變輕了不少，我將她背在背上，在黑暗中漫無目標地亂走。遠處傳來拖著鐵棍走動的聲音，那是町會的人正在到處巡邏，提防有人闖空門行竊。除此之外，四面八方一片死寂，白天的熱氣卻遲遲沒有消褪。我喊了文子兩聲，但她沒有反應。父親畢竟是醫生，這陣子被調去診治空襲傷患，據說也是忙得焦頭爛額。警防團的待命室裡，有四、五個人正在喝酒。我回想起從前跟母親到澀谷的百貨公司吃蕎麥涼麵，我翻開竹籠想看看底下還有沒有麵條，結果被母親念了一頓。接著我又想起母親在防空壕外倒地不起時，我努力想要將她拉進壕內，但她的身體簡直像石塊一樣沉重。父親呢喃了一句「沒救了」，我沒有哭泣，只是脫下母親的防空頭巾，拿出梳子為她梳頭髮。文子完全不曉得發生了什麼事，還將母親尚有餘溫的手掌抓在手裡把玩著。

那是我來到新潟後第一次眼眶含淚。我回到倉庫裡，粗魯地放下文子，趴在地上嚎啕大哭。我按捺不住激動的情緒，朝外頭狂奔。不久後我又走回來，溜進了主屋裡。我對主屋的內部格局大致清楚，毫無目的地在每個房間來來回回亂闖了一陣。我總覺得似乎只要我拉開某一扇門，就會看見母親在裡頭。不，或許我只是沒辦法靜靜地待在同一個地方不動。屋外的夜色忽然讓我感到害怕不已。驀然間，我聽見了一陣快速敲打木頭的聲音。難道這裡除了我之外還有其他人？不管是誰都好，此時我多麼希望身邊有個人可以依賴。我仔細聆聽，發現那聲音是從隔壁屋子傳來的。我從那屋子的後門探頭往裡面瞧，看見一個老婆婆坐在昏暗的屋裡，一邊念著經文，一邊甩動左手。每甩動一次，就發出一聲輕響。我將木門推開，想要看個清楚。原來那房間是一間佛室，佛壇幾乎占據了整面牆壁。老婆婆不僅正在甩動手腕，而且整個身體也隨之微微顫動。我不知道她有沒有發現我，我也不敢向她搭話，但至少看見除了我以外的人，讓我著實鬆了口氣。於是我倚靠著木門，咬起手裡的乾麵包。不知過了多久，忽然有個身穿燈籠褲的伯母出現在我眼前。那伯母似乎也嚇了一跳，顯得有些慌張。仔細一瞧，伯母的手裡牽著一輛腳踏車。「奶奶，妳別再固執了，快跟我走吧。」那老婆婆聽了，卻似絲毫不為所動。「來，站起來吧。」伯母的口氣雖然恭敬，卻是一邊說話，一邊繞到老婆婆的身後，以兩手手臂勾住老婆婆的脅下，將她硬拉起來。「我不去，我……」老婆婆的嘴裡如連珠炮般不斷碎碎念著，但我聽不懂她在說什麼。伯母將老婆婆硬拖到了門外。「大家可都在擔心妳。要是妳有什麼三長兩短，我們要怎麼向本家的親戚交代？」「就讓我死在這裡吧。我想在這裡陪伴列祖列宗。」「別說了，快坐上去吧。」老婆婆嘴上反抗，卻乖乖坐上了腳踏車的後側平臺。「拜託妳們帶我走！」我眼睜睜看著伯母推著腳踏車離開，忍不住以沙啞的聲音大喊。伯母似乎沒聽見，逐漸消失在夜色之中。我趕緊追出去，來到了路上，但腳踏車已不見蹤影。一股恐懼感油然而生，幾乎令我兩腳發軟。我拔腿狂奔，跑了一會忽然聽見說話聲。停下腳步一看，原來不過是一臺沒有關掉的收音機。橋下的警署裡同樣一個人也沒有。來到一條三叉路上，左邊那條路的前方有座平交道。只要沿著那條路一直走，就會抵達新發田。當初剛來到新潟時，我曾經跟紡織品批發商那家的女兒一起走過。我的腦袋一片空白，只想趕緊找到一個有人的地方待著。我在黑暗裡不斷奔跑，過了一會左右兩側淨是一望無際的水田。道路只有一條，不斷向前延伸，在月光照耀下泛著白光。這時距離農家屋舍遠了，我心裡更加驚恐。「爸爸！」我尖聲大喊，奮力拔腿狂奔，彷彿想要追趕上自己的聲音。我又喊了一聲，附近突然有人回了一句：「妳在找誰？應該就在前面，妳到前面再喊喊看吧。」我睜大眼睛仔細一看，大約有五、六個人蹲坐在田埂上。我心裡的恐懼感稍微緩和了些，卻忽然感覺喉嚨乾渴，只好不斷吞嚥口水。大約又前進了五百公尺，田埂上更是擠滿了人，那些人圍繞著少數幾樣家財工具，各自找地方窩身。我壓低了聲音，不敢驚動他們，彷彿一被發現就會慘遭開槍射殺。我本來以為這裡應該是人聲鼎沸，宛如在廣場上舉辦的祭典，但如今眼前一片寂靜，與白天的喧鬧可說是有著天壤之別。我在距離人群稍遠處坐了下來，脫掉鞋子，將腳浸泡在水田裡。這時我才終於想到，我沒有將文子帶在身邊。

雖然我想到了這件事，但我根本提不起力氣往回走。或許這樣的狀況，可以說早在我的預期之中。我突然像這樣不顧一切地逃得遠遠的，身上什麼也沒帶，或許只是因為如果我做好萬全的準備，卻沒有帶走文子，我會受到良心的苛責。我心想反正我留了一些乾麵包給文子，讓她獨處一晚應該沒什麼大不了。我打算等到明天一早，就回去接文子，帶著她到前方阿賀野川的堤防上，挖個防空壕，跟她一起躲在裡頭。不，乾脆坐上火車，回到東京去算了。既然新潟有可能遭原子彈攻擊，東京反而比這裡安全得多。沒錯，我應該趕緊背著文子回到父親的身邊，別再理會那些像乞丐一樣窩在田埂上的人。只要能見到爸爸，爸爸一定能立刻治好文子的皮膚病、腹瀉等症狀。當我回過神來，不知不覺已經是清晨了。有些人正在灌溉用的小河邊洗臉，有些婦人正在石堆裡生火，還有些婦人躲在稻架的後頭小便。人數已經比昨晚少很多，只有五、六十人。看起來似乎都是附近的居民，有些人還跑回家拿了一些雞蛋，乍看之下簡直像在遠足一樣。

剛好有個男人似乎想回市區，於是我悄悄跟在男人的身後，沿著昨晚奔跑過的道路往回走。隨著太陽升起，我對文子的掛念已不像昨晚那麼強烈，甚至有股想要獨自回到東京的衝動。白天的街道景象看起來跟往昔毫無不同，照在背上的陽光愈來愈灼熱。回到了東堀川附近，我看見有人忙著在家門上釘木板，似乎是擔心家中財物遭竊，還有些人扛著包袱巾走在路上。我踏著半僵化的步伐回到紡織品批發商的屋子後門，走進了倉庫。我已不記得當時我心裡在想著什麼。當我一踏進倉庫，看見一大團黑色陰影突然像炸開一樣，分裂成十多個小團塊往四面八方逃散，露出正中央一團鮮紅色的物體。那鮮紅色的東西是文子，逃散的東西是老鼠。不知過了多久，我才理解文子已經被老鼠咬死了。當我恢復理智時，發現自己正蹲在白山神社境內的防空壕裡。收音機裡的播報員正大喊著大阪地區遭受空襲的消息，照理來說，我應該不可能聽得見任何聲響，但我的皮膚卻彷彿感受到了來自地面的震動，令我不由得全身顫抖。

十五日的早晨，政府解除了疏開令，警防團的人將文子的遺體收去火化了。紡織品批發商那一家的男主人對文子的死絲毫不以為意，卻抱怨鮮血弄髒了他家倉庫。他在倉庫裡焚燒大量的杉樹葉子，把老鼠燻走。一隻小老鼠逃得太慢，被男人一腳踏死。那老鼠口吐鮮血，一對眼珠仰望著天空。萬里無雲的天空顏色，映照在那兩顆小小的眼珠上。十六日，父親終於來了。他向紡織品批發商那一家人問過了詳情後，一整晚只是輕輕撫摸著久子的頭髮。久子哭個不停，父親一句話也沒有多問。

「是不是因為養育孩子的焦慮感，讓妳喪失了身為母親的自信？」昏暗的偵訊室裡，刑警耐著性子等候久子的回答，不時發出一些自言自語。「就算是野獸，母親也會捨命保護孩子，我看妳多半是瘋了。」刑警握著鋼筆在桌面上輕敲了一會，啜了口茶。「我想妳應該也餓了吧？」久子絲毫沒有反應，只是深深嘆了口氣。

父親沒有問，我也沒有辯解。將近十五年來，我以為自己已經把這些事忘得一乾二淨。但原來我一點也沒忘。隨著伸子逐漸接近當年文子的年紀，我變得一刻也不敢離開伸子的身邊。只要伸子一睡著，彷彿隨時會有一大團黑色陰影從她的身上散開，只留下中央一團鮮紅色肉塊。而且每當我看著伸子，當年文子那長滿了膿瘡及血痂的瘦削臉孔就會與她的臉孔重疊。伸子的哭聲，就像是當年每天夜裡因為太過飢餓而變得有氣無力的文子啼哭聲。當老鼠啃咬著文子臉上的血痂時，文子在喊著誰的名字？當文子遭到拋棄，在哭喊聲中遭受老鼠攻擊時，她在向誰求救？是我，全是因為我一個人逃走了。如果那晚我能夠將文子帶在身邊，兩天後戰爭就結束了。是我殺了文子。對不起。在我的眼裡，伸子的臉逐漸變成了文子的臉。血淋淋的眼窩裡，少了一對眼珠子。我使盡力氣以棉被蓋住那張臉，嘴裡不斷道歉，結果……

「用棉被把伸子小妹妹悶死，是什麼樣的感覺？她一定痛苦掙扎過吧？妳的雙手手掌，是不是還殘留著那小小的身體拚命掙扎的觸感？既然妳自首了，表示妳還有理智。快老實說出來吧，妳為什麼要幹那種事？」

「因為我想變成老鼠。」

「老鼠？」

「我想變成一隻被人殘忍殺死的老鼠。請你們在我身上倒汽油，把我活活燒死吧。這麼一來，我就可以……」

刑警一頭霧水地凝視著久子。久子撩撥著頭髮，再一次強調：「請你們一定要殺死我。」

La Cumparsita

這間狹窄的房間只有九尺二間[61]，也就是約三坪大。地面鋪著木板，連周圍的牆壁也是木板所圍成。南側牆壁的六尺高度處有一扇寬約一尺的長條狀窗戶，窗面上以兩寸的間隔裝設了一排向外突出的鐵桿。窗戶的頂邊再往上兩尺就是天花板，天花板的中央有一顆五燭光的電燈泡，周圍以鐵絲網包住。木板上有一些黑色的紋路，那都是漏雨所留下的痕跡。

房間裡西北角有一個直徑約一尺五寸、高約兩尺的木桶。除此之外，房間裡的東西就只剩下半張榻榻米大的破草蓆，以及一本舊雜誌。木桶的旁邊就是房間的門，門板不僅有兩寸厚，而且上頭還釘了兩片交叉的斜木條。大約眼睛高度的門板上有一扇小窗，常有教官躡手躡腳地從門外往房間內偷看。三個擁有武術段位的教官分別得了綽號「坦克」、「肥仔」及「娘娘腔」，那扇門板上的小窗則被戲稱為「閻王口」。

由於門板太厚的關係，即便房間內的人從「閻王口」往外窺探，也只能看見狹窄走廊另一頭的對向房門及左右兩側的少許牆面。如果體力夠好，可以抓著另一側窗上的那一排鐵桿將身體往上抬，就能看見建築物外的景色。但由於鐵桿向外彎曲，吊掛在上頭會感覺手腕彷彿隨時會折斷。窗外的不遠處就是農家的庭院，遠眺可看見連成一片的水田，尾端則是閃爍著陰鬱光芒的淀川水流。然而任何人只要在這房間裡待上兩星期，都會失去這麼做的體力。如此一來，窗戶的唯一存在意義就只剩下讓光線透入房內。

在這三坪大的房間裡，竟然擠了十六個少年。不管是醒著還是睡著，幾乎都得維持人疊人的狀態。年紀最大的十七歲，最小的才十一歲。收容日子最長的少年，已在這房間裡住了一年半。瘦得不成人形的身體，讓他和其他少年形成了明顯的區別。若從背後看他，會驚覺那臀部上的皺紋多得有如老象的皮膚。兩條腿細得像竹竿，突出的膝蓋就像竹節。兩片腳掌卻是又肥又腫，表面布滿了泛著溼滑、暗沉光澤的條紋，宛如一條條蛞蝓。唯獨頭部因為有頭蓋骨撐著，不可能萎縮，此時看起來竟異常碩大。有時他會搖搖晃晃地起身脫掉褲子，轉身背對眾人，問道：「看得見我的屁眼嗎？要是看得見，死期就不遠了。」

臀部的肌肉大幅萎縮，才會讓他人清楚看見自己的肛門。這表示營養不良已進入末期狀態，不到半個月必定會衰竭而死。這間少年院裡一直流傳著這樣的謠言，但沒有人知道第一個說出口的人是誰。虛弱的少年以宛如事不關己的口吻詢問身旁的眾人，卻沒有人敢回答他。「對不起，讓你們看見髒東西了。」少年說道。光是起身的動作就已經讓他氣喘吁吁，說完話

61 九尺二間：指寬九尺（約二・七公尺）、深二間（約三・六公尺）的房間，多用來形容空間狹小。

後他馬上又癱倒在地。

最晚來的少年，是三天前才報到的傻大個。少年們歷經拘留所、觀護所之後，才會搭上卡車，被移送到這間位於枚方的少年院分院。卡車總是在深夜抵達，那畏畏縮縮的腳步聲及教官們歇斯底里的怒罵聲，都是先來的少年們曾經體驗過的往事。所以大家都會在黑暗中醒來，暗自祈禱新來的別被分配在自己所住的這個房間。這時已經入秋，每天一到傍晚，天空的顏色稍微由藍轉黑，教官就會下令消燈就寢。白天醒著的時候也還罷了，一旦躺下，所有人的身體勢必得互相交疊及推擠。雖然嚇唬新人、搶奪米飯對少年們而言也算是一大樂事，但如今每一名少年心中最大的願望，還是別再讓房間變得更加擁擠。可惜大家的祈禱全都落了空，一名少年突然從門外被推了進來。那少年正是傻大個，他朝房內的眾人說了一句「叨擾了」。不知是傻大個的眼睛還不習慣黑暗，還是天生笨手笨腳，擠在房間裡的兩三個少年都被他狠狠踏了一腳。如果這時破口大罵，馬上就會引來教官的注意，因此大家只能以低沉的嗓音向他恫嚇。傻大個嚇得再也不敢亂走，好不容易才移動到木桶邊，找了個小小的空間，縮著雙腿蹲坐下來。這時傻大個還沒有察覺那木桶是大家上廁所的地方。「我被電影拍到了呢。走出法院的時候，我看見有新聞電影[62]的機器在拍我。不曉得電影裡頭的我是什麼模樣？」傻大個傻里傻氣地說著。「你犯的是什麼罪？」少年之一的高志問道。既然能上新聞電影，罪應該不輕吧。「我偷了井邊的汲水幫浦。」傻大個回答：「我把汲水幫浦放在拖車上帶走，結果車輪的痕跡露了餡，馬上就被抓到了。」「臭小子們，別再閒扯淡了。」櫻井突然喝道。他不僅是房間裡最年長的少年，而且曾是混天六[63]一帶的阿飛。「我身上有蝨子，希望你別介意。」綽號光頭的少年半開玩笑地說道。他雖然才十一歲，卻已得了梅毒與淋病。只要在這裡待上三天，身體就會開始紅腫、發癢，要不介意也難。但歷經了一段適應期之後，跳蚤、蝨子、臭蟲在身上蠕動的感覺，反倒是生活上的唯一心靈慰藉。

高志也是在將近一個月前，搭著帆布卡車來到了這裡。回想當時的情況，首先卡車通過了熟悉的守口警署，大約又前進三十分鐘後，開上一條斜坡。從當初在觀護所就與高志一同行動的六名少年全都不發一語，押送的兩名巡警當然也沒有開口說話。高志不曉得自己會被送到哪裡，正感到內心逐漸開始緊張的時候，卡車突然停了下來。下車一瞧，前方有一扇圍牆的門

---

62 新聞電影：指在電影院裡上映的新聞節目。在電視尚未普及的時代，新聞電影曾是新聞傳播的主要手段之一。

63 天六：地名。大阪市內的天神橋筋六丁目。

正緩緩開啟，發出刺耳的聲響。在夜晚的昏暗光線下，那扇門看起來直讓人心裡發毛。圍牆後是一棟古老的木造建築物。「排成兩列橫隊！動作快！」仔細一看，卡車共有四輛，每一輛都有少年被趕下車。雖然教官下令排隊，但沒人知道該怎麼做才對，大家只好像無頭蒼蠅一樣亂走。驟然間「砰」的一聲重響，教官身旁的一名少年突然像棍棒一樣直挺挺地翻倒在地。只能說他運氣不好，被教官揍了一拳。其他少年看了，全都像觸電一樣，爭先恐後地排成了隊伍。

「報數」、「稍息」、「立正」。雖然戰爭已經結束了整整兩年，三名教官的號令依然維持著十足的軍事訓練風格。那副抬頭挺胸的嚴肅模樣，也正如同學校的軍事教官。「你們要有所覺悟，我們會好好教育你們，矯正你們的人格，明白了嗎？」

一名教官以凶惡的視線掃過所有少年的臉，他正是坦克教官。「把衣服全部脫掉！」肥仔教官突然尖聲大喊。每一名少年的衣服都沾滿了汙漬與汗水，幾乎與街童、流浪漢沒有兩樣。如今每個人都脫得一絲不掛，有些人害羞地遮住兩腿之間，馬上又招來教官斥罵：「別像個娘們一樣！」接著教官們取出棍棒，將少年們脫在地上的上衣、褲子及內褲一件件勾起來檢查。結束之後一名教官大喊：「帶著行李的向前一步！」唯一財產僅剩下一只大帆布袋的高志只好依照命令出列。「袋子裡裝的是什麼？」「替換的內衣褲。」此外其實還有一些雜物，但高志不知該如何說明。教官瞪了高志一眼，但沒有再多問什麼。其他少年交出來的行李還有包袱及手提包，全部共有五件，全都遭到沒收。點完了名之後，教官要所有少年跪坐在地上，此時依然沒有人敢穿上衣服。

少年們大都是犯下了闖空門、恐嚇取財等罪行的阿飛、流氓，平日在空襲過後的廢墟及違法市集裡囂張跋扈，一副天不怕地不怕的態度，此時受教官們的可怕氣勢所震懾，沒有人敢多說一句話，全都安安分分地跪坐在木頭地板上。高志惴惴不安地環顧四周，完全看不出這建築物到底是什麼樣的地方。由於燈光太過昏暗，只看得出高聳的天花板及牆壁全都是木板材質，不知道還有什麼樣的房間，耳中只聽得見教官的拖鞋踏在地板上的可怕腳步聲。就在這時，忽然有一名與現場氣氛格格不入的十二、三歲少年，抬著一個桶子走了過來，擺在隊伍的尾端。「開飯了。」教官說道。少年們都愣住了，不由得開始竊竊私語，教官一面發出訕笑聲，一面轉身往屋內走去。忽然間，教官又走了回來，將桶子移到跪坐的少年們觸碰不到的位置，才轉身入內。當他從漆黑的走廊另一頭再度現身時，兩手上捧著一些鋁碗。

「畢竟是剩菜剩飯，你們可別嫌棄。」教官直接將碗伸進桶內，舀起僅有少數米粒的湯水，一碗碗遞給少年們。全部都發完了之後，桶裡大約還剩下四分之一，教官卻帶著桶子離開了。

像這樣的湯水，要當作一餐實在是有些勉強。當初在拘留所的時候，好歹吃的是紡錘麵包、麥飯、水飩，或是有嚼勁的便當。少年們面面相覷，卻是不敢抱怨，只能無奈地將湯水吞下肚。

「任何人只要敢違規，就得進懲戒室。」下巴寬大的坦克教官向少年們說明了早上起床時間、勞動開始時間等種種規定。其中一名少年或許是真的不懂「懲戒室」的意思，也或許是教官的口氣太像學校老師，讓少年一時卸下了心防，少年竟脫口問了一句「懲戒室是什麼樣的地方」。教官突然伸手揪住少年頭上半長不短的頭髮，大踏步走向走廊深處。「這裡就是懲戒室，給我牢牢記住了。」其他少年們只聽見開門的吱嘎聲響，那十五、六歲的少年似乎嚇壞了，竟然像個幼童一樣嚎啕大哭，但那哭聲馬上就變得非常微弱，顯然是因為教官將門關上了。這下子所有少年都很清楚懲戒室是個多麼可怕的地方。「逃走、反抗、無視命令、強奪室友的飯、打架，全部都要進懲戒室。如何，想不想進懲戒室？」坦克故意詢問隊伍中身材最高大的少年。那少年慌忙搖頭，坦克露出淡淡的微笑。

「所有人都站起來！穿上衣服！報數！」一連串命令結束後，教官以每五人為一批，依序將少年們帶走。高志也在隊伍裡，跟著教官沿走廊上二樓，來到了二樓最角落的十八號室。開鎖之前，教官先拿出手電筒，從閻王口確認了房間內的動靜。門才開啟一半，高志忽然感覺背上被人狠狠推了一把。高志踉踉蹌蹌地跌進屋裡，接著背後旋即傳來關門的沉重金屬聲。這時房間裡還只有八個人，多少還算是有點伸展的空間。高志躺了下來，等待雙眼逐漸適應自高高的窗戶透入的微弱月光。這時光頭同樣嘻皮笑臉地說了一句「我身上有蝨子，希望你別介意」。

一安頓下來，高志驀然感到腹中飢腸轆轆。這三天以來，高志一直任憑他人擺布，從拘留所被帶到法院，從法院被帶到觀護所，接著又從觀護所被帶到這人擠人的地方。由於變化實在太快，高志甚至來不及感到驚訝，只是任由他人將自己拖來帶去，卻也因此忘了腹中的飢餓。此時房間裡的其他少年看見高志被推了進來，依然是一副見怪不怪的態度，不知該說是已經習以為常，還是該說已經放棄希望。高志見到屋內眾人老神在在的安睡模樣，內心也隱隱明白自己會在這個地方待上一段日子，飢餓感頓時重上心頭。不過高志早已習慣了這檔事，橫膈膜附近的肌肉一用力，胃袋驟然收縮，剛剛喝下的湯汁便沿著食道竄上喉嚨，進入口腔之中。這時飯粒幾乎都消化光了，舌面的觸感變得若有似無，但依然能讓高志沉浸在進食的氛圍中。或許剛剛那碗湯汁是將少許剩飯倒進了白蘿蔔湯裡，這時高志感覺嘴裡充滿了白蘿蔔的氣味。

高志能夠像牛一樣反芻，讓食物回到嘴裡。比起腹中的飢餓感，更讓高志感到難以忍受的是眼前沒有食物的心情。只要嘴裡有食物可以咀嚼，可以通過食道，內心就能維持平靜。相反地，高志即使吃下再多的食物，也無法獲得飽足感。就算一個人吃下堆得像山一樣高的紡錘麵包，在吞下最後一口的瞬間，內心又會湧生難以言喻的不安與恐懼。為了緩和這股恐懼感，馬年出生的高志竟學會了牛的看家本領。高志第一次像這樣反芻食物，是在一年半前，也就是一九四六年的初夏。

高志就讀於大阪郊外的某中學。這一天，高志躺在校園外圍的堤防上。正當午休時間，班上同學大都是農家子弟，各自翻開自己的便當，裡頭淨是煎蛋、鱈魚子、鹽漬昆布、梅乾等等令人懷念的料理。唯獨高志沒有便當，只好向同學聲稱自己要到學校福利社購買一盤十圓的番薯麵包。但其實高志的口袋裡根本沒錢，只能躺在堤防上嚥著不斷湧出的口水，看著天上的白雲。蔚藍的天空下，放眼望去淨是水田。四四方方的水田邊緣到處閃爍著白光，那是農夫們為了插秧而引入田中的水流。每當聽到乾旱、颱風之類與稻作有關的新聞，高志總是會非常在意，簡直就像是個貧窮的佃農。就在高志看著水田的期間，同學們大都吃完了便當。其中有些家境較富裕的同學，在這個學期組成了一支樂團。一名同學正以生澀的動作「唰唰唰」地拉動手風琴，彈奏出高志從未聽過的旋律。另一名同學所吹出的刺耳小號聲，更是隨著風陣陣傳來。高志聽了一會，忽然感覺到胃袋一陣收縮，嘴裡像變魔法一樣出現了三、四顆大豆的碎塊。今天早上，母親在牛皮信封袋裡放了一些大豆，交給高志帶到學校。雖然完全吃不飽，但總好過什麼也沒有。上課期間，高志像含糖果一樣將大豆一顆顆含在嘴裡。雖然怕被教師聽見咀嚼聲也是原因之一，但更重要的是，高志非常享受於這種嘴裡有食物的感覺。高志捨不得將大豆咬碎，就這麼一顆顆吞下肚子。

重新回到嘴裡的大豆變軟了許多，高志這才將大豆咬碎，感受著那滿嘴的大豆香氣。吞下之後，高志決定再試一次。這次從食道逆流到嘴裡的量更多了，而且或許是受食道形狀影響，咬碎的大豆重新回到嘴裡時凝結成了長條狀，有如流線型的魚板。如此一來，咀嚼的滿足感不減反增。再次吞下之後，高志活用前兩次的經驗，繼續摸索反芻的方法。但或許是大豆已經被唾液及胃液消化光了，再也嘔不出任何東西。難以忍受的空腹感再度席捲而來，打擊著高志的身心。「唰唰唰」的手風琴聲響陣陣傳來，宛如在嘲笑著高志。後來高志問了同學，才知道他們演奏的是《La Cumparsita》，那是一首相當知名的探戈舞曲。從那天之後，每天一到午休時間，樂團成員就會到校舍北邊角落的生物學教室練習。有一次，高志站在走廊上看著樂團練習，嘴裡咕噥了一句：「那個彈手風琴的傢伙，手指怎麼細得像女生一樣？」這時同樣站在旁邊觀看的另一個同學酸溜溜地說道：「那個打鼓的傢伙，聽說他爸爸靠黑市買賣發了財，所有樂器都是他爸爸買的。」但比起這些同學間的流言蜚語，更讓高志在意的是怎麼還不趕快演奏《La Cumparsita》。彈手風琴的同學確實有著一雙男人少見的纖細手指，而且或許是旁邊有人圍觀的關係，他彈奏手風琴的動作變得更加裝模作樣。當他的手指在琴鍵上「唰唰唰」的游移，高志猛然感覺到胃壁再度收縮，脫脂大豆、涼拌番薯葉，及番薯乾等食物全都回到了嘴裡。這些母親想盡辦法才湊到的少許食物，全在上課期間就被高志吞下肚了。「如何，你要不要加入？我們缺一個人拉小提琴。」黑市暴發戶的兒子根本沒想到，高志站在教室外聆聽只是為了像牛一樣反芻食物，反而意氣風發地邀請高志入團。然而高志對拉小提琴一點興趣也沒有，因為以前父親曾經告訴高志，拉小提琴會吸入松脂粉末而引發肺病。

高志的家在大阪與神戶之間的魚崎，父親是往來於南洋諸島與日本之間的客船上的隨行醫生，每個月只會回家一次。父親每次回來，總是會帶回木瓜、芒果等水果，或是船員們在航行期間釣到的鱸魚。父親的體格頗為肥胖，個性沉默寡言，高志由於與父親相處的時間太少，就算父親難得返家，剛開始也不敢與父親太親近。總是要到父子一起洗澡的時候，高志才會突然對父親打開話匣子，像連珠炮一樣說個不停，簡直像變了一個人。雖然父親只是一邊點頭一邊發出「嗯、嗯」的回應聲，還是足以讓高志感到開心不已。高志總是對父親隨口胡謅，有時說自己在國民學校的校際相撲比賽上贏了五個人，有時說自己到三宮看電影時被不良少年糾纏，那不良少年反而被自己狠狠摔了出去。高志其實個性柔弱，對打架毫無自信，父親卻對高志說的每句話都深信不疑。父親平常總是隨身帶著一個黑色提包，裡頭有一本印著外國飯店名稱的活頁日記本。高志說過的每件事，父親都巨細靡遺地寫在那日記本裡。

即使到了一般日本人再也吃不到甜食的時期，高志還是能拿到父親帶回來的上海製巧克力。那巧克力的包裝上畫著一座碼頭，碼頭上有個女人正在伸手迎接搭船歸來的青年。除此之外，父親有時還會帶回所謂的「飛行糖」，據說是外國的飛機駕駛員最愛吃的糖果。小時候的高志，日子過得比其他孩子更加富足。一九四〇年，全日本舉辦皇紀兩千六百年紀念祭典，父親第一次請了一個多月的假。身材肥胖的父親與町內的街坊鄰居一起穿上相同款式的浴衣，一起高唱民謠《可喜可賀的若松》，沿街邊走邊跳，動作比高志原本的想像要靈活得多，讓人看得目瞪口呆。但是高志實在沒辦法像其他孩子一樣在祭典上央求父親買東西，從頭到尾只敢向母親撒嬌。一九四三年年底的某一天，母親突然勸高志，「爸爸接下來會有好一陣子沒辦法回來，你求他買點什麼東西給你吧。」當時戰爭正打得如火如荼，船上勤務畢竟是極度危險的工作，或許母親早已預期父親生還的希望相當渺茫。高志在母親的慫恿下，扭扭捏捏地求父親買一個價值兩圓的電動小馬達。隔年春天，父親便在楚克群島與船一同葬身海底了。

「高志，你爸爸也算是為國捐軀，你一定要好好用功讀書，不可以辜負爸爸的期許，知道嗎？」母親站在綁著黑色結飾的父親遺照前，如此叮嚀高志。然而對於父親的去世，高志的心中其實並沒有太多悲傷。在高志的眼裡，身材臃腫的父親就像一隻貍貓，而老是喜歡把眉毛畫濃的母親就像一隻狐狸。有一天，高志到省線本山車站附近捉蟬，一下了列車就看到一個肥胖男人的背影像極了父親。但父親這時不可能還活著，高志半信半疑地跟在那個男人背後，直到男人走進陌生的屋子。一路上仔細打量，高志才終於肯定那個人不是父親。高志將這件事以半開玩笑的口吻告訴母親，母親竟大發雷霆，罵道：「天底下哪會有認錯父親的孩子。」對高志來說，父親確實是個能讓自己感到很安心的大人，而且父親每次返家時帶回來的禮物，也總是讓高志期待不已。但除此之外，高志對父親並沒有抱持太深的感情。父親在南洋葬身海底的時候，高志正就讀中學一年級，校長在朝會上向全校同學宣布高志的父親為國捐軀的消息，高志也只是覺得很不好意思，心中毫無這個年紀的孩子該有的逞強心態或悲傷情緒。

高志的母親也或許因為長年習慣了接近守活寡的生活，個性非常堅強而剛毅，平日除了打理家務之外，總是盡可能接下守望相助小組的幹事或防空班長之類的職務，與魚販、菜販及乾貨商也盡量打好關係，如此一來，才能比他人早一步獲得配給物資。「那些鄰居真是太厚臉皮了，每次只要我出門買東西，他們就會跟在旁邊想靠我的關係撈些好處。」母親曾這麼向高志抱怨。夜晚由於燈火管制的關係，屋裡非常昏暗，母親還是努力縫製著守望相助小組成員的燈籠褲或婦人會的罩衣，藉此賺些外快。

每當高志從學校回來，第一句話總是大喊：「媽媽，有什麼可以吃？」過去高志就算在學校餓到頭昏眼花，只要一回到家裡，至少都有紡錘麵包或攙鹽飯糰能夠充飢。因此高志一直深信只要回到家裡，一定有東西可以吃。那一天，雖然家裡的邊廊地板底下囤積了當初大量購買的半噸石炭，但總不成以石炭來煮飯，所以高志為了補充炊煮用的薪柴，而努力登上了六甲山。根據政府的規定，百姓不得任意砍伐樹木，但撿拾枯枝則不在限制的範圍內。因此高志努力背了一大堆枯枝回來，簡直像是二宮金次郎[64]的雕像。高志自認為幫了家裡這麼大的忙，應該能夠飽餐一頓才對。沒想到當高志大喊「媽媽，有什麼可以吃」的時候，母親只端出了一丁

64 二宮金次郎（一七八七～一八五六）：本名二宮尊德，江戶時代的農政思想家。日本的傳統中、小學常會設置他背著薪柴苦讀的雕像。

點的炒脫脂大豆，放在碗公裡看起來實在少得可憐。「我餓死了，我想吃白米飯。」高志提出抗議。「你跟我說也沒用。配給遲遲沒有發下來，家裡的米只夠讓你帶明天的便當。」母親面無表情地回答。當初高志努力背著薪柴走過住吉川的堤防，忍受著肩膀上的沉重壓力，全為實現心中飽餐一頓的美夢。如今幻想破滅，高志覺得自己好委屈，眼眶不禁含淚。「高志，你是男孩子，不能因為肚子餓就哭哭啼啼。」母親如此斥責。那是高志的人生中第一次因為飢餓而悲傷落淚。鼻水不斷流出，想停也停不了，高志奔出家門，剛好遇上了住在同一町的中學生。「聽說塞班島淪陷了。」中學生這麼告訴高志。當時是七月，天空萬里無雲。

這年的十二月，市場排了一列長長的人龍，只為了領配給的區區一片鮭魚。母親因為太忙，派高志去排隊，高志就這麼傻傻地排著，不知道何時能開始，也不知道何時能結束。剛開始，還有看到一半的故事書能排遣無聊，但不久之後，高志就因為寒冷與飢餓而不由得眼中積滿了淚水。又有一次，高志聽說隔壁町有人在賣大雜鍋料理，趕緊拿著鍋子奔出家門，趕到現場時卻剛好賣光了。高志看見一個當時就讀國民學校同年級的女學生，志得意滿地捧著一鍋大雜鍋料理正要回家，雖然那鍋烏七八糟的東西看起來像嘔吐物一樣讓人不敢恭維，但高志還是忍不住眼中含淚。這年高志已經十三歲了，有些同年紀的少年已成為通信兵、戰車兵，或是已進入陸軍幼年學校就讀，高志卻依然性格懦弱且異常愛哭，只要肚子一餓就會潸然落淚。

「你爸爸幫你存了不少錢，你若是肯用功讀書，可以一直讀上去，不必擔心錢的問題。」母親這麼告訴高志。當時母親在住友銀行及神戶三井銀行分別有存款八千三百圓及六千二百圓，此外還有保險金、戰爭期間死亡撫卹金及殉職撫卹金等等，錢確實不是問題。母親成為寡婦之後，雖然失去家中主要經濟支柱，卻反而比過去更加堅強。每當舉行防空訓練的時候，母親總是率先爬上梯子，揮舞打火撢子，購買物資也都是搶在前頭。然而當時戰局已逐漸呈現敗象，黑市交易的物資也愈來愈難入手。倒是高志自己的情況卻是頗有不同。每當高志參加拆除建築物的勞動服務，中午一定有特別配給的黑色紡錘麵包可以吃。三點的時候，還能吃到以人工甜味劑製作的洋菜果凍。若是到農村的出征士兵家庭幫忙雜務，運氣好可以吃到萩餅，運氣差的時候至少也有烤番薯可以吃。彷彿戰局愈惡化，高志一飽口福的機會就愈多。同學之中，有些少年因為知道參加勞動服務能夠領到特別配給的麵包，所以故意把便當留給兄弟姊妹。但高志是獨生子，甚至不必做出這方面的犧牲。由於上學的便當總不能帶大雜鍋的料理，所以母親老是省下自己的食物，留給高志帶便當。高志明知如此，吃便當的時候卻毫無愧疚之情。

打從就讀小學的時候起，高志吃便當就習慣先配著上頭的海苔及佃煮[65]將飯吃完，留下煎蛋、燉煮蓮藕、鹹鮭魚等等配菜，在午休期間一點一點享用。就算是吃麵包，也不會馬上吃完，而是會暗藏在口袋裡，作業期間不時偷撕一點放進嘴裡咀嚼。換句話說，打從這個時候起，高志就養成了隨時隨地都在吃東西的習慣。

進入一九四五年三月之後，平日有一餐沒一餐的現象變得更加嚴重了。這陣子美軍夜以繼日地對日本發動空襲，尤其是十七日的一場空襲，幾乎將西神戶夷為平地。原本在神戶車站前經營零食店的親戚，也因為無家可歸而借住在位於魚崎的高志家裡。由於他們在當時還算是初期的戰爭罹災戶，可以領到的罹災特別救濟物資非常多，一家五口總共領到了八升的白米及二十餐份的乾麵包，此外還有鮭魚、牛肉、蔬菜等等罐頭及調味料。當然還有毛毯、薄棉印花布內褲等雜物，但高志對這些就不感興趣了。高志的眼中只看見了那純白無瑕的白米，與平日看慣了的那種攙了雜質的玄米截然不同。只見那經營零食店的親戚拿出廣口瓶，將白米倒了進去。接著他們擅自取出家裡的客人用棉被，還拿走母親的和服，簡直把做這種事當成了罹災者的特權。更過分的是他們竟然找來了火爐，在庭院裡炊煮起自己一家人要吃的米飯。高志那天的早餐只能吃代用食品的馬鈴薯，而且或許是放得太久的關係，吃進嘴裡有種搔癢感。那一家親戚卻在旁邊炊煮起香味四溢的白米飯，原本在市營公車擔任車掌的親戚女兒臉上一副家沒了反倒落得輕鬆的表情，她向高志的母親商借開罐器，母親遞了過去，她開起牛肉罐頭，發出吱嘎聲響。接著他們便一家和睦地吃起了純白的白米飯，禮貌上他們至少該客套地問一聲要不要一起用餐，但他們一家人竟然什麼話也沒說。

高志這時又難過得流下了眼淚。「伯母家燒掉了，很可憐，你應該要多體諒一點。從前伯母也對你很好，你到伯母家玩的時候，伯母不也曾做過你最喜歡的奶油炒洋蔥給你吃嗎？所以你絕對不能生他們的氣，知道嗎？」母親嘴上這麼告誡高志，其實心裡也在壓抑著怒火。不管怎麼說，在只能吃馬鈴薯的別人家孩子面前享受美食，實在是太不會做人了。母親或許是氣不過，這天晚上拿出珍藏的油，炸了一盤天婦羅。沒想到那親戚竟然大剌剌地走了過來，捏起盤裡的天婦羅，說道：「看起來真好吃，讓我們吃一點吧。我去把大家都叫來。」高志滿肚子委屈，故意喊了一聲「我不吃了」，聽在親戚的耳裡卻是不痛不癢。

有時高志會被派往清理遭炸毀的建築物，這天中午整理的是轄區警署的講堂，放眼望去淨

65 佃煮：以砂糖及醬油熬煮食材的日本傳統料理。食材種類非常多樣化，常見的有小魚、昆布等。

是殉職警官的鋼盔、佩刀等物，但那鋼盔被燒成了白色，佩刀更是彎曲變形。這陣子參加勞動服務已沒有特別配給的麵包可以領，高志只能要了一些白開水，吃著自己帶來的便當。那便當裡攙了一些白蘿蔔乾、大豆及芋頭，而且為了提防夜間空襲，飯是前一晚就煮好的，此時在春天的陽光蒸曬下，已經有些變質。「吃壞掉的米不會拉肚子。」母親的安慰之詞也只是徒增懊惱。高志將那便當不管三七二十一地吞下肚，吃完已開始期待三點的洋菜果凍。有一次高志聽說石屋川旁的公會堂有人在賣海寶麵，每隔兩天就賣一天，雖然那海寶麵看起來一團黑不溜丟，不管是用筷子或用叉子都撈不起來，而且還有一股腥臭味，高志還是從母親存零錢的糖果罐裡偷了五十錢，巴巴地趕去買了一碗，稀里呼嚕地將整碗麵條吸進肚子裡。又有一次，高志聽說六甲山登山纜車的下車處有一家茶屋在賣紅豆湯，也是興匆匆地花了半天時間特地爬到山上去買。雖然那紅豆湯一點也不甜，高志還是吃得津津有味。費勁爬到山上只為了喝一碗紅豆湯，做這種事情只會搞得自己愈來愈餓，但高志並不在乎，只要能找到食物放進嘴裡就行了。此外高志還買過約三寸長、鋼筆粗的甘蔗條，十枝五十錢，咬了一會後，嘴裡會有一股淡淡的甜味。還有從沉沒的貨船裡打撈上岸的香蕉乾，一根二十錢，雖然已經有點腐爛，高志還是禁不起誘惑。又有一次，高志趁著母親不在時，偷吃鍋裡的飯。原本高志只打算以飯杓偷挖一點起來吃，不讓母親發現，沒想到那攙了五穀雜糧的飯竟然異常美味，原本鍋裡的飯是母子兩人的兩餐份，高志竟不知不覺吃掉了一半以上。此外，高志也常偷摘路旁家庭菜園的番茄，或是指頭大小的小黃瓜。對於高志這種為了吃而不擇手段的壞習慣，母親從來不曾加以斥責。就算看見鍋裡的飯被吃掉大半，母親也只會說：「媽媽年輕時想吃多少飯就有多少，現在你多吃一點吧。」高志明知自己的偷吃行為會害母親沒飯吃，卻絲毫沒有半點罪惡感。

進入五月後，街頭巷尾突然開始謠傳「美軍將轟炸川西飛機工廠」。原因就在於軍方從成功擊墜的B29轟炸機飛行員身上搜到一份文件，上頭寫著這項計畫。百姓眼裡的最大證據，就是每天都有大量卡車載著杜拉鋁合金、生橡膠塊等工廠物資，沿著阪神國道往西躲避。高志的家就在川西工廠附近，母親早在三天前就空著雙手倉皇逃往加古川避難，什麼財物也來不及帶走。高志還得上學，沒辦法跟著母親逃往加古川，剛好那時從前開零食店的親戚在篠原找到一間空屋住下，於是高志也到他們那裡借住幾天。這是高志除了修學旅行之外第一次沒有在家裡過夜，晚上輾轉難眠，腦袋裡胡思亂想，忽然想到了位於魚崎的自家地板底下防空壕裡，還有母親藏起來的乾燥蛋粉、番薯乾、梅酒、麵粉等食物。與其讓這些食物在空襲中燒掉，不如先回家吃掉才不會浪費。這時高志還沒有真正經歷過空襲，因此心中的恐懼並不強烈。隔天又是強制疏開的勞動服務，結束後高志並沒有回親戚家，而是回到了自己的家裡，走進陰冷的防空壕內。過去高志也常溜進防空壕偷吃東西，但還不曾動過需要炊煮的食物。今天高志大剌剌地拿報紙及硫磺木片生起了火，拿柿漿圓扇[66]將木炭搧紅了，細細回想母親的作法，自己做了水飩及煎蛋。流理臺底下的大缸裡儲藏了不少鹽巴，調味也不成問題。高志重質不重量地炊煮了一大堆，乍看之下實在是一頓豐盛的大餐。

這天半夜，高志一個人睡在家裡，內心畢竟有些發毛。附近鄰居都將家裡的老弱婦孺送到親戚家去了，每一戶都是家門緊閉，沒有半點聲響。高志閒得發慌，拿起手電筒在家裡的衣櫥、錯板棚架上頭的窗板箱、壁櫥、鏡臺等處翻看，偶然間在走廊的窄壁櫥裡發現了母親收藏起來以備不時之需的兩升白米。高志禁不起誘惑，又拿出了六合大的飯鍋，炊煮起那白米。還沒有煮透，高志已一口接著一口大嚼，過沒多久便鍋底朝天了。高志這一天大飽口福，得意得像是征服了天下，高唱起了「航路迢迢波濤洶湧、夕陽西墜黎明東升」，在房間裡手舞足蹈。

五月十一日，雖然一大早就發布了警戒警報，高志卻絲毫不以為意，依然前往了位於上筒井的中學。朝會還沒開始，美軍已發動空襲，學生們還來不及躲進校舍後方操場上的山洞式防空壕，整個天空已滿是B29轟炸機。高志趕緊鑽進了講堂前方的防空壕，裡頭早已擠滿了人，尖叫與嘻鬧聲此起彼落。不一會兒，炸彈的墜落聲與爆炸聲一陣接著一陣傳來，威力彷彿足以撕裂空氣。過去高志只聽過燒夷彈在遠方墜落的聲音，但這次的震撼程度實在是不可同日而語。防空壕的結構體劇烈搖晃，似乎隨時會坍方。高志依照過去大人所教的方法，以手指摀住眼睛、耳朵及鼻子，將嘴張大。每個學生都想要盡可能鑽進防空壕的底下，一顆顆腦袋在壕裡推擠、碰撞，看上去宛如一缸泥鰍。壕頂不斷有砂石、碎塊撒落在眾人頭頂。半晌之後，終於不再搖晃，學生們面面相覷，卻沒人敢說話，更別提走到壕洞外看看狀況。過了好一會兒，班長才以憂國志士般的口吻說道：「不曉得奉安殿[67]的天皇御照有沒有事。」當初三月十七日的空襲過後，班長得知湊川神社慘遭夷為平地，也曾氣得流下眼淚。

「空襲方位在東神戶，灘、住吉、御影、西宮等地區看來都遭殃了。」校內教官突然尖聲大喝，「三年級生！你們要躲到什麼時候？快出來！」學校裡的四、五年級生平日都被派到工廠從事勞動服務，只有節電日才會到學校上課，因此高志等三年級生成了校園裡最年長的學

66 柿漿圓扇：指表面經過柿漿強化處理的圓扇。

67 奉安殿：校園內擺放天皇及皇后御照的建築物，二戰後已廢除。

生。這時可怕的轟隆聲雖然逐漸遠去，但並沒有停止。高志無奈地走出了防空壕，抬頭一看，原本架設在喜馬拉雅松樹頂端的電波妨礙用細長錫片糾結成一團落在樹上，看起來簡直像是被雪片覆蓋的聖誕樹。

通常在大規模空襲過後，天空會出現宛如積雨雲一般的上升煙霧，這次的天空卻看不見類似景象。學生們首先在校園裡四處查看，確認沒有未爆彈，接著教師對全體在校生進行點名。除了一個一年級生在洞窟內的陰暗處昏倒了之外，其他學生都平安無事。教師下令家住在東神戶一帶的學生立即返家，其他學生則依照預定行程參加勞動服務。

大量卡車急急忙忙往東邊的方向駛去，阪急、省線、阪神等各線列車全都無法通行。高志與幾個家住在同方向的朋友一同踏上歸途，內心卻沒有太多不安。路旁的電線杆上張貼著號外新聞，高志瞥了一眼上頭的文字，說道：「聽說這次的空襲，美軍用的是兩百五十公斤的炸彈。」「兩百五十公斤的炸彈，能炸出多大的洞？」「我也不知道，我只看過五十磅炸彈的威力。」一九四四年年底，一枚五十磅炸彈擊中元町一丁目的某家糕餅店，造成建築物半毀，兩人死亡。還有人把炸彈的碎片保存起來，當成了稀奇寶貝。那碎片看起來有點像是釣鯽魚用的鉛錘。

一行人沿著國道來到石屋川附近，清楚看見了在地表流竄的濃煙。還未到河岸的一町範圍，不管是靠山側還是靠海側，放眼望去全是房屋崩塌所產生的木材碎片。高志聞到了一股刺鼻的酸味，轉頭一瞧，原來附近有間酒店，整棟建築被炸得僅剩下一塊招牌。另外還有一棟房子不斷竄出火舌，那是一間薪柴店，店裡的木炭全都著了火。聽說如果炸彈落下時將周圍的房屋像推倒積木一樣全部炸毀，火勢的延燒速度反而會比較慢，而且不會向外蔓延。

「你們看，那些是什麼？」仔細一瞧，赫然是一些屍體。有個中年男人躺在血泊中，腸胃全都翻出了體外。有個中年女人牽著孩子一起倒在地上，孩子的手裡還緊抓著洋娃娃，看上去身體沒有任何傷痕，卻是動也不動。高志等人繼續前進，察覺靠海側的房屋倒塌情況比靠山側嚴重。有些房屋雖然沒有全倒，但也是扭曲變形，沒有一棟房屋的屋頂、遮雨板、柱子及大門完好如初。到處都有可怕的火焰向上噴發，伴隨著宛如怒吼般的聲響。高志見地面上有一隻鞋子，舉腳一踢，那鞋子竟然異常沉重，恐怕裡頭還塞著鞋子主人的腳板。此外還有一大片暗紅色的血跡，看起來像是以巨大的毛刷刷出來的一般，令人難以想像當時的情景。大人們全都愣愣地站在路旁，臉上帶著不知所措的神情。有個老婆婆蜷曲著身子窩在國道的行道樹下，另外有個老先生癱坐在地上，嘴裡自言自語著：「完了，全都完了。」倒是孩童們依然精力充沛，有的孩子正從破碎木材裡拉出一塊紅布，仔細一瞧，原來是母親背著嬰兒時披在身上的棉襖。有的孩子正把教科書一本本排列在路旁，那似乎是孩子從家裡帶出來的唯一東西。某個區域被人拉起繩索圍住，據說是因為有未爆彈落進井裡，所以暫時禁止外人進入。還有個町的警防團人員正拿著鏟子，努力搶救遭建築物活埋的居民。不論任何地點，受創的情況都與燒夷彈造成的傷害頗有不同。「大家都慘兮兮呢。」高志依然說得一派輕鬆。跟在旁邊的兩個朋友，一個家裡開藥局，另一個家裡在國道邊開了香菸店。兩個朋友的家人都沒有事先避難，他們的表情愈來愈沉痛，唯獨高志心裡想著「只要成為罹災戶，就能領到白米與乾麵包」。

如果能領到那些救濟食物，一定要到那從前開零食店的親戚家裡炫耀一番。兩天前自己住在他們家時，他們吃的是加了大量菜葉的大雜鍋。到時候自己一定要在他們旁邊，津津有味地吃著以白米飯捏成的飯糰。高志不擔心無家可歸，滿腦子只期待著那些食物。但是來到魚崎一看，遭空襲的狀況大概只是平均兩町被擊中一顆炸彈的程度，高志的家也只是稍微傾斜而已。當然廁所裡種牽牛花的花盆、廚房的流理臺及玻璃都破了，整個家蒙上了一層不知來自何處的灰塵，但除此之外沒有任何器物毀損。

落在那附近的炸彈並不是兩百五十公斤等級，而是原本要轟炸工廠卻扔偏了的一噸炸彈。

倒楣遭擊中的那個區域，直徑五十公尺範圍內的所有建築物都化為烏有，而且中央轟出了一個直徑約二十公尺左右的大坑，坑底積滿了地下水，電跟自來水也都斷了。不久之後，母親也回到了家中。父親生前有個醫生朋友，本人出征去了，妻子舉家搬回了位於加古川的娘家，也勸高志的母親搬去同住，或是至少先把棉被、衣物等等送過去躲避空襲。魚崎的房子自從遭遇空襲之後，不僅下雨天會漏雨，而且以母親一介弱女子的力氣甚至沒辦法把門打開。就算要修理，也缺乏材料及人力。母親沒有其他選擇，只好以五百圓工資加上一百圓酒錢為代價，雇用了一輛馬車，花了整整兩天才把所有家財道具運送到加古川。那馬車的主人還從櫃子裡取走了三分之一的衣物，母親的和服及父親的西式服裝都被拿走不少，母親也只能忍氣吞聲。這一次高志也跟著搬到了加古川，每天得花一個半小時到神戶上學。

加古川畢竟是鄉下，除了堤防上停著五、六架為了因應「本土決戰」而保留的飛機之外，可說是相當和平。甚至連手電筒的電池、相機底片等雜物，也都還買得到。而且河的對岸就是名副其實的農村，母親經常過去採買食物。母親不知靠著什麼樣的手法，這段時期竟能讓一日三餐都有白米飯可吃。屋主將中庭的倉庫撥給高志母子居住，高志從來不曾煩惱過未來的事，每天只是享受於有白米飯可吃的當下。雖然高志一天到晚偷吃東西，但母親從來不曾加以責備。不久之後，神戶遭遇第二次空襲，高志待在加古川，只是抱著隔岸觀火的心情，悠哉地看著朝向天空射擊的高射機關炮煙霧，以及大火所形成宛如積雨雲一般的雲朵。高志母子在魚崎的老家也在這次空襲中燒毀，留在家中的家具財物都跟著付之一炬，但因為高志母子已經將戶籍遷到了加古川，所以無法申請罹災證明。不過幸好那只是租來的房子，燒得一乾二淨反而少了一份牽掛。

高志的學校也被炸毀了，所以不用到學校上課了，也不必參加勞動服務。高志每天都懶洋洋地躺在河邊的草地上，雖然偶爾會看見美軍的艦載機飛過頭頂，但停在堤防上的那些飛機不知是偽裝網的效果太好，還是圓滾滾的外貌看起來太不具威脅性，竟然完全沒有遭受攻擊。

八月十五日那天，對高志來說毫無值得感慨之處，就跟其他日子一樣。但日本的戰敗，讓世人對原本號稱等同於「為國捐軀」的高志父親的評價大幅下滑了。雖然父親友人的妻子對高志母子沒有任何抱怨，但娘家的父母卻開始說起了自己女兒的閒話：「我那女兒的丈夫，到現在還是音訊全無，女兒竟然帶著兩個小孩，回來依靠我們這兩個沒有辦法工作的老人，我們怎麼養得起？」兩個老人除了抱怨自己的女兒之外，還會對罹災戶大肆批評。敗戰前因為空襲頻繁的關係，許多無家可歸的百姓都遷居到了加古川一帶，兩個老人認為這些外來的居民實在太厚臉皮，不僅拉高了黑市交易的價格，而且還常到田裡偷東西，町公所如果不禁止這些人遷入，會影響原本住戶的生活。他們不僅常對親女兒說些閒言碎語，抱怨下落不明的女婿，還曾經瞪著高志的母親，嘴裡咕噥道：「這些罹災戶到底要賴著不走到什麼時候？」如果只是這樣，母親當然可以選擇視而不見，但近來就連農民的態度也有了巨大轉變。主要的原因，就在於太多來自都市地區的罹災戶進入農村毫無節制地購買糧食，導致農民別說是稻米，就連番薯也不肯輕易脫手出售。再加上或許是政府認為農村地帶可以自給自足的關係，這一帶配給物資遲發的情況非常嚴重。如此一來，高志母子的食物轉眼之間又變成跟以前一樣，只能吃加了麥糠的水飩。而且就連炊煮用的薪柴也開始不足，必須到加古川撿拾流木。

「要不要到守口的叔叔家去住？」母親這麼詢問高志。這時雖然已取消燈火管制，但倉庫裡本來就只有昏暗的燈光。高志過了一陣子每天都能吃飽的生活，如今卻又變得三餐不繼，雖然還不曾為此流淚，身心的煎熬已是不言而喻。一聽到母親這麼說，高志雖然完全不清楚守口是個什麼樣的地方，但心想總好過在這裡挨餓。「守口在哪裡？」高志嘴上這麼問，心裡已答應了一大半。「媽媽也不清楚，只知道戰爭前那裡曾經發生過凶殺案。」母親略帶不安地說道。這個時期的母親已不再畫眉毛，面容也蒼老許多。「放心，我會保護媽媽。」高志的口氣充滿了期待。「既然你也同意，媽媽明天就去問問看。你幫忙打包行李，好嗎？」母親說道。

這個時期山陽線的列車上擠滿了返鄉軍人，高志在通學途中曾有一次差點被甩下車。高志將這件事加油添醋地告訴母親，母親聽了之後非常擔心。母親心想，反正現在就算到了學校，也只會被派去清理廢墟，於是要高志乾脆這陣子在家裡休息。更何況要從兵庫的加古川搬遷到大阪的守口，也得花上兩天的時間。高志心中暗想，既然母親在整理行李，或許能找到一些食物，於是等母親一大早出門，立即開始翻箱倒櫃，把竹籃、棉被袋、衣物箱、茶盒[68]全都打開來看了。卻只找到銀行存摺、股票證券及父親珍藏的掛軸，沒發現任何食物。高志找得疲累不堪，又想到既然要離開了，不如把倉庫裡堆放的那些雜物也找一找，如果有什麼堪用的東西，也可以順手牽羊帶走。但翻找了半天，只找到一些木像、斗笠，以及一個原本裝蘋果的箱子。打開那箱子一看，裡頭塞滿了書，大半是舊雜誌，可能是屋主的女兒不要的舊書。高志發現裡頭有一本《家庭醫學寶典》，抽出來隨便翻看，讀到子宮、輸卵管之類的字眼，不禁臉紅心跳。接著高志又找到一本看起來像習字帖的書，封面大大寫著《宮樣[69]童謠集》，翻開一看，裡頭有這麼一首詩：「秋夜雁飛空，宮君殿上觀[70]」。

坦克教官在清晨尖聲高喊「起床」，開始了少年院一天的作息。事實上，少年們每天都是太陽一下山便被迫就寢，而且如果隨便坐起上半身，被教官從「閻王口」看見，馬上就會遭到嚴厲責罰，所以少年們都是無奈地躺著不動。堅硬的木頭地板上只鋪了一塊毛毯，在上頭躺久了彷彿連骨頭都要散掉，因此一聽到起床的號令，所有人都是如獲大赦般地立即起身。「把糞桶拿出來！」教官下了第二道命令。新來的兩名少年將裝了約四分滿的木桶抱起，走到房門口，其他房內少年則排成四列縱隊。教官從閻王口確認房內沒有異狀，才打開門鎖，喊道：「動作快！別慢吞吞的！」兩名少年立即抱著木桶拔腿奔跑，將木桶裡的糞尿倒進走廊盡頭處的排放孔，接著又立刻跑回來。隔著走廊兩側共二十個房間，每個房間都各有兩名少年依著順序像這樣把木桶內的糞尿倒掉。唯有這個時候，少年們才會展現出符合年紀的活力。一等點完名，所有少年又會有氣無力地倚靠著牆壁坐下，等待著不規律的放飯時間。

餐碗碰撞的叮噹聲響自遠處逐漸靠近。負責抬飯的人，還是當初高志剛來到這裡的那晚所見到的兩名少年，後頭還跟著兩名教官。兩名少年就這麼依序前往每一個房間，將飯分發給房

---

68 茶盒：原本為收納茶葉或茶具的盒子，但因具有極佳的防潮及防塵效果，也常用來放置珍貴物品或高級衣物。

69 宮樣：日本人對皇室的敬稱。

70 秋夜雁飛空，宮君殿上觀：原文為七五調的和歌，因中文與日文特性不同，試轉譯為五言對句。

內的人。打從高志來到這裡的隔天起，伙食就不再是大雜鍋，而是一小碗八成稗、兩成麥的雜穀飯，以及一碗鹹味清湯。每個星期還會有一次加上一片曬稱為「水溝板」的熬煮昆布。依照房間裡的規矩，最晚來的少年必須交出一半的飯給櫻井。這一半的量已經是櫻井能夠勒索的極限了。櫻井是混天六的阿飛，曾經拿刀子在三國人的背上砍了一刀，卻因為用力過猛，刀尖劃過自己的腳，導致現在走路還是有點微跛。但即使是像櫻井這樣的凶神惡煞，在這房間裡就算是對年紀最小的光頭，氣焰也不敢太過囂張。畢竟每個少年都是仰賴這少許的食物來維持生命，要是取走太多，隨時可能會遭到報復。何況就算受欺壓的少年不動手反抗，只要向教官告上一狀，櫻井馬上就得進懲戒室。如果是氣候暖和的季節，或許懲戒室還沒有那麼可怕，但冬天光著身體被送進懲戒室，大部分的下場都是引發肺炎而送命。當然這也只是流傳在少年院裡的另一項傳說。

吃過了飯，接下來便是勞動時間。少年們的工作，是給用來綁在託運行李上的小標籤穿上鐵絲，每十張湊成一組。高志這時的年紀是十六歲，但為了不刺激櫻井，故意少報了一歲。櫻井見高志的年紀跟自己相仿，又礙於教官的監視而不敢輕易靠武力讓高志屈服，於是改以比較性經驗來建立自己的優勢地位。一下子問高志「你上過女人嗎」，一下子又問「你曾經把手指插進處女的那裡嗎」。高志不敢掃櫻井的興，回想起讀中學時有個好女色的同學曾說過「女人的那裡差不多能插進兩根指頭」，於是這麼對櫻井說了。「蠢蛋，處女插一根都很勉強。要是能插兩根，那肯定不是處女。」櫻井嘴上這麼譏笑，表情卻顯得安心不少。接著櫻井又天南地北找話題跟高志閒聊，說他常到松島、飛田的紅燈區嫖妓，說他的大哥勸他討個老婆，說他的大哥是輕量級拳擊手，曾經跟一個叫白鳥的強敵對打，最後逆轉獲勝。櫻井還告訴高志，大哥教他跟別人打架時，要先以左拳攻擊對方的臉，引誘對方格擋，再趁機以右拳毆打對方的肚子。櫻井說個不停，彷彿要藉此宣示自己在房間內的領導地位。繼高志之後，陸續又有許多新人住進這個房間，每次櫻井都會將同樣的話搬出來再說一次，也從未遇過有人敢反駁。但在這九尺二間的狹窄牢籠之中，就算櫻井再怎麼耀武揚威，效果也是有限。相較之下，已經在這裡住了一年半的今市，雖然身體虛弱得就連教官也允許他整天躺著什麼事也不用做，他的一言一行卻總是能引起少年們的關注。

櫻井每次大便的時候，都會神經質地拿草蓆將屁股遮住。「我的很臭，你們多擔待些。」雖然他口頭上說得滿不在乎，但每個人都看得出來他在害臊。比較起來，今市卻是每天都要拉兩、三次像水一樣的稀便，而且每次拉完都會將屁股對著眾人，問道：「看得見我的屁眼嗎？

如果看得見，我就快死了。」他的兩片屁股長滿了濕疹潰爛的紅色膿瘡，還沾著細絲般的黏液，如果仔細看，確實能看到疑似肛門的部位，但沒有人敢對他說實話。原本這間枚方少年院分院在性質上接近看守所，少年被送進來之後，上頭會依其罪狀及特質選擇合適的收容機構。換句話說，這裡原本應該只是個中繼站而已。但不管是青少年收容機構「回顧之塔」或是其他少年院，全都是人滿為患，不肯再收人，導致少年們全擠在這枚方的少年院分院裡。院內人員向上呈報收容人數增加的手續是每個月一次，在辦理手續前若增加一名少年，就等於多一張嘴吃飯，其他少年能吃的量當然也就跟著減少。據說今市當初剛進來的時候，每一個房間都只住了兩、三人，每天的飯量多到吃不完。然而每當有新人進來，櫻井抱怨飯量又要減少時，今市總是會這麼安慰道：「不，人多一點才不會寂寞。」

這裡的每一名少年身上都帶了些病痛。今市是營養失調未期，櫻井是刀傷，光頭是淋病加梅毒。光頭之所以罹患性病，是因為兩歲的時候曾經遭街上的流鶯惡作劇。有時他會捏著他那小小的陰莖，一邊把裡頭的膿擠出來，一邊有氣無力地哭喊著「好痛」。櫻井總是會裝出一副內行人的嘴臉，嚇唬他「老二快掉下來了」，光頭這時會大喊一聲「你別管」，將身體轉向牆壁，小心翼翼地保護自己的下體。高志則是在去年秋天罹患了蕁麻疹，每天會有一次突發性的腹痛，往往痛到整個人弓著身體倒在地上，而且全身還會產生紅色斑點。另外還有一個綽號「汽油」的少年，則是罹患慢性鼻竇炎。他的手指相當靈巧，能夠以勞動時間用來穿標籤的鐵絲摺出草鞋、腳踏車等形狀，遭逮捕的罪名是在南區的麻將館偷了鞋子。至於傻大個，則是頭上長了皮癬。少年們在白天的勞動時間，依規定每人都必須穿一千串標籤。只要還沒做完，吃飯時間就會往後延。而且如果到熄燈時間還沒做完，那天就不能吃飯了。少年們為了不挨餓，全都卯足了勁操作手中的鐵絲。由於這個作業實在太枯燥，有一次高志忍不住哼起了從前讀到的那首「秋夜雁飛空」。沒想到另一個少年也跟著哼道：「砂糖白又甜，入口就不見。」那名少年比高志早來幾天，年紀跟高志差不多，平日沉默寡言。他所哼的這首詩歌，也記載在那本《宮樣童謠集》中。高志一聽，不禁有些驚訝。這裡的其他少年大都學歷不高，頂多是高等小學[71]畢業，而高志好歹讀到了中學四年級。雖然就算那名少年讀過《宮樣童謠集》，也不能代表什麼，但高志不禁懷念起了往事，忍不住問道：「你為什麼會進來？」依照這裡的規矩，

71 高等小學：日本在二戰前所採行的學校制度，實際就讀年齡及年限會因時期而有所差異，大約相當於現在的中學一、二年級。

後來的少年必須向先來的少年報告自己在外頭的犯行，但先來的少年除非是為了恫嚇而主動提及，否則不必向後來的少年說明自己遭逮捕的理由，就算被問了也大可裝作沒聽見。高志忍不住違反了規定，那少年倒也不擺架子，老實說道：「我在南區的飯店工作時，偷走了飯店裡的啤酒。」少年更進一步向高志解釋，那是一家專為進駐軍開設的飯店，少年在裡頭擔任服務生，受到調酒師慫恿，將啤酒偷出去轉手販賣。剛開始的半年一直平安無事，後來卻因同伴告密而遭逮捕。

「我老爸沉迷賭馬，衣櫥裡塞滿了沒中的馬券。」少年說道。

「既然你爸還在，怎麼不叫他來接你出去？」

「他喝了攙甲醇的酒，死了。我老媽雖然有工作，但她巴不得把我甩掉。」

由於院裡收容的少年實在太多，如果是闖空門、竊盜之類較輕的罪行，只要有保證人就能離開。畢竟讓少年們待在像這樣的環境裡，什麼輔導、感化都只是空談。幾個教官之中，綽號「娘娘腔」的教官心地較仁慈，經常對少年們說：「你們好好想一想，有沒有什麼遠房親戚。只要有人來接，馬上就能出去。」尤其是十八號房的少年似乎罪行都較輕，他幾乎每見到一次就會提一次。

「你們小心點，作業中原本是禁止說話的。」櫻井說道。他見高志與那個戴著重度近視眼鏡、綽號「阿辰」的少年愈說愈是起勁，不耐煩地提出警告。高志不敢再說，嘴巴一閉上，又下意識地開始反芻食物。高志就這麼一邊將鐵絲穿過白紙上的小孔，嘴裡一邊咀嚼，櫻井忽然問道：「喂，你在吃什麼？」其他少年們一聽到「吃」這字眼，全都驚愕地望向高志。「沒有啊。」「別裝蒜了，我明明看你吃得津津有味。」櫻井嘴上雖這麼質疑，心裡卻明白高志是個貪吃鬼，三餐必定吃得一粒飯也不剩。而且如果是才關進來兩、三天，身上或許還有可能藏著外頭帶進來的食物，但高志進來也一段日子了，就算藏有食物也應該早已吃得一乾二淨。櫻井想來想去，想不出個所以然來，於是拿出了看家本領，以由下往上的威脅視線惡狠狠地瞪著高志。高志被瞪得心裡發毛，只好老實指著自己的喉頭，說道：「我能夠把已經吞下肚的食物重新弄上來。」

「把食物弄上來？要怎麼做？」櫻井繼續追問。高志於是當場示範，讓已經化為泥狀的稗麥雜穀飯回到舌尖，張口讓櫻井確認。「髒死了。」櫻井皺著眉頭罵道。但每個少年心裡其實都能體會這種重複咀嚼的樂趣，光頭馬上按著自己的肚子問道：「要怎麼做？」

高志被這麼一問，自己也答不上來。這不像傻大個讓耳朵扭動，或是像櫻井讓肩膀骨頭發出聲音那樣，能夠說得出一些訣竅。高志只是一聽到《La Cumparsita》那首曲子的「唰唰唰」手風琴聲，食物就會自然從胃袋竄回嘴裡。「唔，只要肚子像這樣用力，就像嘔吐一樣……」這是高志進來之後，第一次在他人面前獲得優越感。高志不禁有些得意忘形，一次又一次讓食物回到嘴裡。「你們聽過《La Cumparsita》嗎？我就是聽了那首曲子，才學會這個技巧。」其實高志心裡很清楚那首曲子與反芻行為之間並無絕對的因果關係，但還是說得煞有其事，以增加這個行為的神祕感。阿辰不愧曾當過飯店服務生，立即以清亮的嗓音哼唱起《La Cumparsita》的旋律，櫻井、光頭及傻大個都像聽見了魔法咒語一樣，愣愣地凝視著阿辰的嘴。阿辰愈唱愈是起勁，竟然像樂團指揮家一樣揮舞雙手打起了拍子。「啦啦啦……啦……啦啦啦……啦啦啦啦……啦……啦啦、啦、啦、啦……」高志聽著那旋律，從前的種種畫面頓時浮上心頭。彈著手風琴的那雙白皙、纖細的手指……暴發戶兒子身上那件金鈕釦閃閃發亮的全新制服……牛皮信封袋裡少得可憐的大豆……水量一天比一天增加，逐漸像鏡子一樣泛著白色光輝的水田……自己飢腸轆轆地看著水田時，環繞在周圍的草叢熱氣……唰唰唰唰唰……

戰敗那年的九月中，母親帶著高志前往守口投靠經營舊書店的叔叔，在叔叔家附近租了一間小屋。那間小屋從前是勞工宿舍的辦公室，裡頭有兩個房間，分別為六疊大及三疊大。高志原本上的是神戶的中學，但因為通學時間單趟就要將近兩小時，所以轉學至京阪沿線上的中學。母親原本在叔叔的介紹下，到附近的襪子工廠工作，但那間工廠不久後就倒了，母親於是改到松下電器乾電池工廠的宿舍擔任舍監。這一年還未結束，附近的千林就已出現黑市的市集。戰爭期間連想都不敢想的巧克力、砂糖、口香糖及牛肉，還有白米、麵粉、烏龍麵、麵線等等，雖然來路不明且價格昂貴，但只要花錢就能買得到。於是高志母子的三餐又恢復成了白米飯。這年的元旦，就跟一九四〇年一樣，母親煮了金栗丸子、魚板、煎蛋、小魚乾、什錦燉煮、醋漬蕪菁等等年節料理，還買了五升的糯米，向叔叔商借了臼杵，由高志搗成了年糕。回想起從前父親在世的時候，這個叔叔及開零食店的親戚在過年期間都會來家裡拜訪，整個家裡熱鬧滾滾。這一年母親所煮的年節料理，已經跟當年沒有什麼不同，只差沒有屠蘇酒。冬天天氣好的時候，母親會拿出沒有在空襲中失去的和服，晾在路旁的曬衣桿上。附近的伯母們見了那金碧輝煌、色彩鮮豔的江戶褄[72]、友禪[73]、西陣[74]盛裝和服，都看得目瞪口呆，直說「如果把

72 江戶褄：一種和服上花紋的配置樣式。
73 友禪：一種和服染色技法。
74 西陣：京都市上京區和北區的地域名，為高級絹織物西陣織的發祥地，紡織產業的集中地。

這些和服拿去賣給進駐軍的收藏家，馬上就成了大富翁」。整體來說，母親的身分雖然只是宿舍的舍監，卻將家庭打理得有聲有色，生活一點也不比別人差，舉辦祭典時的捐獻金額也比街坊鄰居還要多。

但是年頭一過，到了隔年二月，政府發行新版貨幣並實施了存款封鎖政策。當時宿舍舍監的月薪只有二百二十圓，每戶每月能提領的現金存款也只有五百圓，但黑市裡一顆不到巴掌大的奶油麵包就要十圓，切得薄薄的烤番薯薄片三片也要十圓。如果政府的配給食糧都能按時發放，高志母子勉強還能維持生計，但守口就跟當初的加古川一樣位在都市與農村的交界處。隔壁的旭區每個月都還能領到十三天的米，剩下的配額才以麵粉、玉米等取代，守口町只不過是隔了一條街，卻變成了每個月只有七天的米，而且剩下的配額除了大豆粉及玉米之外，還包含了美軍所提供的杏仁及起司，那些東西根本無法填飽肚子。為了解決三餐不繼的問題，高志的母親還特地到北河內常見的蓮花池摘芹菜葉、馬齒莧，並且在分配到的兩坪大土地上種植白蘿蔔、萵苣及廣島白菜，還養雞取卵，但這些都無法作為主食。每次工廠宿舍有人生病，母親就必須待在宿舍裡照顧，沒有辦法回家。高志一個人待在家裡，總是會翻箱倒櫃尋找食物。但不管再怎麼找，也只能找到櫥櫃裡的醬油、岩鹽、大豆及玉米粉。高志曾試著以火爐煮滾一鍋水，將玉米粉倒進去攪拌。但不管煮得再久，沒加麵粉就是沒辦法凝結，熬煮半天也只是一鍋濃稠的粥狀物。就算加入醬油調味，還是難以下嚥。

母親任職的工廠每星期會發放兩次白米飯，每次發放都是一個便當盒的分量。這盒白米飯成了高志日常生活中最期待的東西。在高志的眼裡，那白米飯就如同經過裝飾的蛋糕一樣閃亮耀眼，不需配醃蘿蔔或攙鹽巴，只要含在嘴裡就能感受到一股柔軟的甜味。高志總是不禁感慨，原來世界上竟有如此美味的食物。大約就從這個時期開始，高志罹患了飢餓恐懼症。那便當盒的容量將近兩合，高志總是一個人把裡頭的白米飯吃得乾乾淨淨，連一粒米也不肯分給母親。而且明明填飽了肚子，只要一放下筷子，腹中又會開始感到飢餓，簡直就像是什麼也沒吃一樣。

每天只要一入夜，千林車站前廣場上的黑市店家就會紛紛打烊，唯獨麵包店依然燈火通明。那是一家能夠以麵粉換麵包的麵包店，麵包師傅總是拿著筆刷，將蛋白塗在剛出爐的螺旋狀麵包上。經過再次烘烤之後，麵包就會散發出茶褐色的光澤。此外還有趁著停電的日子精製稻米的製米所，專門負責處理農家的自家用米，白花花的米粒總是像水壩洩洪一樣不斷從機器湧出，直到三更半夜。這時高志就讀中學三年級，進入第三學期後，就要開始為升學做準備。

有時朋友會邀高志到家裡一起讀書，那是個雙親健在的家庭，雖然貧窮，但晚上氣氛和樂融融。相較之下，守口的小屋子卻因為高志的母親想多賺些現金外快，直到晚上還是一直在工作，高志就算熬夜讀書，也不會有人送上一杯白開水。有一次高志實在是餓得受不了，拿出了町內配給的DDT殺蟲劑。那是一種號稱對人畜不會產生任何危害的白色粉末，看起來跟麵粉有點像，高志心想搞不好這玩意可以吃，於是混合著玉米粉一起煮了，但鍋裡的液體只是散發出類似石灰的臭味，還是沒有凝結成麵糰。

高志平日穿的是父親遺留下來的法蘭絨長褲及軍服，單以服裝來看算是相當高級，但隨著季節逐漸進入夏季，高志卻沒有一件白襯衫可以穿。守口車站前，有很多攤販在地上鋪了草蓆賣東西，有人賣木屐，有人賣傘，有人賣舊書，當然也有人賣舊衣。高志找到了一件以玻璃紙包住的廉價襯衫，只賣五十圓。這時高志十五歲，已多少開始在意女學生的目光。高志明知道自己買不起，還是依依不捨地看著那件襯衫不肯離去。「我可以算你便宜一點，你想用東西交換也很歡迎。」年約四十五、六歲的攤販老闆說道。「我能拿什麼東西交換？」高志問。偶爾到百貨公司閒晃，會看到專收外食券[75]的大型食堂旁邊就是以物易物的商店。岩波新書《萬葉秀歌》可以換「實」牌散菸兩盒，「美能達」牌照相機能換這一年二月才問世的「Peace」牌香菸十盒。基於男女平權的觀念，高志的母親也拿到了一些配給的散菸，母親將這些散菸送給了叔叔，以換取到他們家洗澡的權利。這時高志絞盡了腦汁，實在不知道能拿什麼東西來換襯衫。除了《井上英日辭典》及岩切晴二的《代數學》之類的參考書外，高志實在想不到自己還有什麼值錢的東西。

「如果能有女人的長襦袢、半襟及腰帶什麼的，那是最好不過了，愈華麗愈好。」老闆說道。高志一聽，驀然回想起母親曾經拿出來曬過的那些和服，立即衝回家裡，取出了母親收藏和服的茶盒。裡頭的和服都以厚紙包得整整齊齊，高志不管三七二十一地從底下抽出一件，又奔回車站前。當時已接近日落，老闆正將商品放進滿是補靪的包袱巾裡，準備打烊回家。高志將和服遞到老闆面前，說道：「用這個換如何？我真的想要那件白襯衫。」老闆將那件和服攤開來查看。高志確實記得母親曾穿過這件和服，但是對於和服的布料種類什麼的毫無概念。「還算差強人意，如果能有再華麗點的，那就更好了。」老闆沉吟了半晌，開價一百八十圓。

75 外食券：一種允許民眾能夠在外頭的店家用餐的票券。日本在二戰前後因政府實施糧食管制，一般民眾必須持有外食券才能到外頭的食堂用餐。

高志買了白襯衫，手頭還剩下一百三十圓，喜孜孜地奔進咖啡廳，一口氣吃了五個小糕餅。那小糕餅雖然是以人工糖精製成，但上頭有漂亮的松葉圖案，一個就要價十圓。高志開開心心地坐在咖啡廳裡，閱讀《大阪新聞》上連載的四格漫畫《閣樓阿三》。

「這是學校配給的補貼金，三圓五十錢。」高志拿著剩下的錢如此誆騙母親。那段時期母親每天一大早就出門，工作到晚上七、八點才回來，高志為了不讓母親發現，總是盡量拿壓在箱底的和服去賣錢。不久之後，高志又開始打起父親衣物的主意。上下一套的春秋兩用裝，高志還記得父母親是在一九四一年購入，當時購買的價格是六十圓，如今高志偷偷拿到千林的市集去賣，竟賣得三百八十圓。此外還有長大衣二百五十圓、絲綢領子的白襯衫四十圓。母親的和服，則是盡量挑選鮮豔華麗的拿去賣。一來賣的價錢高，二來也能以「媽媽不可能再穿這麼花的和服」當作藉口，將自己的行為正當化。如果遇到下雨天，高志甚至會直接到舊衣攤老闆位於城東公園旁的家登門拜訪。有一次天色已晚，高志走在路上遇到警察盤查，幸好這次高志身上除了從家裡偷出來的和服之外，還帶著一本辭典。「媽媽要我拿去賣。」高志這個理由雖然毫無說服力，警察卻也沒有起疑。舊衣攤老闆見高志每隔兩、三天就拿和服來賣，心裡明白這必定是個偷拿家裡和服出來變賣的浪蕩子，願意支付的價碼也愈來愈低。母親打從戰爭期間，身上就一直是燈籠褲打扮，已不知有多久沒有穿過和服。而且舍監的工作連星期日也沒得休息，所以當然也沒時間將自己的和服拿出來看。日子就這麼一天天過去，當這個夏天結束時，母親的和服只剩下三分之一。高志見不好再拿，於是改賣起家裡的掛軸。原本掛在魚崎老家壁龕上的一幅古畫，高志將它拿到了古董店。「這不是文晁[76]的畫嗎？應該是假的吧？」古董店老闆認定那是贗作，只肯出三十五圓。瑪瑙的鯉魚擺飾由於在避難途中尾部撞缺了一角，只能賣二十圓。達摩大師的陶瓷塑像賣了八十圓。高志還嫌不夠，看見淀川堤防邊有塊招牌寫著「封鎖存款折現」，回想起家裡有兩張定期存款的證書，就藏在小櫥櫃裡的一張報紙底下。高志立即帶著那兩張證書前去換錢，每張的存款金額都是五百圓，折現必須打七折，兩張共換得七百圓。除此之外，高志還曾拿著母親的股票證券到北濱的證券商換錢，但對方不肯接受。所有變賣家中物品所取得的金錢，高志全都拿去買食物吃掉了。不知道是《La Cumparsita》的旋律有助於反芻也幫助了消化的關係，還是嘴裡經常有食物導致胃部受到刺激的關係，高志可說是隨時隨地都有著強烈的飢餓感。奶油麵包、玄米麵包、番薯、大福麻糬、羊羹、紅豆湯、

76 文晁（一七六三～一八四一）：即谷文晁，江戶時代畫師。

咖哩飯、炸豬排、奶油菜湯、飯糰，數不清的食物就這麼進了高志的胃袋。有時平凡長屋[77]的其中一戶人家，會突然在家門口擺一張小凳子，賣起番薯之類的食物。也曾經有住在獨棟房屋的一整家人，突然合力賣起食物的例子。將小麥磨成麵粉，拌入酵母粉，蓋上布放置一晚，然後找來一個箱子，兩側放置金屬板通電，將麵糰放進去烘烤，就成了自製麵包。高志只要看到像這樣的店，必定會進去試吃一番。有時高志還會帶著朋友東走西晃，將森小路、千林、土居、瀧井、守口這五個車站附近賣食物的店全都品評一遍。而且只要走進店裡，必定會請朋友吃東西。若單看口袋裡能夠自由揮霍的錢，就連暴發戶的兒子也望塵莫及。而且高志還學會了抽菸，有時會購買當時盛行的三角形摸彩券，不是為了中大獎，而是為了拿三張沒中的彩券換十支「金鵄」牌香菸。高志這樣的行為，也許只是為了掩飾身為轉學生的自卑感，或是貧窮的家世背景。在夏季最炎熱的日子，高志還曾帶著一群受食物吸引的跟班小弟，到濱寺町、琵琶湖等地大吃大喝，全部的費用都由高志支付。由於高志把所有的錢都花在滿足口腹之欲上，隨身物品及身上服裝完全沒有任何改變，所以也不用擔心被母親識破。

但是進入秋天之後，母親見時局不必再像從前一樣整天穿著燈籠褲，於是打算拿出父親遺留下的西裝外套，修改成女用的服裝。雖然母親已有許久不曾碰家裡的衣物箱，但畢竟服裝是女人的第二生命，當下立即發現了異狀。母親馬上向宿舍請了假，在家裡像發了狂一樣到處尋找那些遺失的和服。「只不過是丟了幾件衣服，有什麼大不了？等我以後開始工作，再買給妳就好。」高志見了母親的驚懼表情，內心也是惴惴不安。母親雖然在高志面前故作鎮定，但在家裡東翻西找的動作卻是粗魯得讓高志心裡發毛。母親找了許久，忽然像小女孩一樣嚎啕大哭，嘴裡喊著「都不見了」。片刻之後，母親收起淚水，驟然奔出家門，不久後又衝了進來。家中遭竊的消息一傳開，門口登時擠滿了圍觀的街坊鄰居，就連叔叔也前來關心。「這可真糟糕，得趕快報警才行。」一人建議。「報警有什麼用？一定是住在這附近的慣犯下的手。」另一人說道。言下之意，暗指住在附近的某個男人。那男人平日好吃懶做，為了維生而將女兒賣到京都當藝伎，而且經常到田裡偷菜、偷雞，所以遭到眾人懷疑。「我認識一個住在生駒的占卜師，一定能幫妳找回失物。我建議妳不如去問問看，如何？」某個三流工匠的老婆也興匆匆地插嘴提供意見。

77 長屋：一種日本傳統的集團式住宅，由長方形屋舍分隔成數間，左鄰右舍牆壁相連，多見於江戶時代至近代的中下階層地區。

母親對著門外眾人胡亂道了幾聲謝，心中一時猶豫不決，跌坐在六疊大的房間裡，聲淚俱下地說道：「阿高，怎麼辦？媽媽的和服都不見了。」「就當作戰爭期間燒掉了不就得了？」「這個小偷實在是太厲害了。」母親的口氣中對高志絲毫沒有懷疑。高志想對母親坦承犯行，卻是張口結舌，說不出話來。「你明天一大早還要上學，先去睡吧。」母親對高志說道。高志頓時鬆了口氣，鑽進被窩裡。「媽媽，是我。是我偷的。」高志嘴裡這麼呢喃，卻不敢讓母親聽見。

這天夜裡，高志偶然醒來，竟看見叔叔站在門口處，對著母親說道：「我剛好認識守口的巡查部長[78]，把這件事跟他說了，他說絕對不會是外人幹的。如果是外人行竊，沒理由留下幾件不拿走。何況失竊物多達六十四件，外人怎麼能一次拿走？」「這麼說來，真的是阿高嗎？」母親再度哽咽。就在這時，高志驟然感覺腹部劇烈抽痛，不由得像蝦子一樣蜷曲起身體。好不容易忍住了沒發出呻吟，接著身體卻又灼熱得像有一把火在燒著，而且奇癢無比。這是高志的蕁麻疹第一次發作。

母親完全沒有質問高志，只是將家裡所有的箱子以麻繩牢牢捆起，就一如往昔每天到宿舍擔任舍監。過了一陣子，高志耐不住飢餓，早已將這次的教訓忘得一乾二淨。家裡的箱子雖然上了鎖，但只要從後頭把雙頁鉸鏈中的細棒抽掉，就可以將箱蓋打開一道縫隙。高志從裡頭抽出了母親的腰帶、羽織[79]及和服布疋，放進書包裡，偷偷拿到黑市變賣。就連住在附近的婦女及老人，也看得出高志鬼鬼祟祟，形跡相當可疑。某個星期日，高志又趁母親到家庭菜園裡種菜的時候，以剃刀將衣物箱的邊角割破，也不知道裡頭放的是什麼，胡亂抽出來便塞進自己的衣服底下。沒想到就在這時，母親回來了。「阿高，你……」母親也錯愕得說不出話，拿起手邊的掃帚猛打高志的手腕，就這麼站著哭了起來。「媽媽本來以為你已經知道錯了……」

母親這年四十二歲，容貌看起來卻像五十歲。她像個滿腔怨懟的女人一樣不斷責罵高志，舉起手中的掃帚，一次又一次揮落，有時打在牆上或棚架上，卻也顧不了那麼多。高志忍受著疼痛，滿腦子卻還想著衣服底下那件西裝背心。那原本是父親的三件式西裝的其中一件，外套與褲子早已被自己變賣掉了，背心好歹也能賣個二、三十圓。一想到能拿這筆錢去買奶油麵包，高志便忍不住直吞口水。

78　巡查部長：日本基層警察職銜，地位在警部、警部補之下。

79　羽織：長度及腰的和服罩衣。

這天夜裡，母親突然胃痙攣，高志趕緊找來了醫生。施打了鎮定劑之後，母親終於恢復平靜，她披頭散髮地跪坐在被墊上，對高志說道：「是媽媽錯了，你去把那些箱子上的繩子都解開吧。以後你想怎麼做就怎麼做，媽媽不會再阻止你。」高志一聽，也抽抽噎噎地哭喊著「媽媽對不起」。但過了兩、三天，高志惡習難改，又開始打起那些母親自行解開繩索的茶盒、竹籃的主意。第一次，高志以顫抖的手取走了五張一組的座墊套，第二次，又拿走了父親的單衣[80]。這次高志自己也覺得沒臉見母親，整個晚上沒回家，在朋友家睡了一晚。早上來到家門外窺探，母親正將火爐拿到了路上，似乎在生火準備炊煮食物。當時已經入冬，在火爐冒出的淡紫色煙霧之中，母親或許是手掌因乾冷而龜裂的關係，不時將雙手手掌輪流放進懷裡取暖。高志愣愣地走上前去，母親只是說了一句「你回來了，飯馬上就好」，彷彿什麼事也沒發生。

這一年的過年，母親只能煮了一鍋連一片年糕都沒有的水飩大雜鍋。元旦當天工廠有人突然得了盲腸炎，母親匆匆忙忙趕到醫院去了。高志獨自到叔叔家拜訪，叔叔恰巧不在，只有就讀小學二年級的小女兒看家。高志見牆上掛了一件叔叔的甲種國民服，於是伸手到胸前內側口袋掏摸，摸到了一疊十圓鈔票。高志以手指暗數，原本只想拿個五、六張，抽出來卻有十張。高志拿著這筆錢到千林吃了捲壽司，還看了一場電影。若撇開到田裡偷摘農作物不算，這是高志第一次偷竊他人財物。

高志食髓知味，開始會趁住在附近的婦人外出領配給品的時候，溜進其家中廚房，以雙手挖起鍋中的米飯猛往嘴裡塞。到朋友家遊玩的時候，會將其姊妹的和服暗藏在衣服底下。除此之外，高志還會偷書、偷水果。一旦染上竊盜的惡習，就再也戒不掉了。到了後來，家裡只剩下一雙厚底襪及一條包袱巾，再也找不到可以換錢的東西。母親只能仰賴擔任舍監的微薄薪水、僅存的銀行存款及政府的配給物資維持生計。每星期工廠特別配給的便當，還是被高志吃個精光。母親自從那次胃痙攣之後，整個人更是迅速衰老。四月初的某天，母親突然狂吐鮮血。由於舍監不算是正式職員，沒辦法進公司安排的醫院，只能選擇在家裡靜養。高志看著面如土色的母親，想著家裡只有大豆及高粱，實在不知如何是好。當初若能至少留下一件半襟，這時就能換錢買米，煮些白米粥給母親吃了。如今就算要偷，也不知能上哪裡偷。這時已即將進入夏季，高志於是拿出去年在黑市以八十圓買的學生服，賣了三十圓。但這個時期的黑市米價一升將近兩百圓，高志到處詢問，才終於問到一間理髮店的老闆娘，願意以三十圓的價格賣

80 單衣：指以單層布縫製而成的輕便和服。

一合多的米給高志。不知是火爐的煙燻著了眼睛，還是內心感慨像餓鬼一樣的食欲讓自己成了不孝子，高志一邊煮著粥，兩眼淚水滾滾滑落。當高志將粥送到母親乾癟的唇邊時，母親卻已經是氣若游絲，只能勉強喝下一些粥水。高志原本打算將剩下的粥留到明天，卻無法忍受眼前有食物卻不吃的痛苦，轉眼間竟吃了個精光。高志徹夜守候在母親身旁，嘴裡不斷反芻著剛剛吃下的粥，到了隔天黎明，母親已斷氣了。

就在高志將母親的遺體火化後不久，守口町在這年春天升格為市。高志所住小屋的屋主認為這一帶的土地將會快速開發，因此強行收回小屋，逼迫高志離開。高志不知何去何從，家裡的櫥櫃、棚架都是向叔叔借來的家具，整理起來，自己的行李只有一只帆布袋。高志摸著鼻子默默離開守口，來到了神戶的將軍通[81]。原本那開零食店的親戚，如今已轉行賣麵包。高志前往投靠，懇求讓自己在店裡工作。但是商人畢竟在商言商，當時的麵包店是以配給的麵粉製作麵包，相當注重信用，有偷吃惡習的高志不被收留。幸好那時已接近夏天，高志晚上睡在燒毀的建築物或學校裡，白天就在三宮的黑市逗留，有時幫忙搬搬物資，討一點東西換食物吃。但是三宮的黑市也在七月三十一日遭到封鎖，高志彷彿遭人斷了活路，只好又流浪回到守口。這一天，高志到叔叔家借住一晚，叔叔一家人都睡在二樓，唯獨高志一個人睡在一樓。夜裡高志習性難改，又下意識地拉開了壁櫥。壁櫥裡有個茶盒，高志依稀記得那曾經是母親之物。打開一看，裡頭放著男用西式禮服及下襬有著花紋的盛裝和服。高志帶著那些衣服偷偷溜出了叔叔的家，打算變賣了之後潛逃到東京去，沒想到在路上遇到警察攔查，就這麼被帶往派出所。畢竟身上帶著那些昂貴的衣物，實在是找不到理由為自己脫罪，但高志說什麼也不肯說出本名。配給手冊遺留在麵包店裡了，這時並沒有帶在身上，至於衣物配給票[82]則是被高志塞進嘴裡咬爛吞下。從派出所被移送至守口警署的期間，高志還不斷將那些紙片反芻到嘴裡咀嚼。但一來叔叔在衣物失竊後立即報了警，二來那件男用西式禮服上也寫了名字。高志很快就被查出了身分，叔叔毫不留情面地說出高志是行竊的慣犯，高志就這麼被送進了枚方少年院分院。

到了十月中旬，院方為各房間的收容少年實施了智力測驗。「他們是要測我們有沒有逃走的智慧。腦袋太好的人，都會被移送到深山裡的機構。」櫻井如此告訴眾人。但高志不想輸給阿辰，還是盡全力解題。最後的成績是高志第一名、阿辰第二名。兩人的學歷也差不多，經過

---

81 將軍通：町名。位於兵庫縣神戶市。

82 衣物配給票：日本在二戰前後，衣物就跟其他物資一樣受到管制，必須持有配給票才能換得。

這件事之後，兩人的交情反而更好了。又過了一段日子，今市終於衰弱而死，櫻井則因為遭揭發其他罪狀而被移送回拘留所。冬天的腳步一天天逼近，光頭將今市身上滿是汙垢的軍服襯衫脫下來占為己有，偷偷藏在毛毯裡。櫻井在離去前，對眾人說了一句「這段期間受你們照顧了，你們各自保重」，還留下了一條手帕。這條手帕於是成了待在這裡的時間僅次於今市的少年的財產。又過了一段日子，教官們或許是理解了淋病與梅毒所帶來的痛苦，竟然相當罕見地批准讓光頭到醫院住院治療。光頭似乎誤以為一進醫院就會被切除性器官，反而嚇得哭爹喊娘。說起哭爹喊娘，深秋畢竟是容易惆悵寂寞的季節，陸陸續續有少年企圖逃走，但沒人成功，全都被無情地送進了懲戒室。只要將耳朵貼在牆壁上，就可以從木板的裂縫處聽見徹夜哭爹喊娘的聲音。

十八號房頓時少了三個人，新來的少年也都沒有被安排進這個房間。雖然每天的飯量沒有增加，但房間裡的所有少年都在高志的指導下學會了反芻，勞動時間裡每個人都是嘴巴動個不停。但不管再怎麼反芻，少年們還是一天比一天衰弱。依規定，少年們每個月必須洗澡一次，雖然只是在熱水裡泡個十秒，還是有大約三分之一的少年會在起身時因貧血而昏厥，高志也是其中之一。雖然屁股還捏得到肉，但每次只要站起來的速度過快，就會感覺心臟噗通亂跳。而且明明每一餐的食物都消化得很徹底，卻長期處於腹瀉的狀態。

「這是什麼？」一名少年突然問道。仔細一看，木板的接縫處有一條大約一公分長的細絲狀蟲子，正沿著壁面緩緩蠕動。「不就是蛆嗎？」另一人回答。說起蛆，大家原本都以為應該是從糞尿桶裡爬出來的。但仔細查看桶內，似乎並無蛆在爬動。大家於是開始找起了蛆的來源，但又怕教官在閻王口外查看，不敢將身體抬得太高。最後查出源頭，竟然是從已過世的今市所遺留下的那件外套爬出來的。今市即將斷氣的最後那段日子，外套上沾滿了他的糞便，或許是因為這個緣故，蒼蠅才在那上頭產了卵。剛開始，大家把蛆當成了今市的化身，心裡都有些害怕，但看著那細小的身體努力朝著某個方向蠕動前進的模樣，又漸漸覺得不忍心殺掉。「不知道牠心裡在想什麼？」阿辰問。「還能想什麼？當然是想早點長出翅膀飛上天啊。」「不如我們來養牠吧？這裡什麼都缺，就是不缺牠的食物。」「你養這種東西做什麼？」

阿辰以勞動時間的標籤紙摺了一個小盒子，把蛆放在裡頭。說起蛆的食物，當然就是糞便。每天早上一有人上大號，阿辰就會取一些新的糞便來餵食蛆。有一次，某個少年偶然發現兩條靠得很近的蛆正在往相同的方向前進，簡直像在賽跑一樣。「快跑，別輸了。糟糕，別往這邊轉彎。」少年說道。「對了，我們來玩賽馬吧。不，應該是賽蛆。賭金就一顆百草丸吧。」

另一名少年提議。所謂的百草丸，指的是每個星期日才會發放的維他命丸。從前少年們曾經從擦屁股用的舊雜誌上挑出各種數字，貼在標籤紙上，拼湊出一到九的紙牌共四組，拿來玩花牌遊戲。但這個行為馬上就被教官從閻王口外看出來了。相較之下，賽蛆被發現的風險很低，就算在勞動時間也能玩。

「我就派這一隻上場吧。」少年之一以鐵絲小心翼翼地取出一隻蛆。「牠叫什麼名字？」「這個嘛，就叫『蛆』吧。」將蛆取名為蛆的少年，今年十五歲，手臂上有著女人名字的刺青。「那我派這隻，牠叫『阿大』。」傻大個也加入了賭局。四隻蛆同時被放在起跑線上，開始朝著前方蠕動前進。少年們怕被教官發現，既不敢為自己的蛆加油，也不敢停下手上穿鐵絲的動作。但畢竟第一名能拿到四顆百草丸，少年們還是會忍不住對著偏離方向的蛆吹氣，或是像呼喚狗兒一樣輕輕發出「嘖嘖」的咂嘴聲。

「不曉得是這些蛆會先變成蒼蠅，還是我們會先出去？」「當然是蛆。牠們很快就會變成蒼蠅，從那扇窗戶飛出去。」到目前為止，還不曾有過保證人前來接走少年的例子。雖然櫻井說過智力測驗的目的是為了確認少年適不適合留下來，但自從實施測驗至今，也沒有任何消息。進入十一月之後，光靠一條破爛的軍毯，實在無法抵禦清晨的酷寒。

「要是我有一支螺絲起子就好了。」傻大個輸了賽蛆，不禁滿腹牢騷。如今窗外一定有著一望無際的稻穗，農家的庭院裡或許有著身穿圓鼓鼓棉襖的孩童，正在啃著手裡的柿乾。淀川河畔的芒草正在風中搖曳，野雁飛在秋夜的天空中，宮君依然站在殿上遠眺。

「你出去之後想做什麼？」阿辰問。「跟我老爸一樣，到船上工作吧。可惜他死在楚克群島了。從前他回來家裡，總是會送我巧克力，還有一種名叫芒果的水果。」「我老爸沉迷賭馬，我一點也不想學他。不過他賭中時，也曾帶我到宗右衛門町的餐廳吃飯。那天他叫了好多藝伎助興，桌上擺了生魚片、天婦羅、湯、豆腐皮、御田[83]、螃蟹、毛豆……」「那你出去後想做什麼？」「到電器行工作吧。我很喜歡修理收音機什麼的，從前我工作的飯店，有一臺八真空管的收音機，聲音聽得可清楚了。」「我打算找住在神戶的親戚帶我出去。雖然有點丟臉，但我可不想一直待在這個地方。」高志剛開始只是隨口一提，但說著說著，自己也覺得確實應該這麼做。「如果我順利出去了，我也會拜託親戚當你的保證人，來把你也帶出去。」「那

83 御田：以柴魚高湯燉煮各種食材的日本料理。臺灣稱作「黑輪」及「關東煮」的料理皆是源自於御田，但與日本的傳統御田已頗有差異。

真是太感謝了。」阿辰一邊將想要爬出小紙盒的蛆推回盒裡，一邊對牠說道：「再忍耐一陣子吧。等你長了翅膀，想去哪裡都沒問題。」

兩天後，娘娘腔教官突然來到門外大喊：「兵頭，出來！」「請問有什麼事嗎？」兵頭是阿辰的姓，他的聲音充滿了恐懼，顯然明白找上自己的事情絕對不是什麼好事。「有律師要見你，快出來！」阿辰畏畏縮縮地朝房內眾人瞥了一眼，便跟著教官走下樓梯去了。這天一直到傍晚，阿辰都沒有回來。「一定是有其他罪狀被人挖出來了。」某個少年說。但即使如此，律師似乎也沒有理由特地來到這裡。

大家吃完了晚飯後，阿辰才終於回來了。「怎麼這麼晚？肚子很餓吧？」「嗯，還好。」「是不是走了什麼霉運？」「倒也稱不上是走霉運。」「那律師是什麼來頭？」「我也是第一次見到。他身上帶著美國香菸，給了坦克一根，坦克一直對他鞠躬哈腰。」阿辰的回答一直有些牛頭不對馬嘴，高志暗自煩惱，思索著自己能不能幫得上什麼忙。不如趁早上點名的時候，央求教官幫忙聯絡神戶的麵包店親戚，請他們來把阿辰接出去。高志下定了決心，隔天早上便付諸行動。娘娘腔教官拿紙筆記下麵包店親戚的姓名及地址，問道：「這是你的什麼親戚？」「伯父。」「既然還有親戚可以聯絡，怎麼不早點說？」教官在高志頭上輕敲了一下。高志不禁有些得意，心裡暗想除了阿辰之外，不如拜託親戚把傻大個、刺青等其他少年也都接出去吧。少年們依然熱衷於賽蛆遊戲，高志在旁邊對他們再三提醒，出去之後一定要好好認真工作。阿辰沒有說話，只是默默看著盒裡的蛆。

「出去之後，我想要去爬六甲山。從六甲山上可以俯瞰整個神戶港。那裡的防波堤形狀像扇子，所以又叫『扇港』。小學四年級的時候，學校安排我們到那裡遠足，我畫了好幾張圖呢。」

這天下午，肥仔教官突然打開房門，喊了一句「兵頭，出來」，口氣難得並不粗魯。阿辰似乎早已等著這一刻，脫下自己的白襯衫，跟手帕一起交給高志。「你們就把我那隻蛆當成護身符吧。」阿辰訕訕地說完之後，便走出了門外。離去時要把身上的東西留給其他少年，是這裡的慣例，但留下蛆給其他人當護身符卻是頭一遭。沒想到蛆還沒有變成蒼蠅，阿辰已經要離開了。

高志一時有如丈二金剛摸不著腦袋，勞動時間也是心不在焉。阿辰曾說過，他的父親誤喝甲醇送命，母親只想把他甩得遠遠的，怎麼還會有人願意當保證人把他接出去？高志想來想去，實在是想不出個所以然來。就在這時，娘娘腔教官突然打開了門，手裡拿著一個盒子，裡頭裝滿了萩餅。「兵頭送來這個，說要給你們吃。」「請問阿辰被誰接走了？」高志問道。「別問這麼多，這不關你的事。」教官冷冷地說完，砰的一聲關上了沉重的房門。

高志雖然聯絡了經營麵包店的親戚，卻遲遲沒有接到回音。進入十二月後，算起來高志已吃了將近半年的稗麥雜穀飯。包含高志在內的十二名少年擠在九尺二間的木板房間內，只能互相將身體緊靠在一起取暖。這時候的高志已經連站起來的力氣也沒有了。有時窗外會颳進夾帶著雪片的寒風，讓蛆蟲羽化之後所遺留下的蛹殼在空中上下翻舞。有時窗外萬里無雲的寒空之中，會懸浮著歲末大清倉的廣告氣球。有時遙遠的枚方街道上會出現街頭宣傳藝人，以黑管吹奏出淒涼的旋律。那聲音隨著風傳入了高志的耳裡，正是一首《La Cumparsita》。叭叭叭、叭……叭……啦……啦啦……唰唰唰……唰唰唰……

Poor Boy

「哎喲，那是什麼意思？」「不知道啦，我也搞不懂。」列車過了長岡站，車內通勤、通學的乘客明顯變多了。那些人的越後方言聽起來異常刺耳，每個都像在嬉鬧一般。相較之下，打從上野站一直坐到這裡的乘客，則全都板著一張臉。畢竟車廂裡雖然有椅子可以坐，卻只是三人座的長板凳，再加上這班夜間列車因為大雪的關係而嚴重誤點，到這時已行駛了將近十一個小時。因此列車愈接近新潟，從上野站上車的乘客就愈是沉默寡言。有時蒸汽機關車頭所吐出的濃煙會因為風壓的關係，自窗外的低處往後竄流。除了這些煙霧之外，窗外的景色永遠是一成不變的遼闊雪原，只偶爾會看到排成了一列的稻架，就連那些稻架上也必定積了厚厚的雪。若從大阪出發算起，辰郎已搭了超過整整一天的列車。車上幾乎一直是擠滿人的狀態，辰郎感覺兩隻腳的小腿腹已經僵硬得像石頭一樣。辰郎像治療小腿抽筋一樣彎曲雙腳拇趾，試圖放鬆雙腳肌肉，至於其他的思緒，則全部被辰郎拋諸在腦後。不過那並不是因為辰郎清楚地意識到多想也無濟於事。夜間列車通過高崎站的時候，辰郎心裡還想著這個站名自己曾經聽過。但過了高崎站之後，列車繼續往山區的方向前進，好幾個小站根本看不到半個人影，辰郎仔細查看地名，什麼「湯檜曽」、「後閑」，全都是從來不曾聽過的名稱。當站務員慢條斯理地喊出站名的時候，辰郎感覺自己彷彿來到了另一個完全不同的國度。不知從何時開始，窗外約一尺遠處堆積起了高高的雪壁，頂端竟融入了黑暗之中，以肉眼無法看見。辰郎心裡明白那片雪壁並非自然形成，而是人工除雪的結果，內心還是感到莫名沮喪。列車在越後湯澤站為了等待上行列車通過而停留了二十分鐘，辰郎為了喝水而走出車廂，來到了月臺上。彷彿要鑽入全身每一個毛孔的寒氣，辰郎勉強還能忍受，但完全沒有臭味的新鮮空氣，卻讓辰郎不由得心生恐懼。

山巒在雪光的反射下清晰地矗立在眼前，山腳下可看見不少貌似旅館的燈火，其中一棟的招牌上寫著「稻本」。驀然間身旁傳來一陣怒罵聲，似乎是有人因結凍的月臺地面太滑而摔倒了。但那聲音馬上就消失無蹤，取而代之的是水龍頭的咻咻聲及咳嗽聲。辰郎印象中的車站，不管再怎麼小，整個晚上還是會充斥著喧鬧聲，空氣微溫而混濁，而且瀰漫著人糞及焦土的臭氣。不管是三宮站、大阪站、鶴橋站、京橋站、天王寺站，甚至是不曾遭受空襲的京都站及奈良站都不例外。就連辰郎只是稍微逗留的東京站及上野站，也沒什麼不同。上一次辰郎來到東京，已經是七年前，也就是一九四〇年的事了。這次三更半夜在陌生的大都市下車，馬上又要從上野站轉搭列車，辰郎的心裡卻並不害怕，全是多虧了車站所特有的那股臭氣。只要還能聞到那股彷彿要滲入皮膚的車站臭氣，辰郎就算置身在天涯海角，也不會感到徬徨。

越後湯澤的車站空氣卻宛如蒸餾水一般純淨透明，辰郎這才不由自主地深刻感受到自己的生活環境正在發生劇烈的變化。然而辰郎明白變化既然已經發生，就算驚惶失措也不能改變什麼。這也是因為將近半年的流浪生活，再加上待在枚方少年院的那段日子，讓辰郎學會了處世之道。躲進厚重的殼裡，對於瞬息萬變的外界刺激不產生任何反應，才是最高明的處世之道。反正該發生的事情就是會發生，就算吵吵鬧鬧也沒用。在這個處世之道的背後，流露出的是萬般無奈與自暴自棄。

四天前，少年院的娘娘腔教官將辰郎叫進了一樓的教官休息室。辰郎一走進休息室，便看見律師上野正坐在火盆邊暖手。那火盆裡或許是加了生柴的關係，火勢並不旺。當初辰郎還住在京都時，上野與自己一家人屬於同一個守望相助小組。上野是個外貌頗具威儀的男人，與誤飲甲醇而死的父親很談得來，當年偕同到嵐山遊玩時，還在樹林裡一起唱過童謠。後來辰郎一家人遷居到了大阪，父親與上野依然經常往來，但辰郎自己已經有三年沒見過上野，再加上重逢的地點實在太過特殊，令辰郎一時之間不知該說什麼才好。「看來你父親過世之後，你也吃了不少苦。」上野的語氣相當溫柔，更是令辰郎不知該做何反應。辰郎只是緊靠著火盆，盡量讓火盆的熱氣滲入體內。如今辰郎晚上睡覺的地方，是個九尺二間的狹窄房間，地板及四面牆壁都是以木板鋪成。在這算起來只有三坪的房間裡，卻擠了十三個人。在這寒風刺骨的十一月底，人多能夠互相依偎取暖，反而是件好事。話雖如此，辰郎還是想要趁現在多暖暖身子，讓接下來的寒冷夜晚能夠不那麼難熬。「這位律師先生特地來看你，你不會打聲招呼嗎？」肥仔教官說道。「若不是你母親來找我幫忙，我還真不知道你在這種地方。」上野的身上穿著天鵝絨衣領的大衣，但體態比從前瘦削了些。他搓揉著雙手，顯得有些歉疚。「接下來我會盡量幫助你，你不用擔心。」

「你的運氣真好。在我們這少年院，過去還不曾有少年是被律師接走。」平日動不動就對收容少年拳打腳踢的坦克教官，此時說起話來卻是對上野極盡奉承。上野取出一盒畫著駱駝的香菸，遞給了坦克教官。辰郎一時之間思緒亂成一團。他是來接我的？這代表我可以離開這裡了？不可能，媽媽怎麼可能委託上野先生來接我出去？那個開應召站的媽媽，怎麼可能做這種事？辰郎的心裡這麼想著。「對了，這是探監的……不，是伴手禮。」上野一邊說，一邊轉頭望向三名教官，不曉得該怎麼做才符合規定。「讓他在這裡吃完。」肥仔教官讓辰郎坐下。打開那伴手禮一看，是一條海苔捲。那海苔捲看起來是黑褐色，裡頭只包了瓠瓜，辰郎根本吃不出味道，只是不斷往嘴裡塞。轉眼間便整條吞下了肚。辰郎還以牙齒將附著在手指上的海苔碎片一一刮下來，半點也不敢浪費。「我是昨天才接到消息，今天還有一些事情得去辦。兩天後我再來接你出去。」上野起身說道。辰郎不禁擔心對方會就這麼棄自己而去，這才終於開口問道：「請問……我真的能夠離開這裡？」「放心，我會當保證人，你再忍耐一下吧。」上野的眼神中充滿了憐憫。辰郎忍不住伸手在自己的臉上一摸，這才察覺自己滿臉鬍碴。轉頭望向面對昏暗走廊的玻璃門，自己映照在上頭的模樣簡直像個幽靈。辰郎不禁羞愧得想要找個洞鑽進去，自慚形穢的自卑感與終於能獲得自由的喜悅，令辰郎情緒激動得鼻水直流。

「發生什麼事了？」回到房間之後，好友高志關心地問道。畢竟根據過去的經驗，被教官叫出去通常都不會是什麼好事。辰郎被這麼一問，一時張口結舌，不知該怎麼回答。在辰郎的心中，有一股想要高喊「我能出去了」的衝動。事實上，在辰郎離開了教官休息室，跟著娘娘腔教官走上階梯時，心裡只想著要對房裡的少年們大喊：「太爽了，你們就繼續在這裡等死吧。就像當初的今市一樣，屁股瘦到看得見肛門，營養失調而死吧。我跟你們不一樣，我可以出去了。」但是就在看見房內十二名同伴那宛如枯葉般乾癟枯瘦的身體，及毫無表情的憔悴臉孔時，辰郎的想法徹底改變了。在與上野談過之後，辰郎已開始感覺自己與其他少年彷彿是活在完全不同的世界。辰郎的內心一方面對獨自離開的行為開始抱持罪惡感，另一方面也害怕一旦說出真相，嫉妒的少年們會聯手將自己毆打致死。「有個律師來找我。」「難道是有什麼額外的罪狀被挖了出來？」高志問。原本住在同一間房裡的那個氣焰囂張的櫻井，正是因為原本沒有曝光的殺人罪行遭揭發，兩星期前被教官帶走後就再也沒有回來。高志會這麼問，也是合情合理。「倒也不是那麼回事。」辰郎含糊其詞，愣愣地看著小盒子裡的蛆。那盒子是辰郎親手以勞動時間用來穿鐵絲的標籤紙所摺成的，至於那些蛆，則是來自於死去的今市身上所穿的衣物。曾有一段時期，少年們流行將這些小小的蛆蟲當成馬，玩起賽蛆的遊戲，還以每天所吃的八成稗、兩成麥的雜穀飯作為賭注。但自從天氣愈來愈冷之後，不管是蛆還是少年都失去了當初的活力。

「真羨慕這些蛆，長了翅膀之後就能離開這裡。」傻大個仰望著牆上六尺高處的小窗子。微弱的光芒正從窗外透入。接著他伸出拇指，捻死了眼前像細絲一般的蛆，彷彿無法原諒即將飛離此地的背叛者。「老媽斷了氣，老爸逍遙去，妹妹愛上了流氓，我也失風蹲苦窯。苦窯裡朝思暮想那女孩，心頭亂糟糟。啊啊，波伊波伊。」傻大個哼起了歌。「不是『波伊波伊』，是『波兒波伊』吧。」另一名少年訂正了他的歌詞。少年院裡每天幫忙打飯的那個十二、三歲的少年，幾乎天天把這首歌掛在嘴邊哼唱著。雖然一餐不過是半碗的雜穀飯，但所有少年全賴此勉強維持生命。尤其是在這隨便發出聲音就會遭到懲罰的少年院裡，每次打飯時餐具碰撞聲自遠處隱約傳來，整個空間就會瀰漫起一股類似肅殺之氣的緊張氣氛。在這樣的氛圍之中，打飯少年彷彿無牽無掛的歌聲反而形成了強烈對比。「『波兒波伊』的意思，應該是英文的『poor boy』，也就是悲慘的少年。」高志一臉認真地說道。他擁有中學四年級的學歷，與辰郎並稱為房間內的兩大秀才。

辰郎第一次聽到這首歌，便感覺這歌詞簡直就是為自己而寫。不，想必其他少年也都有類似感受吧。在這少年院裡，沒有一名少年是雙親健在，而且在戰爭期間過著一家和樂的日子。每個人都是某天一覺醒來，人生忽然遭逢巨變，彷彿全身赤裸地遭人遺棄在這個連大人也難以自保的殘酷世間。為了活命只好做些偷雞摸狗的勾當，卻運氣不好遭人逮住，送進了少年院。即便再怎麼屋漏偏逢連夜雨，有再多的不幸突然降臨到自己頭上，少年們也沒有時間能夠靜下心來好好悲傷或感嘆一番，只能在世上隨波逐流，任憑時局擺布，過著活一天算一天的日子。剛開始聽到《Poor Boy》的旋律與歌詞時，或許內心會受到震懾，但久而久之，這首歌也不過就跟《蘋果之歌》、《You Are My Sunshine》一樣，是眾多流行歌曲之一，無法在少年們的心中激起一點漣漪。

然而現在的辰郎不同了。自己馬上就可以出去了。雖然出去之後依然只能走一步算一步，但至少自己有機會離開這個遲早不是餓死就是凍死的少年院了。這樣的希望，讓辰郎的心靈再次受到《Poor Boy》的歌詞所撼動。

戰爭爆發之前，辰郎的父親在京都新京極的小巷子裡經營一家撞球間，母親則在附近開了一家名為「首爾」的咖啡廳。當時一家人住在北白川的疏水河畔，辰郎從小可以說是由祖母帶大的。隨著戰事愈來愈激烈，父親不得不以「強化體格」為口號，將撞球間改裝為桌球間。咖啡廳「首爾」也不再販賣咖啡及蛋糕，改賣人工糖精製作的洋菜果凍及甜豆。不過這樣的變化並沒有讓辰郎的家庭變得貧窮。辰郎就讀小學的時候，不管是祖母所製作的便當裡的菜色，還是給辰郎的零用錢，都是辰郎的同學們遠遠比不上的。辰郎的父親因為工作性質的關係，非常討厭穿國民服，總是身穿西裝外套，頭戴軟氈帽，也不肯理平頭。雖然身材瘦削，但身高將近六尺，辰郎走在父親身邊，也常常感到驕傲。辰郎的母親是京城[84]人，因此將咖啡廳取名為「首爾」。母親並非出生於青樓之家，卻不願只當個相夫教子的賢內助，憑藉著看起來比實際年齡輕得多的外貌，平日總是在櫃檯前坐鎮指揮，個性相當強硬。辰郎的祖母名叫阿清，與

84　京城：韓國的首爾在日本統治時期的名稱，舊名漢城。

這個媳婦向來處不好，經常發生爭執。母親或許是因為自己有收入，也或許是因為自認為平日沒有盡到做母親的職責，經常買豪華的玩具送給辰郎，平日給辰郎的零用錢也多得異常，與一般的母親可說是截然不同。但有時辰郎得了重感冒躺在床上，母親卻還是只關心自己的同業聚會。

大約在一九四〇、四一年的時候，曾有一次，母親帶了一個同志社大學的學生到父親經營的撞球間。母親的本意或許只是想要介紹客人給父親，但在那之前，父親就不知因為什麼事而看那個學生不順眼，最後父母親竟然在撞球間裡大吵起來，甚至扭打成一團。「我這麼說或許有些難聽，但你媽媽實在是有點水性楊花，畢竟是殖民地來的女人，出身是騙不了人的。」祖母曾在辰郎面前這麼批評自己的媳婦。

自從撞球間變更為桌球間之後，母親的咖啡廳收入成了家庭的主要經濟來源。父親開始沉迷於賭馬，平常就算在家裡，也只是忙著將報導皇軍輝煌戰績的報紙文章剪下來收集成冊。母親每天都是三更半夜才回家，也不認為自己有什麼不對。剛開始，辰郎以為每個家庭都是這樣，也不以為意。但去了幾次朋友的家裡，才發現朋友的母親都是身穿樸素的燈籠褲，頭髮有些凌亂。而且平常朋友來家裡作客，祖母頂多端出現成的彈珠汽水及煎餅，但自己到朋友家作客，朋友的母親卻會端出外型有些難看的手工鬆餅及加了檸檬的熱紅茶。「原來我家跟別人家有點不太一樣。」辰郎開始有了這樣的想法，但此時倒也並不特別羨慕他人。「鬆餅跟紅茶，媽媽的店裡要多少有多少，你帶朋友來吃吧。」母親這麼告訴辰郎。母親平日在家裡什麼家事也不做，而且當時還在讀小學的辰郎進出咖啡廳，母親也覺得沒什麼不好。

小學畢業之後，辰郎進入了京都二中。就在這一年，祖母過世了。隨著戰況日趨惡化，父親的桌球間即使打著「強化體格」的口號，客人還是日漸減少。相較之下，母親的事業卻是愈做愈大，靠著違法物資買賣，吸引了大量顧客上門。因此平日不論是要領配給物資、參加例會還是防空演習，全都變成了父親的工作。身材瘦削的父親，這個時期也不得不穿起了國民服。有時街坊鄰居聚集在青年會建築物前的廣場上，總是由父親高喊「立正、宮城遙拜」等國民禮儀的口令。但其他參加者都是住在附近的中年婦女，只有父親一個男人，辰郎經常感到丟臉極了，不敢承認那是自己的父親。一九四四年年底，京都新京極一帶為了預防空襲時延燒，許多房屋都被拆除了，撞球間與「首爾」咖啡廳也難以幸免。「待在京都遲早會完蛋，我看還是到大阪去吧。開間地下餐廳，一定能大賺一票。」母親這麼說道。依當時的局勢，大都市的居民都紛紛逃往鄉下，母親卻以房屋遭拆除的補償金作為本錢，主動進入大阪的鬧區做起生意。或許正是從小在殖民地長大的身世，培養出了這種不畏風險的精神。相較之下，父親卻變得比以前更加瘦弱，皮膚也更加白皙。唯有跟上野律師下圍棋的時候，才會廝殺個你死我活，表現出男子氣概。

父母似乎從來不曾想過要讓辰郎轉學到其他學校。這年冬天，有時會出現一大群B29轟炸機，拖著清晰可辨的飛機雲往東方飛去。每當這種時候，多半同時會有三架左右的日本軍機飛向西方。「那是特攻隊的飛機。」父親抬頭看見日本軍機，總是會一邊朝著天空敬禮，一邊這麼告訴辰郎。父親的眼睛被耀眼的陽光一照，還會打起噴嚏。在這種人心惶惶的局勢下，母親卻在大阪的谷町租了一間房子，到處找來因餐廳關門大吉而失去工作的廚師，不管那是支那人、西洋人還是日本人，全都加以雇用。母親所開的這間地下餐廳，轉眼之間就吸引了大量的軍官及軍需工廠高階主管上門光顧。似乎打從當初還住在京都時，母親就已經開始規畫這起事業了。

但從大阪前往京都的學校實在太遠，於是辰郎轉學進入高津中學二年級。父親在這段時期簡直成了店裡的食客，雖然還不到歌舞作樂的地步，但只要有客人離開，他必定會搶著上前收拾餐桌，藉此偷喝客人喝剩的殘酒。酒壺裡的酒他不敢碰，但酒杯裡只要還留有一點酒，肯定會被他喝得乾乾淨淨。當時辰郎的班上同學大都沒有便當可以帶，中午只能吃麵包或番薯，辰郎卻因為家裡開地下餐廳的關係，便當總是非常豐盛。有時學生會以勞動服務的名義被帶到工廠做工，下午三點發放的麵包，辰郎根本不看在眼裡。但過了不久，大阪就遭遇空襲，母親經營的餐廳也毀於一旦。但母親看著大火過後的廢墟，並沒有自責當初不該到大阪發展，亦絲毫沒有為此氣餒。「日本已經輸定了。這是某個海軍軍官跟我說的，絕對不會有錯。」這時的母親上半身穿著奢華的絲綢衣服，下半身卻穿著燈籠褲。相較於母親的淡定，父親卻是一邊嘀咕，一邊在廢墟裡東翻西挖，鏡頭燒得變形的照相機、只剩外框的煤氣暖爐，全被他當成寶貝一樣收藏起來。

父母在天下茶屋[85]租了兩個房間，一家三口共同生活。這是辰郎自懂事以來，第一次全家人像一般家庭一樣住在同一個屋簷下。日本戰敗之後，母親不知靠著什麼管道，在森小路[86]弄到了一間看起來像昔日牛奶餐廳[87]的店面，賣起了蒸麵包、番薯羊羹之類的食物。父親則經常

85 天下茶屋：大阪市內地名。
86 森小路：大阪市內地名。
87 牛奶餐廳：原文作ミルクホール（即Milk Hall），指販賣牛奶、麵包的簡易餐廳，主要盛行於明治、大正期間。

抱怨著：「聽說美國人要來了。美國人最喜歡打撞球，要是京極那間店還在就好了，真是太可惜了。」父親或許是念念不忘京極的撞球間，有時會帶著辰郎到京極一帶閒晃。當時的京極已開始出現一些簡陋的霓虹燈，唯有建築物遭拆除的一帶到了晚上依然是一片漆黑，成了隨地小便的絕佳地點。

一九四六年，辰郎升上了中學四年級，因為在校成績不錯，打算報考三高[88]。雖然辰郎自己知道有點勉強，但辰郎感覺自己實在無法適應大阪的生活，因此一心只想回到京都。在停電期間，辰郎得知占領軍宿舍附近地區有電可用，還特地借住在朋友家，每天晚上熬夜苦讀。辰郎從來不曾前往母親位於森小路的店面，但聽說店裡生意相當好，母親像以前一樣讓辰郎穿最高級的學生服，給新制日圓當零用錢也毫不吝嗇。「抱歉，阿辰，能不能借爸爸一點錢？」這段期間父親過得相當不如意，遭母親徹底漠視，時常向兒子討個十圓、二十圓，到鶴橋、京橋喝炸彈酒[89]買醉。這年年底，父親便因喝了攙甲醇的酒而過世了。其實早在過世之前，父親就已經因喝了過量的甲醇而視力受損，每天早上都得先以清水洗去眼中的分泌物，否則雙眼連睜也睜不開。最後能死得如此乾脆，倒也是一了百了。母親的態度更像是甩掉了一個麻煩的包袱，時時告誡辰郎，「別學你爸爸那樣，毀了自己的人生。你一定要好好用功念書，別擔心錢的問題，媽媽會想辦法。」

學校的老師認為辰郎考上三高的希望不大，但辰郎說什麼也不肯放棄。主要的理由之一，也是因為只要能搬到京都，就不必再與母親一起生活。母親每天晚上回到家總是一身酒氣，有時還會搭計程車。送母親回來的男人，總是會與母親說著辰郎從來沒聽過的語言。不，辰郎其實聽過那種語言。那是母親出生之國的語言，也是黑市裡拿著棍棒橫行無阻的流氓們所用的語言。母親總是呢喃地說著那種語言，一邊發出像打嗝一樣的笑聲，一邊在黑暗中「唰」的一聲抽掉身上的腰帶。隔天早上，當辰郎醒來時，枕邊總是會放著肉包子、海苔捲、蘋果等食物，以及一張百圓鈔票。辰郎雖然樂於將鈔票放進口袋，但與母親一起生活的意願卻是愈來愈低。

隔年二月，辰郎到京都的三高索取報考簡章。那天下了一場不尋常的大雪，膝蓋以下都陷入雪中，而且天上還不斷降著鵝毛大雪。三高或許是因進入考試期間而放假的關係，辰郎獨自穿過校園時，半個人影也沒看見。那可說是辰郎生平第一次看到如此驚人的大雪。而如今在這

88　三高：舊制第三高等學校的簡稱。其校園即現在的京都大學。

89　炸彈酒：原文作バクダン，指二戰剛結束的數年期間，在黑市中流通的私造酒。多以工業酒精製成，而且其中多含有甲醇，飲用者須冒極大的生命危險，因此稱為炸彈酒。

新潟，占據了整個視野的雪堆貌似比當年的雪更加堅硬，彷彿是完全不同的物體。隨著東方泛起魚肚白，車窗外也逐漸出現一些人影。每個女人的頭上都包著簡直像毛毯的厚布，男人的頭上則戴著類似北滿軍帽的帽子。不論男女，腳下都穿著長靴。辰郎的腳卻只穿著木屐，連襪子也沒穿，而且不知道是不是車廂的蒸汽保暖裝置失效的關係，辰郎感覺腳趾凍得隱隱作痛。回想起當初還在就讀京都二中的一年級時，那年冬天，學校在琵琶湖畔舉辦了一場耐寒強行軍活動，當時兩腳的疼痛，正與現在有幾分相似。由於天上布滿了厚重的雲層，雖然天亮了，車外卻還是像傍晚一樣昏昏暗暗。但即便如此，畢竟看著雪景久了，長時間承受雪光反射，當辰郎把視線移回陰暗的車廂內時，有好長一段時間幾乎看不見任何東西。列車進入了新津站後，身穿制服的男學生幾乎全下了車，取而代之的是幾個身穿燈籠褲的女學生進入了車廂內，令辰郎感覺有點渾身不自在。「不曉得新潟有沒有百貨公司？」不知道為什麼，辰郎的心頭驀然產生了這個疑問。比起有沒有百貨公司，此時更重要的問題應該是能不能與從來沒見過面的養父母好好相處才對。

拿到了報考簡章後，辰郎回到了三條車站，坐上舊京阪電車。從京都的三條到大阪的天滿，車票要價三圓。辰郎在乘客寥寥可數的車廂裡坐了下來，上衣跟褲子都因融化的雪水而溼透了。過了一會，潮溼的衣褲受體溫一蒸，冒出了白茫茫的熱氣。當時車門邊站了三個府立第一高等女學校的學生，帶著皺褶的裙襬隨著身體動作微微搖曳。辰郎驀然驚覺那三名女學生正在嗤嗤竊笑。仔細想想，自己的身體像剛蒸好的包子一樣冒出騰騰熱氣，看起來一定是相當滑稽吧。辰郎忽然感到很丟臉，彷彿全身的血液都往上竄。但是體溫一升高，冒出的白氣當然也就更多了。辰郎心中萬分焦急，卻不知如何是好。辰郎是個晚熟的少年，這還是第一次對女學生產生特別的意識。

「阿辰，你覺得哪個好？」母親有時會從紙包裡拿出許多張年輕女人的照片，詢問辰郎的意見，就像是在徵選餐廳的服務生。辰郎忍受著母親的酒氣，將那些照片拿起來細細端詳，每個女人的年紀看起來都超過二十歲，在辰郎的眼裡就跟伯母沒有什麼分別。「都不怎麼樣。」辰郎這麼告訴母親。「這個聽說在今里當藝伎，但看起來實在是有點俗氣。」母親嘴裡咕噥。母親後來除了經營「首爾」咖啡廳之外，還在千林開設了一家餐廳。名義上是餐廳，骨子裡卻是私娼寮。辰郎事後想想，母親打從這個時期，就已經開始在規畫了。

三月十日，辰郎到三高參加入學考試，光是考完第一場的智力測驗就已徹底喪失了自信。坐在隔壁的是個體格壯碩的學生，看起來很適合穿海軍陸戰隊的制服。辰郎偷眼觀察，發現他答題相當順暢，與自己可說是有著天壤之別。辰郎登時感到相當氣餒，後面的科目也不想考了。那天雪都已經融了，辰郎漫步到了新京極，發現從前拆掉建築物的區域，如今也已被櫛比鱗次的屋舍所填滿。這裡不但有小鋼珠店，還有販賣提包木框、中元節人偶等各種雜物的禮品店，人潮也比戰前有過之而無不及。辰郎心想反正母親給了不少零用錢，於是便走進了一家咖啡廳。這還是辰郎第一次走進「首爾」以外的咖啡廳，在裡頭胡亂點了奶油麵包、蜂蜜蛋糕及大福麻糬。辰郎一邊吃著，一邊心裡猶豫，既然沒能考上三高，是不是應該留在學校一年，明年再挑戰一次？但三高這道窄門，就算自己再努力一年，似乎也進不去。辰郎走進廁所，偶然間瞥見鏡中的自己，那副臉孔與誤喝甲醇而死的父親就像同一個模子印出來的。何況自己的母親專門幹一些不可告人的勾當，自己既然是這兩人所生下的孩子，這輩子有什麼資格能戴上三高的白線帽？大概就只有當時坐在隔壁的學生那種相貌堂堂的人物，才有資格進入三高吧。辰郎頓時對自己的人生感到沮喪不已。回想起當初向母親說出自己想考三高時，母親竟給了這麼一個感想：「那很好，三高的學生很受女生歡迎，從前媽媽的店裡也來過幾個。要是能再從三高考上京都帝大，以後想討什麼樣的老婆都沒問題。」這樣的回答可說是完全牛頭不對馬嘴。何況別人的母親都是身穿端莊高雅的黑色和服，自己的母親卻總是穿著像年輕女孩一樣的輕佻服裝，臉上還化著濃妝。辰郎愈想愈覺得一切都是母親的錯。因為有窩囊的母親，才會有窩囊的自己。考試失敗的鬱悶情緒，讓辰郎將過錯全推到母親頭上，甚至不曾想過如果沒有母親，自己連吃飯都成問題。埋怨母親的同時，辰郎也不禁懷念起過世的父親。「我想到外頭租房子住。」春假接近尾聲的時候，辰郎這麼告訴母親。理由是想在安靜的環境裡好好念書，明年一定要考上高中。辰郎鼓起勇氣說出口之後，又天花亂墜地找了各種藉口。「如果你覺得這樣比較能專心讀書，那就這麼做吧。媽媽也覺得這裡離店太遠，正想要搬家呢。」母親絲毫不帶感情地接納了辰郎的提議，並且立刻在學校附近免於空襲炸毀的建築物中，為辰郎租下了一間六疊大的房間。一切都安排妥當後，母親才想起一件事，問道：「洗衣服什麼的，你沒問題吧？」事實上這將近兩年來，幾乎所有家事都是由辰郎一肩扛起，母親這個問題可說是多餘了。母親除了給辰郎每個月兩千圓之外，還提供了從黑市買來的白米及各種物資，讓辰郎衣食無缺。母親自己則乾脆住進了位於千林的餐廳，對母親來說，這也是求之不得的事情。辰郎原本打算重新振作，好好過起嶄新的生活，但自從有了新京極那次的經驗之後，原本從不涉足咖啡廳、餐飲店的辰郎，開始會帶著朋友到鬧區裡吃吃喝喝。不過才到四月底，身上的錢已經花掉了八成。辰郎於是沿路向人詢問，找到了母親的店，向母親討錢。剛開始的兩、三次，母親還很大方地掏錢出來，但後來母親也察覺了不對勁，罵道：「我讓你一個人住，是讓你好好讀書，你要這麼多錢做什麼？」旁邊有些一看就知道是娼妓的女子，全都對辰郎投以好奇的視線。「妳別問這麼多，反正我就是需要錢。」「你以為錢是平白無故冒出來的嗎？你知道媽媽為了賺這些錢，有多麼辛苦？」辰郎聽母親話中強調對自己的恩情，心裡也氣了，說道：「不過是開間私娼寮，有什麼了不起。」「你說什麼！有膽再說一次看看！」母親勃然大怒，但辰郎礙於面子，這時也無法退縮。「這間店裡幹的是什麼勾當，妳以為我不知道嗎？我看媽媽自己應該也在賣吧？」母親沒再說話，直接打了辰郎一巴掌。辰郎只覺得臉頰又麻又痛，一咬牙，反而產生豁出一切的想法。「婊子的小孩能讀什麼書？我看我也不用上學了。」辰郎說得自暴自棄。就在這時，有個女人喊了一聲「媽媽桑」，母親不再理會辰郎，就這麼起身朝女人的方向走去，彷彿什麼事也沒發生。辰郎發現母親忘記將眼鏡帶走，拿起來一看，竟然是一副老花眼鏡。辰郎隨手將眼鏡放進口袋，因為這個動作，辰郎心裡突然閃過一股衝動，於是走向旁邊一座有點眼熟的櫥櫃，拉開抽屜，取走裡頭的翡翠戒指及金條。「小朋友，要回去了？」一個女人問道。這時明明已進入初夏，那女人卻窩在一座陶瓷的高火盆邊，張開雙腿取暖。辰郎奔出門外，一口氣跑到了瀧井車站，取出口袋裡的眼鏡，扔在地上踏成碎片。

辰郎將翡翠戒指拿到了心齋橋的珠寶店，聲稱那是母親的遺物，賣得了五千八百圓，打算靠這筆錢一個人活下去。在鬧區閒晃了一陣子之後，辰郎走回自己的住處，內心有點期待母親正在房間裡等著自己。但這份期待不僅落了空，而且後來母親也從來不曾出現過。過了一陣子，手頭的錢所剩不多，剛好天王寺附近有間鐵板工廠在徵人，辰郎於是決定去碰碰運氣。明明只是工廠的工作，卻還得經過面試，面試官問辰郎最尊敬的人是誰，辰郎原本回答蜀山人[90]，但見面試官露出一頭霧水的表情，辰郎趕緊改口說是西鄉隆盛[91]，才通過了面試。然而工廠要求辰郎提供保證人，辰郎找不到人可以幫忙，只好打消工作的念頭。手頭的錢終於花得一乾二淨，辰郎又拉不下臉到千林對母親低頭，只好賣了辭典。幸好當時已經入夏，辰郎接著又將棉被及衣物賣給了舊衣商。七月初的某一天，住處實在太過悶熱，辰郎因而逗留在上六[92]的車站內。「怎麼了?該不會是離家出走了吧?」一個身材矮小、看起來三十多歲的男人走過來說道：「這附近不太平靜，你待在這裡難保不會惹上麻煩，如果你不介意，就到我家睡

90　蜀山人（一七四九～一八二三）：本名大田南畝，日本江戶時期文人，蜀山人為其別號。
91　西鄉隆盛（一八二八～一八七七）：日本幕末時期薩摩藩武士、政治家。西南戰爭的發動者。
92　上六：大阪市內地名。上本町六丁目的簡稱。

吧。我有多的棉被，你不用擔心。」辰郎見那男人不太像有惡意的樣子，內心又抱著一半自暴自棄的念頭，就跟著他去了。那男人在阿倍野附近租了一個房間，其中三疊空間為木頭地板，放著一臺縫紉機，另有六疊空間看起來是睡覺的地方。「我今天晚餐吃的是壽喜鍋，還剩下一些，你要吃嗎？」男人問。這天非常炎熱，男人的房間卻關得密不通風，而且還吃壽喜鍋，辰郎光是想像就忍不住冒汗。但是到了這個地步，不吃也不行了。「我跟你說，這屋主的老婆，每天晚上都會帶著女兒到阿倍野附近閒晃，你猜猜她們做的是什麼工作？」男人一邊說，一邊舔著嘴唇。辰郎心知肚明，但不肯回答，往左右看了兩眼，抱著奉承的心態問道：「你是裁縫師傅？」「我是戰敗後才回到日本的。戰爭期間，我在上海開了一家店。」男人回答。照理來說，像這樣的男人應該會有妻小，但這男人卻生活得像個鰥夫。「好了，該睡了。」男人將鍋子推到角落，在地上鋪了墊被。但那墊被只有一人份。「請吧。」男人說。辰郎心想這裡多半也沒有睡衣可以換，於是脫掉褲子，躺了下來。男人也在旁邊躺下，關掉了電燈。燈光一暗，辰郎霎時感覺有一隻手在自己的兩腿之間探摸。辰郎嚇得屏住了呼吸，忍耐了一會，竟看到男人將臉也湊了過來。辰郎整個人嚇傻了，男人那高明的舌頭技巧，只是增添辰郎心頭的懼意。辰郎假裝睡著了，一動也不敢動，又過一會，男人竟然從背後騎了上來。辰郎這才理解了男人剛剛塗抹那麼多唾液的理由。雖然辰郎過去也曾聽過「雞姦」這個字眼，但從來不知道那是什麼意思。男人在蠕動了一陣子之後，竟然整個人壓在辰郎的背上，辰郎感受到男人的體重，忍不住發出呻吟。

男人重新打開電燈，從櫥櫃裡取出了五本謄版印刷的色情書刊，除了自己翻看之外，也拿給辰郎看。辰郎看著那上頭的猥褻照片，感覺到男人的手指又滑到了自己的下腹部。男人摸著了辰郎的堅挺陽具，突然手指快速套弄。辰郎射精之後，男人嗤嗤一笑，朝辰郎的嘴唇輕吻了一下，接著倒頭就睡。隔天早上，當辰郎醒來時，男人正忙著以縫紉機縫製衣物。雖然男人聲稱自己是裁縫師傅，但仔細一瞧，原來不過是從黑市買來一些布塊，進行簡單的裁切後，縫製成秋冬兩用外套，成批賣給西服店。「既然你起來了，麻煩你跑一趟，到鈕釦店幫我買些鈕釦吧。」男人一面說著，一面快速踩動縫紉機的踏板。昨晚他那氣喘吁吁的模樣，簡直像是一場夢境。

辰郎每天晚上都任由男人擺布，就這麼過了兩個星期。某天男人似乎不想再免費為辰郎提供三餐，突然說道：「我想你也該找份工作了，晚上可以睡在這裡沒關係。」辰郎的心情就像是突然遭男人拋棄的女人，於是趁男人不在家的時候，帶著三件縫製好的外套逃出了房間。將外套賣給阿倍野的舊衣店，得手四百五十圓。店門邊張貼了一張徵人廣告，上頭寫著進駐軍專用飯店徵求服務生及門房小弟。辰郎抱著姑且一試的心情前往一問，對方說不需保證人也能應徵。原來那飯店是由空襲中倖存的建築物改裝而成，入住的美國兵多是以召妓為目的。飯店為日籍服務人員提供了旁邊一棟簡陋小屋作為宿舍，內部空間約二十疊大，地上連地板也沒鋪，中間僅留一個人能通過的走道，兩側擺滿了雙層床架，看起來簡直像是養蠶房。「我們這裡提供三餐，服務生一個月四百圓，門房小弟一個月五百圓。」對方說道。辰郎詢問門房小弟的工作內容，對方回答：「幫客人提行李及交付房間鑰匙，必須多少能說一點英語。」辰郎於是決定當服務生，主要工作是在飯店二樓的餐廳為客人端送啤酒及小菜，除此之外，還得做些製作碎冰、洗杯子等雜事。從下午兩點開始上工，必須做到半夜十二點才能休息，回到宿舍總是累得倒頭就睡。但當初那裁縫師傅所傳授的五指運動，成了每兩天必做一次的睡前儀式。

「抱歉，能不能幫我把這個搬到門外去？」某天調酒師突然這麼吩咐辰郎。當時辰郎的手上拿著一件美國兵忘記帶走的外套，正要回宿舍休息。調酒師將兩個紙箱的美國啤酒交給辰郎，辰郎沒有多想，只是問道：「搬到門外的哪裡？」「你就搬到宿舍的門口，那裡有個人在等你，交給他就行了。」剛開始辰郎以為這也是工作的一部分，於是乖乖照做了。後來才知道原來他們是侵吞公物，將飯店裡的啤酒偷偷運出去賣掉。只要注意不被警衛發現，帶著東西走個五分鐘的夜路，就能賺得兩百圓。除了啤酒之外，有時還偷取香菸、巧克力及辛香料等等。上頭的人對波旁威士忌之類的烈酒數量有著嚴格的控管，但其他的一些小東西就沒有嚴格的數量管制。藏在外套裡偷偷夾帶出去，可說是一點也不難。「反正是美國人的東西，偷拿也是愛國的表現。」據說當年差點就成為特攻隊員的調酒師這麼告訴辰郎。辰郎捫心自問，確實幾乎沒有罪惡感。但是警方從調酒師銷贓的攤商往上追查，將涉案的嫌犯全部一網打盡。為了方便偵訊，刑警押著辰郎，搭乘市營公車前往曾根崎。走在淀屋橋一帶，辰郎看見沿途的路人臉上都帶著彷彿一切世事都是理所當然的神情，不禁感到百思不得其解。自己到底是踏錯了哪一步，怎麼會淪落到必須戴上手銬的田地？刑警為辰郎採了指紋、拍了照之後，問道：「住在哪裡？」辰郎回答：「不一定。」刑警兩眼一瞪，說道：「看來你已經很習慣接受盤問了。」當初辰郎剛到飯店工作時，想不到必須隱瞞住處的理由，所以老實填寫了母親為自己租的那間房間的地址。刑警循線追查到了辰郎的母親，隔天母親便被叫進了警署裡。母親與刑警們似乎原本就認識，一名刑警半開玩笑地說道：「原來他是妳的小孩，血統真是騙不了人。」「你別胡說八道，我跟這小賊一點關係也沒有。」母親以彎曲的食指[93]指著辰郎。「這是你媽帶來的，快吃吧。」刑警將一條模樣難看的海苔捲遞給辰郎。辰郎毫不在意母親的冰冷言詞及視線，二話不說便抓起海苔捲大嚼。「我早就猜到會是這樣的結果。我的那枚戒指，你賣給誰了？要不要請刑警先生順便查一查？」

辰郎對母親一句話也沒說，回到了拘留室，裡頭另外還關了個犯詐欺罪的不動產商人。「拿母親的東西也算偷竊嗎？」辰郎問那商人，對方想也不想地回答：「那當然。在法律上，親子跟陌生人也沒什麼分別。」

「老媽斷了氣，老爸逍遙去……」辰郎配合著車廂的震動低聲吟唱。自己的情況雖然與歌詞相反，但也沒什麼分別。窗外依然是一望無際的雪原，但原本稀稀落落的農家有逐漸增多的趨勢。過了龜田、沼垂之後，才終於看見密集的屋舍。雖然沒有看起來像百貨公司的建築物，但街道的規模比原本的預期要大得多。伴隨著車頭不斷噴出蒸汽的咻咻聲，列車的前進速度愈來愈緩慢，在一陣平交道的叮噹聲響之後，車廂內所有乘客都站了起來，各自從網架上取下自己的背包或包袱巾。辰郎見狀，也跟著緩緩起身。新的父親與母親應該已經在月臺上等著自己了。

「阿辰，你有一個叔叔住在新潟，你還記得嗎？」兩天後，上野律師又來到了少年院，而且說了這句讓辰郎完全意想不到的話。辰郎細細回想，過去確實曾經聽過，自己有個在新潟當卡車司機的叔叔。從前有一次，父親喝醉了酒，母親還曾當著辰郎的面罵他，「你們兵頭家的男人沒一個做的是像樣的工作。」上野律師接著說道：「你那位叔叔聽說出人頭地了，現在是運輸公司的社長。」原來辰郎的父親在去世的不久前，曾經寫了一封信給那個弟弟，告知自己的家庭在戰後的種種狀況。雖然當時父親並沒有預期到自己會因誤飲甲醇而死亡，但他清楚感受到身體日漸衰弱，明白自己在世的日子已不長。他擔心自己一死，辰郎將會乏人照顧。他知道辰郎是個很喜歡讀書的孩子，而且腦筋也不差，但是辰郎的生母實在是太不會照顧孩子，再加上喜歡在外頭勾引男人，辰郎在她的身邊肯定無法成為腳踏實地的大人。因此父親在信中懇求弟弟，代為照顧辰郎這個孩子。辰郎的叔叔在結婚後一直沒有孩子，能收養辰郎正是求之不得的事情，原本收養一事幾乎就要談妥了，沒想到就在這時，父親因誤飲甲醇而驟逝。辰郎的母親原本就與兵頭家的親戚完全沒有往來，因此收養的事情就這麼不了了之。但辰郎的叔叔依

93　彎曲的食指：食指彎曲的動作在日本一般代表鑰匙，此處引申為闖空門、竊賊之意。

然念念不忘這件事，於是找上了與辰郎父親頗有交情且一直住在京都的上野律師。叔叔將辰郎父親所寫的最後一封信寄給上野看，委託上野代為尋找辰郎的下落。最後上野成功聯繫上了辰郎的母親，這才輾轉得知辰郎進了少年院。「那小子壞透了，讓他吃些苦頭，對他反而是件好事。」母親在上野面前大肆批評自己的兒子。上野一面安撫母親的情緒，一面傳達叔叔的訴求。「妳費了那麼多心血把阿辰養大，兵頭先生一定不會讓妳吃虧。何況為阿辰的將來著想，我也認為這麼做比較好。」上野在言詞中暗示會以金錢答謝辰郎的母親。當時的千林一帶，早已成為私娼寮的聚集地，如果沒有花錢整修餐廳門面，已難以吸引嫖客上門。母親一聽到上野暗示有錢可拿，態度登時有了轉變。「上野先生，我們這麼久的交情，既然你這麼說，我也不能不賣你這個面子。」母親故意推了推老花眼鏡，說得勉為其難。「阿辰，你不用想太多，只要記得到了新潟的家，要好好用功念書。」上野告訴辰郎。辰郎回想起從前暑假作業要製作畚箕，上野律師還曾經幫過自己的忙。仔細想想，上野夫婦也沒有孩子。「或許我這麼說有些多管閒事，但你的母親當初在生下你之後，健康狀況一直很差，還為此摘除了卵巢。從那之後，她的個性突然變得很強硬。我還記得你的父親當年也很傷腦筋，不曉得該怎麼辦才好。所以我希望你別把母親想得太壞，上次我跟她見面的時候，雖然她口頭上碎碎念了不少，卻還是沒忘記託我帶一條海苔捲來給你吃。」

上野律師坐在少年院的簡陋會客室裡，對著辰郎苦口婆心地勸導。「到了新潟的家之後，可千萬不能再偷東西了。」辰郎一聽到上野這麼說，忍不住嚎啕大哭。接著上野便開著車子，將辰郎載到了一家位於南森町的旅館。「你這身穿著，可不方便見人。」上野吩咐旅館的女服務生，為辰郎準備了海軍飛行預科練習生的上衣、鐵路站務員的褲子，以及一雙木屐。「我原本帶了這個來給你，但仔細想想，沒有反而比較好吧？」辰郎一瞧，原來是父親的照片。照片裡的父親還相當年輕，看起來英俊瀟灑。「這張照片，我先幫你收著好了。」上野又將照片放回口袋裡。從大阪搭火車到東京就要十四圓五十錢，從東京再搭慢車到新潟，三等票也要花九圓六十錢，這些錢都是由上野所支付。上野接著告訴辰郎，當抵達新潟後，養父母會在車站外迎接。養父今年四十二歲，養母三十五歲。養父在戰爭期間賺了不少錢，如今是擁有三十輛卡車的大老闆。

新潟車站的月臺上並沒有積雪。辰郎走過天橋，來到了剪票口外，卻沒看見貌似養父母的人物。車站前方是一大片雪景，地上的積雪被人群踏得亂七八糟，卻毫無融化的跡象。站前廣場的對面便是一整排簡陋的平房建築，跟大阪、京都等車站完全不能比。辰郎兩腳沒穿襪子，冷得在原地頻頻踏步，此時突然有一輛箱型的進口車停在眼前，一個身穿長皮靴的肥胖男人走下車來，辰郎嚇了一跳，那男人點了點頭，說道：「嗨，你就是阿辰吧？這班火車誤點，我先回了家一趟，所以來晚了。抱歉、抱歉。」男人拍拍辰郎的肩膀，催促辰郎上車。車子一開動，辰郎突然聽到一陣古怪聲響。一問之下，原來是輪胎上的雪鏈所發出的聲音。車子開了不到三分鐘，經過一座相當長的橋，便進入了鬧區。車子通過兩座氣派的百貨公司前方，男人頻頻向辰郎介紹「那裡是縣廳大樓、那裡是白山神社」，辰郎只顧著左右張望，不一會兒車子停在一座斜坡底下。「這裡車子上不去，我們用走的吧。」男人說道。下車走了約兩百公尺，左手邊出現一棟有著黑色外觀的宅邸。「您回來了。」女傭跪坐在門口迎接兩人，轉頭朝屋裡喊了一聲「夫人」。養父催促辰郎進屋，辰郎舉起髒汙的腳，說了一句：「抱歉，請先給我一條抹布。」四天前的辰郎，還把養蛆當成人生唯一的樂趣，此刻卻有了天壤之別。

「好了，先別忙著打招呼。外頭下這麼大的雪，你沒穿襪子，一定很冷吧？真是可憐。」養母朝辰郎招手，帶著辰郎走向一座大得嚇人的下陷式桌爐。但走沒幾步，養母突然大喊：「哎喲，不對。應該先洗澡、先洗澡。」養母的神情看起來相當雀躍，她快步奔向走廊，嘴裡一邊喊著：「來，往這邊。從大阪一路搭車到這裡，應該累壞了吧？快去泡個澡，消除疲勞吧。」

辰郎一路上也曾思考過見到養父母該說些什麼，但實際見到了，卻是一陣手忙腳亂，根本沒時間靜下來好好說話。

浴室外傳來了年輕女人的笑聲。「怎麼辦，燒不起來。」「倒汽油下去，會不會危險？」「還是鋪一些稻草看看？」辰郎聽得出說話的女人之一正是養母，悄悄拉開窗戶一看，寬廣庭院的雪地上多了個洞，陣陣濃煙從中竄出，女傭拿了一根竹竿，正不斷往洞裡搗弄。隱約可看見洞裡正在燃燒的東西，竟然就是自己原本身上所穿的衣物。此時養母拿了廢紙簍走過來，將一些紙倒入洞中，紅色火舌瞬間向上竄起，冒出紫色煙霧。「對了，我身上有蝨子，內衣褲又髒，不如燒了乾淨。」辰郎恍然大悟。上野律師幫辰郎準備的替換衣物中，並沒有包含內衣褲。待在少年院的那將近三個月，辰郎從來沒換過內褲，而且自從當初與那個縫紉師傅做過那檔事之後，辰郎的肛門一直有點脫肛的症狀，所以內褲上沾了不少糞便。一想到那樣的內褲被她們看見了，辰郎頓時有種無地自容的挫折感。更何況自己沒有內褲可穿，等等要怎麼出去見人？辰郎愈想愈是徬徨，不知如何是好。其實養母當然已準備好了替換的內褲，但辰郎自從父親過世之後，就不曾接受過他人的照顧，竟然一時之間沒有想通這一點。

「怎麼了？差不多該出來了吧？該不會是肚子太餓，在裡頭泡暈了？」養母在浴室外喊道。辰郎一走出浴室，便看見了全新的圓領內衣，以及上下一套的冬季軍服。辰郎穿上了衣褲，坐在桌爐邊吃了飯，忽聽養母說道：「阿辰，你爸爸說你頭髮太長了，要剪一剪。」辰郎聽到「你爸爸」這樣的稱呼，不禁有些彆扭，但對於理頭髮倒是沒有意見。原本以為是要上理髮店理髮，沒想到養母竟然在邊廊外放了一張小凳子，將一塊布圍在辰郎的脖子上，親自拿起了理髮用的推刀。「戰爭期間你爸爸的頭髮都是我剪的，所以你放心，絕對不會像狗啃。如果會痛，就跟我說。」養母的推刀推過的地方，都感覺涼颼颼的。往地上一瞧，自己的頭髮簡直像女人的一樣長。後頸可以感受到養母的呼吸，輕扶著頭的左手手指更是柔軟得不禁令辰郎感到陶醉。「有卵巢的媽媽果然不一樣。」辰郎暗自感慨。理完了頭髮，養母以刮除頭皮屑的圓形梳子一刮，忽然尖叫：「哇，不得了！得再洗一次才行！」說著養母便匆匆將辰郎拉進浴室，捲起和服的下襬。辰郎的後頸被養母揪住了，只能垂著頭任憑養母擺布。只見一團團像雪塊一樣的肥皂泡沫落在養母的雪白腳趾上，不久後便被水流給帶走了。

這個家的成員包含養父逸郎、養母哲子、哲子的母親松江，以及一個二十一歲的女傭。現年五十八歲的松江這陣子剛好到四國的金刀比羅宮參拜去了，並不在家。宅邸共有十一個房間，辰郎被安排住在會客室旁的西式房間。養父逸郎因其事業的性質，掌握了許多物資的入手管道，倉庫裡放著三個米俵，此外還有堆積如山的罐頭、砂糖及酒。雖然養父的姓也是兵頭，辰郎並不需要改姓，但辰郎在這裡的生活幾乎可以說是與過去有著天壤之別。辰郎能夠幾乎沒有芥蒂地融入這個家，一來得歸功於養母哲子的溫柔體貼，及辰郎心中一股隨波逐流的豁達心態；二來則是因為這個家擁有豐富的糧食物資，以及這些糧食物資背後所代表的安定家庭狀態。在辰郎逃離母親身邊之前，雖然每天衣食無虞，但自從父親的撞球間結束營業之後，家庭就一直處於不尋常的狀態。在辰郎的潛意識之中，其實一直對「男主外、女主內」的常識觀念抱持著憧憬。因此每天早上站在門口送養父逸郎出門工作，每個星期從養父手中接下五十圓零用錢的生活模式，可以說是讓辰郎感到相當心安。辰郎能夠在很短的時間裡便非常自然地稱逸郎為「爸爸」，是因為從前住在京都的時候，有段時期辰郎與親生父親維持著良好關係，對辰郎來說現在跟逸郎的關係，只不過是那段父子關係的延伸而已。相較之下，稱呼哲子為母親卻著實讓辰郎感到尷尬，因為哲子的形象實在與親生母親相差太遠。若單論長相，或許鼻梁高挺的親生母親比哲子美得多。但是當辰郎最後一次看見母親的時候，母親已完全是一副私娼寮的老鴇臉孔，眼眶泛黑且膚色暗沉。相較之下，哲子是在逸郎從卡車司機崛起，變成了運輸業一方霸主之後，才與逸郎結婚。再加上從小家教良好，一看就讓人感覺是個良家婦女。

還有最重要的一點，從前母親常說不到兩句話就對父親大發脾氣，而且總是渾身酒臭，哲子卻是臉上永遠化著淡妝，舉止從容優雅，從不曾大聲斥責他人。當然哲子能做到這點，也是因為生活在豐衣足食的環境裡，但畢竟兩者差距實在太大。事實上辰郎這輩子從來不曾接受過母親的溫柔照顧，因此哲子的種種貼心行為，反而常會讓辰郎感到不知所措。例如這一年的十二月，由於這個時期物資還不十分流通，哲子親手為辰郎縫製了一條內褲。但因為丈夫逸郎平日只穿兜襠布，哲子不確定自己縫得好不好，因此要辰郎當場試穿看看。辰郎光是要讓哲子縫自己的內褲，就已經感到極度害臊，實在不好意思當著哲子的面穿上，直說「縫得很好，不用試了」。但哲子還是堅持要辰郎脫下外褲，再三強調「不用想太多，我是你媽」。辰郎這才體會到，原來接受母親的種種照顧是如此理所當然的事情。回想起小學的時候，辰郎每次看到朋友以任性的態度央求母親買玩具，總是感到非常不可思議。為什麼他們能夠那麼理所當然地向母親撒嬌？相較之下，辰郎的母親總是不等辰郎開口，就掏出錢來想要解決問題。有一次，辰郎不滿足於只是拿錢了事，向母親提出抗議，母親竟然以宛如鞭子般犀利的聲音罵道：「別任性了！怎麼不去找你爸爸？去找你那個只會吃閒飯的爸爸呀！」

辰郎一穿上哲子特地縫製的內褲，才發現褲頭太窄了，要小便只能將整條內褲往下拉，相當不方便。辰郎鼓起勇氣喊了一聲「媽媽」，接著說道：「這樣我沒辦法尿尿。」這時的辰郎已到了每隔三天就得刮一次鬍子的年紀，卻說得像個小孩一樣扭扭捏捏。沒想到哲子卻露出一頭霧水的表情，辰郎只好繼續解釋：「小雞雞掏不出來。」哲子一聽，笑得整個人癱倒在地，說道：「對不起，阿辰。你爸爸平常只穿兜襠布，小雞雞總是動不動就露出來，我才嫌他不害臊，沒想到你剛好相反。」辰郎見哲子的手指似乎隨時會碰觸到自己的下體，嚇得急忙將腰往後縮。「脫下來吧，我幫你改一改。」哲子說道。辰郎趕緊抓起舊的內褲，溜進了浴室裡。哲子拿起辰郎換下的新內褲，毫不介意地當場拆掉了上頭的縫線。那條內褲雖然是新的，但辰郎剛剛還穿在身上，如果是親生母親，絕對不願意做這種事。辰郎還記得小時候，有一次在學校不小心大便在褲子裡，只好以兩手抓緊短褲的褲管走回家。那天很不巧祖母阿清不在，被母親看見了，母親直接把辰郎的褲子拿到廁所扔掉，接著默默以水龍頭的水清洗辰郎的下半身，嘴裡毫不留情地罵著「臭死了」。

到了這年年底，外婆松江終於回來了。當時的交通相當不方便，一把年紀的外婆竟然能跑到四國參拜神社，那份精力實在是不輸給年輕人。外婆回來的前一天，逸郎告訴辰郎，「明天外婆就要回來了。她雖然有點凶，但其實人很好，只要你嘴巴甜一點，多叫幾聲外婆，她一定會好好疼你的。」哲子也說道：「她雖然是我的母親，但那副牛脾氣可不會輸給任何人。」逸郎話鋒一轉，問道：「對了，阿辰。學校方面，你有什麼打算？」如果當初辰郎沒有輟學，這時應該已經是中學五年級了。如果沒有要直接升學，就必須轉入新制的高中三年級[94]。辰郎還是無法放棄戴白線帽的夢想，鼓起勇氣說道：「我想報考新潟高中。」逸郎一聽，登時瞇起了雙眼，說道：「對了，從前哥哥常跟我說，你是個聰明的孩子。」接著逸郎聊到了從前曾經到哥哥位於京都的家作客，當時辰郎還沒上小學。但是對辰郎而言，那些都已經是不願提起的往事。

隔天早上，辰郎跟著哲子一大早就到車站迎接外婆。哲子介紹了一個肥胖的男人給辰郎認識，那男人姓吉川，家裡經營鐘錶行，據說平日很受外婆青睞。列車一抵達月臺，外婆立即快步走了出來，實在不像是個年近花甲的老人。「去拿行李。」外婆來到車廂外，朝車廂內甩甩下巴，對吉川說道。「是。」吉川立刻奔進車廂裡。「妳回來了，一路上很累吧？他是辰郎。」哲子將辰郎介紹給母親松江。辰郎低聲說了一句「請多指教」，鞠了個躬。「好，你來了。」外婆只淡淡應了這麼一句話，就沒再理會辰郎，拄著枴杖邁開大步前進。吉川扛著一個大包袱緊跟在後，那包袱大得簡直像返鄉士兵的行李。

包袱裡除了有金刀比羅宮的著名糕餅，還有魚板、柴魚乾、紅豆、佃煮等，數量多得簡直像黑市商人。「來，辰郎也吃吧。吉川，你也帶一些回家。」外婆說道。「阿辰明年要報考高中呢。」哲子告訴母親。「噢？如果考上了，那可一定要慶祝一番。幸好我這次帶回來一些紅豆。」外婆回答。辰郎不禁鬆了口氣，原來外婆沒有想像中那麼可怕。

但是到了隔天，整個家裡的氣氛變得截然不同。廚房完全由外婆掌控，哲子連進也進不了。外婆不僅指使女傭做東做西，煮出來的味噌湯鹹得嚇人，而且一大早就要大家吃熱騰騰的茶泡飯。更麻煩的是或許因為外婆從小在東京庶民地區長大的關係，每天晚上五點就吃晚餐。有時辰郎刻意等養父逸郎回來，兩人坐在桌爐邊聊天，外婆還會瞪著眼睛大罵：「快點去睡覺，別那麼多廢話！」每次外婆洗澡，都會在浴缸裡使用肥皂，弄髒大家泡澡用的熱水。有時女傭沒有把走廊擦乾淨，外婆還會故意自己拿抹布來擦，給女傭難堪。擦完了之後，外婆還會裝模作樣地在太陽穴貼膏藥，氣呼呼地說道：「累死我了，快叫個按摩師來給我捏一捏。」

---

94 新制的高中三年級：二戰剛結束後不久的年代，日本正值新舊教育制度的轉換期，舊制中學（五年制）畢業後可選擇報考舊制高中，或是轉入新制高中就讀三年級。

「外婆年紀大了，你別在意。」哲子這麼安撫辰郎。但是最讓辰郎感到百思不解的一點，是養父逸郎的態度。為什麼逸郎從來不曾對丈母娘說過一句重話？外婆住在女婿的家裡，完全靠女婿吃飯，照理來說，態度不是應該更謙卑點嗎？有時外婆心情不好，就算是逸郎向她打招呼，她也會輕哼一聲，轉頭理也不理。「不過是有二、三十個箱子，有什麼了不起。」某一天，外婆這麼對哲子說。「媽媽，不是箱子，是卡車[95]。」「不管是箱子還是卡車，還不都一樣？反正不過就是帶一群搬家工人，何必跩得像二五八萬？怎麼，當我是老人，不把我放在眼裡了？翅膀長硬了？」外婆一口氣像連珠炮般罵了一長串，哲子頓時眼眶含淚，奔進了廁所裡。外婆轉頭瞪了辰郎一眼，說道：「怎麼，你好像有話想說？」

除夕夜那晚，辰郎到電影院看了《新興都市》[96]，這部電影的長度比預期還要長得多，回到家時已經是晚上十點半了。白天時，辰郎曾經幫忙搬了盛裝年節料理的漆盒及屠蘇酒的酒瓶，心裡以為其他事情外婆應該會自己打理，因此沒有想太多。誰知回到家中一看，吉川及一些逸郎公司的部下都來了，大家竟然在這最後的節骨眼才開始大掃除。辰郎一時不知如何是好，正站在旁邊看時，外婆突然對辰郎大發雷霆，「你杵在這裡做什麼？連幫忙洗個抹布都不會嗎？突然闖進這個家裡，真是厚臉皮的小子。」剛開始，辰郎以為外婆指的是自己在大掃除到一半的時候突然闖進來，仔細一想，才驚覺外婆指的是自己不過是個外人，卻突然闖進這個家庭裡。除了憤怒之外，辰郎的心中還湧起了一股強烈的自卑感。哲子似乎聽見了外婆這句話，偷偷搭著辰郎的肩膀說道：「對不起，外婆現在正好心情急躁，有點口無遮攔。」其實辰郎原本倒也沒有那麼難過，一聽到哲子這麼說，反而悲從中來，眼眶積滿了淚水。「你這模樣要是被看見，大家會嚇一跳，快跟我來。」宅邸裡有兩間廁所，哲子將辰郎帶進了客人用的那一間，輕摟著辰郎說道：「媽媽平常若要偷哭，都會跑到這裡來。想想真是奇怪，媳婦被婆婆欺負的例子雖然聽了不少，但我反而常被親生母親弄哭。」兩人在廁所裡待了一會，哲子說道：「你的眼睛好紅。等等要出來的時候，先用這水盆裡的水洗把臉吧。你放心，這水一點也不髒，我也常在這裡洗臉。」哲子一邊說，一邊指著旁邊的水盆。最後哲子提醒辰郎，這件事是兩個人的祕密，千萬不能說出去。那水盆裡的水已結了一層薄冰，漆黑的屋外再次下起大雪，遠處傳來了按壓井邊汲水幫浦的聲響。

95 不是箱子，是卡車：日文中箱子（トランク）與卡車（トラック）發音相近，因此有此誤解。

96 《新興都市》（Boom Town）：製作於一九四〇年的美國電影。

如何與辰郎和平共處，對哲子來說也是個棘手的問題。當初接到大伯的來信時，剛好是在得知自己無法生育後不久，再加上那孩子與丈夫有血脈關係且處境可憐，所以哲子二話不說就答應收養了。但後來聽說孩子進了少年院，哲子的內心不禁產生了遲疑。由於辰郎到中學四年級為止是就讀於高津中學，逸郎還特地派人到該校，向老師打聽辰郎的在校成績及品行。老師向前來詢問的使者拍胸脯保證，辰郎在校期間是品學兼優，一切都是環境不好。逸郎聽了之後極想完成哥哥的遺願，但見哲子猶豫不決，於是逸郎告訴哲子，如果收養之後發現不適合，還是可以取消收養關係，大不了幫那孩子介紹一份工作就行了。哲子聽了丈夫的勸說，才勉強同意了。沒想到當辰郎出現在家門前時，那副模樣竟比哲子原本所想像的更高、更瘦，且更加惹人憐愛。哲子心中因少年院而萌生的厭惡及恐懼感瞬間消失得無影無蹤，決定全心全意地照顧辰郎，內心也不禁感到欣慰。當辰郎第一次叫哲子為媽媽時，哲子比原本的預期更泰然自若地接受了這個稱呼。哲子更是雀躍不已，滿心以為這正是兩人之間毫無芥蒂的證據。但是過了一段時期之後，哲子忽然開始感到不安，擔心自己的言行舉止是否真的算是稱職的母親。「畢竟這孩子曾經在龍蛇混雜的環境裡打滾過，觀念或許有些扭曲。」「錢包要盡可能藏好，放在他看不見的地方。」「如果他有什麼不對之處，由我來出面管教。」針對生活上的各種細節，逸郎都提防得非常周到。但實際相處之後，哲子發現辰郎是個相當老實的孩子。平常哲子都把鈔票夾放在內側腰帶裡頭，辰郎從來都不曾流露出在意的眼神。但辰郎愈是對哲子敞開心胸，哲子愈是細心照顧辰郎，哲子的心中反而逐漸產生一種難以言喻的焦躁感。哲子曾試著回想自己認識的幾個已為人母的親友，或許是因為自己無法生育的關係，過去對她們總是一下子羨慕，一下子又慶幸不必照顧煩人的小孩。但自己心中的這股焦躁感到底從何而來，哲子本身也是一頭霧水。

母親松江對哲子從小就非常溺愛。哲子的父親在日本橋開了一家專門外送的餐廳，但是非常喜歡拈花惹草，因此松江總是把全部希望寄託在哲子身上。「那種風流漢遲早會橫屍街頭，我們母女只能相依為命。」松江經常這麼告訴哲子。由於家裡經濟還算寬裕，哲子自從上小學之後，總是穿著最新式的洋裝，學習各種才藝。哲子長大之後，許多仰慕者前來提親，但松江全都拒絕了。「這種店留著也沒用，還是賣掉吧。」到了一九三四年，哲子的父親一過世，松江立刻毫不惋惜地賣掉了父親的餐廳。松江的最大目標，是為哲子找一個能讓母女兩人一輩子不愁吃穿的女婿。最好是政府官員、律師或是醫生。沒想到後來哲子竟然愛上了靠著戰爭而發了橫財的逸郎，松江剛得知時幾乎是氣炸了，將哲子狠狠罵了一頓。松江見哲子表現出一副如果母親不答應婚事就要殉情而死的態度，只好找上了逸郎，對逸郎說道：「我為了培育這個女兒，不知費了多少心血，如今我把女兒交給你，我就成了無依無靠的老人。我不奢望你能讓我過上奢華生活，但至少你要負責讓我三餐溫飽才行。」逸郎答應了，不僅寫了一封擔保生活無虞的誓約書給松江，而且還為松江在東京的大久保租了一棟房子，並且安排女傭服侍松江。「既然妳非他不嫁，那就隨便妳吧，但可別指望我會為你們辦婚事。」松江慎恨不已地告訴女兒哲子。少了母親的打擾，哲子與逸郎夫婦反而能在新潟過起甜蜜生活，唯一的遺憾只是沒有孩子。但是到了三月十日，東京庶民地區遭遇空襲，松江立即拉下了臉，跑到新潟投靠女兒哲子。靠著那封從不離身的誓約書，松江順理成章地住進了逸郎夫婦的宅邸裡，平日頤指氣使，儼然成了一家之主。

「這男人是怎麼搞的？成天只知道工作，一點也不懂玩樂，真是個土包子。」松江當年明明因為丈夫愛在外頭拈花惹草而吃盡苦頭，如今見了性情淳樸的逸郎，反而經常說些酸言酸語。從前松江常詛咒自己的丈夫「遲早會橫屍街頭」，如今卻一天到晚拿當年丈夫對木屐的偏好、腰帶的繫法等等瑣事跟逸郎比較，對逸郎雞蛋裡挑骨頭。逸郎畢竟在工作上統管眾多粗野暴躁的工人，對於松江的言語譏諷倒也不以為意，反而常說「丈母娘精力充沛，一定能長命百歲」。對於丈夫的寬宏大量，哲子常感動落淚，畢竟說到底，只能怪自己的母親太過狂妄自負，沒有搞清楚自己的立場。哲子心裡雖然有萬般無奈，但也只能對母親逆來順受，實在沒有那麼多精力對母親好言相勸。

一月、二月就這麼平安無事地度過了，辰郎忙著準備升學考試，平日大都待在自己的房間裡。哲子擔心辰郎熬夜念書會肚子餓，有時想要煮一碗粥給辰郎吃，偏偏松江的房間就在女傭房間的隔壁，而且彷彿謹守著吃閒飯的人該有的立場，並沒有睡在床上，而是直接在地板上鋪被蓋睡覺。因此只要廚房有一丁點聲響，松江就會立刻尖聲大喊：「誰在廚房？該不會是有老鼠吧？」

這天哲子迫於無奈，只好到倉庫拿了牛肉罐頭及美軍所發的起司，偷偷藏在袖子裡，送到辰郎的房間。「應該餓了吧？這個給你吃。」辰郎的房間門窗緊閉，瀰漫著一股火盆裡的蜂窩炭氣味，以及更加強烈的男人體臭。哲子幾乎被燻得暈頭轉向，但心想逸郎今晚要參加酒宴，會很晚回來，自己不如在這裡照顧辰郎。於是哲子幫辰郎準備了懷爐，又在腳邊放了暖腳爐，接著問道：「還有什麼事想要媽媽為你做？」這句話一說出口，哲子才驚覺自己的嗓音竟然又柔又膩。

「媽媽，如果我考上了，妳會送我賀禮嗎？」「當然會呀，媽媽都已經想好了。」「真的嗎？妳打算送我什麼？」「你可以猜猜看，保證你會喜歡。」「是礦物嗎？」「不是。」

兩人模仿著當時相當受歡迎的廣播節目的主持人口氣。然而到頭來，兩人只像是在玩著母親與兒子的扮家家酒遊戲。哲子根本不曾想過要送辰郎賀禮，辰郎也不曾真正期待過。「我想要唱片。」「哇，跟媽媽想的一模一樣。」「媽媽知道我喜歡什麼樣的唱片？」「這個嘛，應該是蕭邦吧？」原本這時應該輪到辰郎稱讚母親說出了正確答案，但辰郎突然想要捉弄哲子一番，只是故作神祕地說道：「嗯，蕭邦也是不錯啦……」「還是莫札特？」「其實我想要的是貝多芬的第九交響曲。」「第九？你說的是《歡樂頌》嗎？」哲子問道。辰郎故意選擇這首曲子，是因為當初就讀中學四年級時，級任導師曾在第三學期說了一句：「貝多芬的第九交響曲詮釋了從痛苦到歡樂的過程，正是最適合考生的曲子。」後來這個級任導師還將中學四年級的結業證書及密封的成績單郵寄給辰郎，信箋上寫著：「各科目成績都給了你『優』，不用擔心。」

入學考的智力測驗中，有一題是要將「有腳隻雞幾」調換文字順序，使其成為具有意義的問句，並且寫下問句的答案。辰郎看出了問句是「雞有幾隻腳」，但卻把「腳」誤想成了「爪子」，滿腦子一直想著：「到底有幾隻？印象中好像有一隻在後側不著地？如果加上這一隻，是四隻還是五隻？」唯獨這個問題，辰郎實在是毫無把握。這天考完一回到家裡，辰郎立即大喊：「雞有幾隻腳？」哲子愣了一下，回答：「不是兩隻嗎？」辰郎一聽，這才驚覺自己想岔了，雞的腳當然是兩隻。考試的第一天就因為太過緊張而寫錯了原本可以答對的題目，令辰郎大為沮喪。或許因為這件事而心中氣餒的關係，入學考果然落榜了。辰郎羞愧得無地自容，自覺沒有臉回家見養父母。所幸報考新制高中插班考試的時候，雖然辰郎在中學五年級時幾乎不曾到學校上課，但因為成績優秀而獲得肯定，成功轉入了最高的三年級。「加油！或許你能考上東大呢！」哲子如此鼓舞辰郎。「哼，別做白日夢了，這小子身上可是流著兵頭家的血。」外婆在一旁冷言冷語，但辰郎已不覺得那麼刺耳。

經過一年的重新振作之後，辰郎完全恢復了徹頭徹尾的學生身分。而且因為準備舊制高中入學考的時候非常努力念書，填補了空窗期落後的課業，進入新制高中後成績一直在前十名內。然而當初裁縫師傅所傳授的那五指功夫，已成了辰郎戒不掉的習慣，而且哲子成了辰郎腦中幻想的對象。如果自己的下體能夠被哲子那纖細的手指包覆，不知將能帶來多麼酥麻甜美的快感。要是能像色情書刊裡的動作一樣，將哲子的肉體壓在底下，那想必也能帶來相同的無上感受吧。每次射精之後，辰郎都會抹在枕頭套上，然後拿毛巾把手擦乾淨。隨著次數愈來愈頻繁，辰郎就連泡澡的時候也會幹這檔事。看著噴出來的東西宛如點點雲朵般漂浮在水面上，辰郎總是會不禁想像將這些東西灌入哲子體內的畫面。但是另一方面，辰郎畢竟將哲子視為一個終於可以讓自己撒嬌的母親，因此每當從欲望中恢復理智，內心又會萌生強烈的罪惡感，不敢直視逸郎的臉。逸郎與哲子每天晚上當然是同床共枕，有一天早上，辰郎走進兩人的寢室，想要拿昨天的早報，手指才剛碰觸到櫥櫃上的報紙，逸郎突然慌慌張張地跳下了床。但辰郎的動作畢竟快了一步，漫不經心地翻開報紙，裡頭竟然有如壓花一般夾著兩個用過的保險套。逸郎急忙將保險套藏進睡衣的袖子裡，辰郎也假裝沒看見，將報紙帶回了自己的房間閱讀。回到房間後，辰郎忍不住仔細觀察了殘留在報紙上的痕跡，那天見到哲子，總是尷尬地將頭轉向一邊。

「阿辰，你是不是有痔瘡？我看你的內褲上經常沾著便便。」某天哲子這麼問辰郎。辰郎不好意思說是因為當初與那個裁縫師傅做了那種事的關係，只是低頭不語。「你爸爸有痔瘡，看來你跟他一樣。你爸爸經常抹一種叫作『黑摩洛斯[97]』的藥。來，你脫下來讓我看一下。」「讓妳看？」「不用害臊，我可是你媽媽。」哲子笑著將辰郎帶進浴室。辰郎迫於無奈，只好趴在地上。哲子輕輕按著辰郎的臀部，看了一會後說道：「你這是脫肛，不是痔瘡。等我一下……」辰郎忽然感覺到肛門附近有種冰涼的觸感。「以後每次洗完澡，可以像這樣按摩。」哲子的手指不僅在肛門的周圍輕揉，有時手指前端還會伸入肛門之中，而且每當這個時候，其他手指還會碰觸到睪丸。辰郎感覺到自己的下體正在迅速脹大，趕緊坐在地上，假裝癢得受不了，背對著哲子匆匆穿上內褲。「得趕快治好才行。雖然媽媽已經習慣了，但你每次都把內褲弄髒，以後你的老婆會嚇一跳的。」哲子說道。

老婆？我不需要老婆，我只要有媽媽就夠了。只要媽媽能在我身邊，其他我什麼也不需要。辰郎心裡這麼想，卻不敢說出口。「不曉得阿辰以後的老婆會是什麼樣的人。你願意讓媽媽幫你找嗎？你放心，媽媽的眼光很好的。」哲子又玩起了母親與兒子的扮家家酒遊戲。「這種事情，我不知道啦。」「也對，你今年才十七歲。真羨慕你啊，媽媽已經三十六了呢。」哲子說道。每隔兩天，辰郎就會依著外婆的吩咐，到金光教的教會接受「洗間鬼」儀式。不管是什麼信仰，只要聽說能增福消災，外婆都不會放過。

辰郎在學校也漸漸習慣了新潟腔。進入一九四八年後，新潟地區的糧食問題也獲得徹底改

97 黑摩洛斯：原文作「ヘモロス」，為日本明治時期至昭和初期的著名痔瘡藥膏。

善，幾乎與戰前沒有什麼不同，唯獨甜食依然相當難以取得。當時產自古巴的配給紅糖裡頭長滿了蜱蟎，逸郎在得知這個消息後，開始做起砂糖生意，向各地黑市收購砂糖。這陣子哲子獲得了母親的允許，可自行製作甜食，哲子經常煮麻糬紅豆湯給辰郎喝，辰郎將紅豆湯帶到學校，大受同學歡迎。平日辰郎就因為便當菜色豐富而成為同學之間的話題，辰郎帶著半奉承的心態把這件事告訴外婆，外婆難得露出了純真的笑容，說道：「那還用說嗎？這可是我的看家本領。」外婆心中得意，更是大顯身手，讓辰郎帶到學校的便當疊了兩、三層，簡直像是觀賞歌舞伎時吃的豪華便當。「兵頭家真是有錢。」同學們都異口同聲地說道。辰郎不僅常將便當的菜分給同學，也常帶同學回家吃飯，可以說是靠著食物鞏固了友情。有些同學來家裡作客時不懂節制，飯吃了一碗又一碗，哲子從來不曾有過這樣的經驗，開心得像個女學生一樣，半開玩笑地問道：「要不要乾脆用碗公裝？」辰郎看在眼裡，內心不由得湧起一股莫名的妒意。有一次辰郎到海邊游泳，哲子帶了一個裝點心的大盒子，裡頭放滿了海苔飯糰。辰郎回想起自己的生母，不管是小時候去遠足，還是後來進了少年院，生母為自己準備的東西，都只是一整條包在薄木片裡的簡陋海苔捲，與哲子的用心可說是有著天壤之別。由於住家距離寄居海灘很近，辰郎幾乎每天都去游泳。雖然新潟靠近北方，但海邊的景色與南方並無不同。唯獨堆積在海平面上的積雲形狀，倒是與從前生父常帶自己去的須磨、濱寺海灘有些不太一樣。辰郎的生父雖然體格瘦削，但非常擅長傳統游法，往往不過片刻工夫就游得大老遠，辰郎只能隱約看見父親綁著手帕的頭頂，經常為父親捏一把冷汗。但是對如今的辰郎來說，那一切都已宛如一場夢境。「阿辰，媽媽給你拍張照。」哲子不知何時來到了辰郎的身邊。這天她難得穿上洋裝，手裡撐了把陽傘，正以照相機對著辰郎。

辰郎身高五尺七寸[98]，體重十六貫[99]。這時全身都曬成了紅銅色，哲子拿著照相機，表情也有些靦腆。兩人來到了海邊茶屋的二樓，哲子忽然像個孩子一樣央求道：「媽媽幫你剝背上的皮，好不好？」於是哲子坐在辰郎的背後，一隻手搭著辰郎的肩膀，一隻手捏起辰郎的皮膚。辰郎感覺背上傳來自己的皮逐漸被剝離的微妙觸感，彷彿要滲入身體的深處，隨著那觸感愈來愈明顯，背上漸漸產生一種酥麻的快感。每當哲子抓著那宛如燙傷水泡的表皮一角輕輕撕開，裡頭就會露出光滑透亮的鮮嫩肌膚，那肌膚原本是粉紅色，但不久後就會跟其他皮膚的顏色相

98　五尺七寸：依日本舊制，一尺約等於現在的三十公分，十寸為一尺，所以五尺七寸約等於一百七十一公分。
99　十六貫：依日本舊制，一貫為三．七五公斤，所以十六貫為六十公斤。

同。哲子將撕下來的皮膚一片片小心翼翼地貼在自己的手背上。過了一會，哲子感覺到自己的脖子及額頭就跟辰郎的皮膚一樣，逐漸被汗水所占據。窗外的海面上可看見一艘帆桅角度極度傾斜的帆船，那是新潟醫大帆船社的船。在那艘船的後方，還可清楚地看見佐渡島。

這年夏天，辰郎與同學約好了要一起去佐渡島玩。過去辰郎央求哲子買衣服、買書，哲子從來沒拒絕，沒想到哲子這次竟未一口答應，只是說道：「這種事還是得先問過你爸爸。」辰郎一聽，急忙說道：「那不用了。」辰郎這麼說倒也不是在鬧脾氣，只是擔心如果遭到逸郎拒絕，氣氛會變得非常尷尬。「你別擔心，交給媽媽吧。我一定會說服你爸爸的。」哲子以安撫的口吻說道。辰郎這才驚覺，原來哲子並不是自己所想的那樣，什麼事情都能為自己辦到。不，更讓辰郎感到寂寞的一點，是在哲子的心中，畢竟丈夫比養子重要。雖然佐渡之旅馬上就獲得了逸郎的同意，辰郎卻不禁想像起逸郎與哲子在房間裡做的那些事情。

辰郎一行人從兩津穿越國仲平原，進入了相川町，投宿在逸郎所介紹的旅館裡。同學們提議要喝酒，辰郎原本只敢淺嘗幾口，後來才發現自己不管怎麼喝都不會醉。這時又有一個同學說道：「這附近有娼館街，你們去不去？」這個同學曾經到新潟最著名的本町十四番町紅燈區嫖過妓，在他的帶領下，一行人出發前往娼館街。娼館街附近一帶冷冷清清，只有四間店左右，辰郎看著不時從門內偷偷探出頭來的女人面孔，內心驚覺自己一直在尋找著與哲子相似的女人。在那同學的安排下，辰郎畏畏縮縮地走進了其中一間店，對象是個年過三十的妓女。辰郎心中突然開始擔心會得性病，又回想起當初跟裁縫師傅的作法，於是求對方擺出相同的姿勢，那女人嗤嗤笑了起來，說道：「別說傻話了，快來吧。」女人像青蛙一樣張開雙腿，外頭的觀光客用擴音器不時傳出相川音頭的旋律，辰郎一貼上去，那女人就配合著節奏搖晃起了身體。

短短四天三夜的旅行，其實根本沒有必要寫信回家報平安，但因哲子再三叮嚀，辰郎只好趁同學們都睡著後，在枕邊攤開信箋。除了小學時寫的作文之外，辰郎這輩子從不曾寫過信。這天是辰郎第一次和女人發生關係，激昂的情緒久久無法平復，辰郎很想要向哲子撒嬌一番，卻又不能老實寫出自己的心情，只好以「哲子」的英文拼音「TETSUKO」將整張信箋填滿。寫完了之後，辰郎不敢把這樣的信放在身邊，因此趁著深夜投進了郵筒裡。與那女人做愛的時候，辰郎嘴裡念的也是這個名字。

「你最近有點玩瘋了，明年的考試不要緊嗎？要是又落榜，可是會丟爸爸的臉。」辰郎才剛回到新潟，便聽見逸郎以嚴厲的口吻如此告誡。「一定沒問題，不用擔心。」辰郎想要展現出男子氣概，故意回答得自信滿滿。逸郎卻只冷冷回了一句「別光說不練」。這天因為舉行河畔祭典，逸郎提早回到了家裡，但是一數落完辰郎，逸郎又為了在遊船上招待縣廳官員而匆匆出門去了。當時哲子就坐在旁邊，卻完全沒幫辰郎說話。

「你爸爸看見了那封信。」哲子在起居室裡一說出這句話，辰郎登時嚇得兩腿發軟。「你爸爸什麼話都沒說，只要我多勸你好好用功讀書。」辰郎一聽，更是感覺一陣天旋地轉。當初辰郎一將信投進郵筒，內心霎時湧起了一陣類似後悔的強烈不安感。但那悔意完全是來自於對哲子的心情變化，辰郎做夢也沒想到這封信會被逸郎看見。這天晚上，辰郎獨自呆坐在房間裡，雖然天色愈來愈暗，卻沒有打開電燈。驀然間一聲轟隆巨響，伴隨著天搖地動，緊接著又是一連串火藥在空中炸開的零碎爆裂聲。剛開始，辰郎以為是空襲，嚇得起身想要逃走，但下一秒豁然想起，那是河畔祭典的煙火施放聲。哲子還曾經建議辰郎，可以到二樓的曬衣陽臺欣賞煙火。連續三、四顆煙火升上天空，緊接著是外婆的斥喝聲，「阿辰，還不快來吃飯！」

不過這封信的事並沒有在親子之間留下任何後遺症。逸郎還是跟以前一樣，每天深夜回到家裡，如果辰郎還醒著，逸郎就會拿著自己從酒宴上帶回來的菜餚，進入辰郎的房間。哲子也會在睡衣外頭披一件罩衫，將醬油之類的調味料送進房內。三人會開開心心地聊起天，一下子說應該考醫學部，一下子說還是考東大比較好。但是兩人一離開，辰郎又會回想起當初在相川嫖妓的經驗，不禁想像哲子是否也會像青蛙一樣張開雙腿，以淫穢的姿勢誘惑逸郎。雖然稱不上是借酒澆愁，但這時的辰郎已學會了偷拿倉庫的酒瓶，藏在書架深處，每晚偷偷喝著冷酒。每次總要幾杯黃湯下肚，辰郎才能恢復平靜心情，但接下來辰郎又會開始想像自己大膽侵犯哲子的景象。有時辰郎甚至會躡手躡腳地走到兩人的寢室旁，窩在地上豎起耳朵偷聽裡頭的聲音。折騰了好一陣，最後總是以五指功夫作為結尾，才在醉意與疲倦中沉沉入睡。到了隔天早上要上學的時候，強烈的自我厭惡總是讓辰郎忍不住想要抱著腿縮在地上。心裡有股想要找個對象說出一切的衝動，卻不知能對誰說。

這樣的心情就像陰陽的兩面，不斷困擾著辰郎。到了這年秋天的中旬，哲子的表姊來新潟遊玩，那兩天逸郎夫婦剛好有事必須外出，外婆又睡得早，因此哲子拜託辰郎陪這個遠房阿姨到處走走。辰郎帶著她從柾谷小路逛到鍋茶屋一帶的餐廳街，又去了白山神社，最後阿姨說有點累了，於是兩人走進了一家咖啡廳。由於兩人幾乎沒有共通的話題，因此阿姨不斷追問起辰郎對養父、養母的印象。辰郎見這個年近四十的遠房阿姨面色慈和，一時沒有提防，忍不住吐露了真心話。

當然辰郎並沒有把自己對哲子的感情說成了驚世駭俗的戀情。「我從前待過少年院，誤入歧途了一陣子，如今我能夠重新做人，全要感謝媽媽。」剛開始，辰郎故意說哲子的好話，只是因為這個女人與哲子有血緣關係，辰郎希望藉由她讓這些話傳入哲子的耳中。「嗯，我非常能夠體會，哲子真的很偉大。」辰郎見女人點頭同意，忍不住又說道：「對我來說，現在的媽媽才是我真正的母親。大阪那個媽媽雖然是我的生母，卻是個失職的母親。」辰郎一方面想要表現出自己成熟的一面，一方面又想要吸引對方的同情。「她對我非常冷酷無情，是個只顧自己不顧孩子的女人。相較之下，現在的媽媽凡事總是為我著想，我為了媽媽也願意做任何事。我光是想到媽媽對我的好，就感動得想要流淚。」「那是因為辰郎也是個心地善良的孩子。你是真心對哲子好，所以哲子才會願意把你當成真正的孩子。」「如果是這樣，那也很好。我最近一直在想，等我畢了業，有了穩定的工作，我想帶媽媽到京都、奈良走一走。尤其是這時候，那一帶可是漂亮極了。」辰郎將哲子讚美得天花亂墜，卻還是意猶未足。但是那女人早已看出辰郎的表情不太對勁，那是年輕男人在說到心愛女人時的特有表情。女人故意以言詞引誘，讓辰郎繼續說下去。一回到家裡，趁著逸郎夫婦還沒回來，女人把自己聽到的話一五一十地全告訴了外婆。「姑姑，妳可千萬要小心一點。那孩子黏著哲子當然不是壞事，但畢竟年紀也不小了，就怕他產生了什麼怪念頭。老實說，在我看來恐怕已經有些太遲了。」「什麼意思？難道妳認為他們母子搞上了？」「那倒是不至於，但如果不趁現在提醒哲子注意辰郎這個孩子，事情恐怕會一發不可收拾。」「哼，那個外頭闖進來的小子，膽子可真不小。」

女人向外婆告狀，多半只是因為看哲子過著不愁吃穿的生活，還能讓年輕男人讚不絕口，因而起了妒忌之心。外婆得知之後，卻又把這件事加油添醋地告訴了逸郎。

女人回東京去了之後，哲子私下板著臉質問辰郎，「你是不是對阿姨說了什麼？」「沒有啊。」辰郎實在不好意思當著哲子的面說出當初告訴那女人的話。「你害媽媽被你爸爸罵了一頓。」哲子說道。過去外婆不管對逸郎說再多酸言酸語，逸郎也只是當作耳邊風。但是聽到外婆以「搞上了」、「有一腿」之類的猥褻字眼來形容哲子與辰郎的關係，逸郎再也無法忍受，對著外婆大罵：「住嘴！」這是逸郎第一次對外婆口出惡言。逸郎一方面自責不該懷疑養子與妻子之間的關係，一方面卻又想起了從前那封信的事，內心不由得暗罵辰郎這孩子恩將仇報。逸郎感覺胸口有一股莫名的怒氣，只好全都發洩在哲子身上。辰郎見哲子哭得雙眼紅腫，一副悲傷無助的模樣，只好說道：「我只是告訴阿姨，我能夠重新做人，全是因為媽媽的關係……」然而辰郎心裡很清楚，當自己說出那些話時，確實有股想要對哲子示愛的衝動。因此辰郎雖然嘴巴上批評那女人亂造謠，卻也有些心虛。辰郎說得結結巴巴，最後自己也眼眶含淚。「我只是很開心終於有了媽媽……妳才是我真正的媽媽……」辰郎終於不顧一切地嚎啕大哭起來。「我的母親沒有卵巢……沒有卵巢的女人怎麼能當媽媽……」辰郎愈說愈是顛三倒四，自己也不知道自己在說些什麼。「原來是這麼回事。」哲子一邊輕聲回應，一邊在辰郎的背上輕撫。「或許你說得沒錯。其實你外婆也沒有了子宮。當初生下媽媽之後，你外婆就因為葡萄胎[100]的關係，把整個子宮都摘掉了。」「這麼說來，外婆也不是女人了？」「嗯，是啊。你外公就是從那個時候，才開始在外頭拈花惹草。」或許正因為如此，外婆才會恨著哲子，恨著自己的女兒。她恨哲子身體健全，恨哲子有個不外遇且很會賺錢的丈夫，恨哲子生活得無憂無慮。原本哲子沒有孩子是外婆心中唯一的安慰，後來哲子卻收養了孩子，而且這孩子敬愛哲子的程度，甚至勝過了親生兒子。外婆看著哲子受養子仰慕的模樣，內心便燃燒起熊熊的妒火。外婆的心裡很清楚，一旦讓逸郎得知哲子的丟臉行徑，外婆自己在家裡的地位也會動搖。但外婆已經管不了那麼多了。就算要跟女兒同歸於盡，她也在所不惜。

突如其來的強烈恐懼，讓哲子不由得全身顫抖，忍不住緊緊抱住了辰郎。辰郎的內心一方面感覺像是受到母親擁抱，一方面卻又感覺自己是個終於得到心愛女人的男人。辰郎以嘴唇抹去哲子臉頰上的淚珠，接著輕輕吸吮哲子搭在自己肩膀上的手指，宛如像在吸吮著母親的乳房。「阿辰，你是媽媽的孩子，你想對媽媽怎麼撒嬌都可以。」哲子的聲音又甜又柔，辰郎感覺腦袋一片空白，不由得將臉緊貼在哲子的胸口，隔著衣領探尋哲子的乳房。兩人的身體愈來愈靠近，最後終於躺了下來。就在這時，忽然有一雙手將兩人推開，轉頭一看，外婆正面目猙獰地站在兩人身邊。

「老媽斷了氣，老爸逍遙去，妹妹愛上了流氓，我也失風蹲苦窯。苦窯裡朝思暮想那女孩，心頭亂糟糟。啊啊……poor boy……poor boy……」辰郎一邊低聲吟唱，一邊走在沙灘上。海面一片漆黑，看不見遠方的佐渡島。這時的辰郎決定再度披上厚重的外殼，不再因外界的刺激而或喜或憂。只要前方還有沙灘，辰郎就會一直走下去。當初看見那一望無際的白色雪原時，辰郎彷彿便已預知了今天這樣的結果。「啊啊……poor boy……poor boy……」那已不再是歌聲，而是低語呢喃。不知不覺，海風中又飄來了那人糞及焦土的臭氣。跟隨著那股氣味，辰郎的雙腿一步步往前踏著。

---

100 葡萄胎（hydatidiform mole）：一種由未成功發育的受精卵所引發的胎盤病變，又稱作水囊狀胎塊。

解說

從記憶逃亡——野坂文學世界的原點

文◎文藝評論家　尾崎秀樹

野坂昭如的《美國羊栖菜》及《螢火蟲之墓》都是一九六八年春季第五十八屆直木獎的得獎作品。《美國羊栖菜》發表於《文藝春秋別冊》一百零一號（一九六七年九月），《螢火蟲之墓》發表於《ＡＬＬ讀物》一九六七年十月號，各自皆引發了話題討論。

其實早在一九六三年，野坂就曾以《黃色大師》（エロ事師たち）這部作品吸引了部分讀者的目光。在此之前，他在文壇上的定位較接近雜文作家。直到一九六六年出版《黃色大師》單行本之後，才正式奠定小說家地位。事實上在他的《受胎旅行》（《ＡＬＬ讀物》一九六七年六月）入圍第五十七屆直木獎的時候，僅有極少數評審委員推薦這部作品。但是到了《美國羊栖菜》及《螢火蟲之墓》的時候，幾乎是所有評審委員一致通過由他獲獎。

評審委員之一的海音寺潮五郎在評選後發表了以下的評論：「野坂擁有相當不可思議的才能。其冗長的文字可說是完全發揮了大阪方言的優點，明明像連珠炮一樣講得滔滔不絕，卻讓人挑不出一個多餘的詞彙。這必定是經過高度推敲後的成果，令人嘆為觀止。前者（指《美國羊栖菜》）雖然描寫了我不太感興趣的題材，但他的寫作手法絲毫不給人猥瑣低俗感，而且逗趣的文字發揮了十足的效果，讓我著實佩服。後者（指《螢火蟲之墓》）的結局帶有濃濃的明治時期風格，實在太過傳統而守舊，讓我無法融入其中，但這篇作品帶有些許自傳的意味，或許也只能這麼寫吧。」另一位評審委員大佛次郎則表示：「野坂昭如的作品使用了反覆推敲琢磨過的熱情文筆。他竟然能持續寫出那樣的詞句，令我不禁佩服他的毅力。靠著這種經過重重修飾的文體，他將赤裸裸的現實世界層層包覆，絕不逃避任何殘酷與醜惡。」

野坂昭如自己則在得獎感言中表示：「雖然不能稱為自信，但我有一種安心感，幾乎沒有突然被推上榮耀舞臺時的困惑與退縮，聽到得獎的當下也能打從心底感到開心。」身為一個「焦土黑市派」作家，這兩篇作品都是以野坂的自身經驗為基底。尤其是《螢火蟲之墓》，更是描述了對他的人生觀造成重大影響的兒時經歷。我相信在他的心中，應該有著終於完成了非寫不可的作品的感動吧。《美國羊栖菜》的主角是專為電視臺提供廣告影片的廣告製作公司老闆俊夫及他的妻子。從前妻子到美國旅行時，結識了一對靠官家俸祿過日子的美國老夫妻。這對美國老夫妻到日本來拜訪俊夫夫妻，而本作品的重點就在於描寫俊夫在這段期間的種種內心糾葛與矛盾情結。在俊夫的意識深處，一直存在著日本人在戰敗初期對美國占領軍的一種自卑感。當年必須盜取美軍對俘虜的補給物資，才能藉此獲得短暫的溫飽，那種恐懼與羞愧的心情，因為曾經將紅茶茶葉當成「美國羊栖菜」煮來吃而變得更加深刻鮮明。本作品刻意以象徵性的手法，讓戰敗初期與二十二年後的情況形成對比。主角俊夫的心情，與戰後歷經了二十二年的作者心情，應該也有一些雷同之處吧。《螢火蟲之墓》則是一篇相當精采的短篇作品，使用獨特的文體，描寫了流浪街童清太（於一九四五年九月二十一日，在國營鐵路三宮站的車站內因營養失調而死亡），及其妹妹節子的生前種種經歷。清太原本是就讀國中三年級的學生，因為背著妹妹避難，而與生病的母親失散。母子重逢之際，母親已經遭空襲的火焰燒得面目全非，只剩最後一口氣。母親過世後，兄妹倆投靠遠方的親戚家，卻受到冷漠對待。清太於是決定帶著年幼的妹妹搬進附近的防空壕裡，在洞穴中吊起蚊帳，捉來螢火蟲放進蚊帳裡當作燈光，過著有一餐沒一餐的生活。然而節子卻日漸消瘦，不久後就死了。清太以大豆殼及枯枝焚燒妹妹的屍體，當火焰熄滅之後，清太竟看見周圍有數不清的螢火蟲，這讓清太不禁想像妹妹節子是跟著螢火蟲一起上天堂去了。

在野坂昭如的諸多創作之中，《螢火蟲之墓》是最令人印象深刻的作品，甚至可以視為他文學世界的原點。當清太在車站內斷氣後，站務員在他的裏腹布帶裡發現了一個小小的糖果盒。站務員將糖果盒拋向遠方，盒內掉出了細小的碎骨，那正是清太的妹妹節子的遺骨。接著時間往前回溯，跳到了剛發生神戶大空襲的當下，開始描述清太兄妹從生到死的過程。這樣的劇情結構非常自然，而絮絮叨叨的獨特關西方言「饒舌體」[101]更是成功營造出了作品世界的氛圍。

野坂昭如本人也是在國中三年級時遭遇神戶空襲。當時他原本就讀於神戶市立第一中學，住處在六月五日遭炸毀，三天後投靠位於西宮市滿池谷的遠房親戚家。他借了一輛推車，從斷垣殘壁之間挖出當初埋在庭院裡的食物、酒及衣物，揮汗如雨地拖著走。但是才走到夙川的堤防邊，太陽已經下山了。身旁河面傳來的潺潺流水聲，以及多得數不清的螢火蟲，讓他深刻感受到自己還活著。

以下節錄一段他的回想。

「妹妹才一歲四個月，我實在沒有辦法代替父母照顧她。在蚊帳裡放一些螢火蟲，幫助她排遣寂寞，是我對她能做到的唯一憐憫。有時深夜裡妹妹哭了，我會背著她走到外頭吹吹晚風。汗疹及蝨子讓她的皮膚變得斑駁難看，我也曾經帶她到海邊泡泡海水。」

後來他的妹妹因為營養失調而過世，對他來說，《螢火蟲之墓》這篇作品就像是獻給亡妹的安魂曲。「如今回想起她死前那副皮包骨的悲慘模樣，我就不禁感到懊惱。如果我當初能像小說《螢火蟲之墓》裡的清太那樣疼愛妹妹就好了。但我對妹妹並沒有像清太那麼溫柔，我可以說是把這樣的心願寄託在清太的身上了。」野坂那時候年紀雖輕，卻也有一段羅曼史。據說他偷偷暗戀著投宿家庭的姊姊，但那是另外一回事了。總而言之，我們可以看出《螢火蟲之墓》這篇作品深深扎根於他的成長史中的某個部分。

生於一九三〇年的野坂昭如，出生一年後就發生了滿洲事變（即瀋陽事變、九一八事變），剛上小學那年又爆發了蘆溝橋事件。太平洋戰爭結束時，他正在就讀國中。如果他出生得再早一點，或許他會成為特攻隊員，絢爛地結束自己的生命。如果他出生得再晚一點，或許他會因學童疏開政策而被送往鄉村地區，透過飢餓感受到戰爭的殘酷。但是他這個世代的人，

101　饒舌體：文體特徵為冗長、口語化，經常不分段也少用句號。作者更運用了大量的關西腔。

就像是夾在戰中與戰後的低谷時期。那是一個不上不下的世代，更是一個親眼見證及感受到既有權威及秩序徹底瓦解的世代。

過去作為主流意識的「八紘一宇」及「一億玉碎」[102]等觀念全都消失了，取而代之的是民主主義與和平憲法。這個世代的人不僅因口號的氾濫而迷惘失措，還必須活在羞恥與屈辱之中。那種發於虛妄而歸於虛妄的空虛感，正是這個世代的人所掙脫不開的可怕束縛。野坂在神戶遭遇空襲，失去了養父母，度過了一段當街童的日子。身為焦土黑市派的生活，他可說是充分體驗過了。為了能夠活下去，他付出所有只為倖存。早在大學時期，他就從事過各式各樣的工作。他曾經是廣告歌曲的作詞家，曾經是戴著黑框眼鏡的花花公子，曾經是文壇出身的流行歌手。就連熱衷於踢拳的時期，也不改他的一貫風格。

野坂昭如曾經在某篇文章中提到過，他對於在荒神山大亂鬥中蒙羞的神戶長吉[103]抱持著一種親近感。或許對於生活在戰中至戰後這群「谷間世代」而言，那是一種共通的感受吧。那可以說是一種恐懼感，一種擔心僥倖存活就是苟且偷生的恐懼感。但是他從來不曾嘗試給予一個明確的定義。他的文學魅力，並不在於將這樣的現象加以概念化，而是以最自然真實的方式加以描寫與發現。他那有如戲曲一般的獨特文體，以及絮絮叨叨的行文方式，都與他的本質有著密不可分的關係。

得獎之後，他曾在某篇文章裡寫過以下這段話。

「——若要對我下一個定義，或許可以稱為『焦土黑市逃亡派』吧。在空襲後的焦土廢墟及其後的混亂環境中，我失去了所有親人，唯獨我一個人存活了下來。當我看著自己的家正在燃燒時，只喊了一次自己的父母，接著我就頭也不回地往六甲山的方向逃走了。直到今天，我依然覺得很內疚。後來我進入了少年院，在那段飢寒交迫的日子裡，身邊的少年們一個個死去，唯獨我像是童話故事的主角一般幸運，成功獲得了新的家庭。就像從前一樣，我在少年院也是頭也不回地獨自逃走了。或許我是個貪生怕死的人，但我為此感到愧疚。我永遠都是逃走的那一個。」

這段文字就像是野坂身為焦土黑市派的宣言。藉由不斷寫小說，他努力讓自己回到焦土黑市的世界裡。但他並沒有哀悼死去的親人或逝去的時光，而是依循著內在的聲音加以整頓與歸

---

102 「八紘一宇」為日本於二戰期間的國家格言，原意接近天下一家、世界大同，但實質上成為軍事擴張的口號。「一億玉碎」為日本軍國主義鼓吹所有百姓皆寧死不屈，為國壯烈犧牲的口號。

103 「神戶長吉」：日本的俠客兼賭徒。在一些文學創作中，長吉被描寫成在荒神山大亂鬥中苟且偷生的懦夫。

納。這就是他的文學獨創性。或許他所體驗的一切實在太過巨大，讓他沒有能力加以概念化或規則化。因此他認為書寫是他所能選擇的唯一方式。他的這種人生觀，滲入了他那些口語體文章的字裡行間。礙於篇幅有限，在此無法提及本書其他收錄作品，然而無論是哪一篇作品，這個本質都沒有改變。

（本文寫作於一九七一年十二月）

野坂昭如年表

一九三〇年	出生	十月十日，生於神奈川縣鎌倉市。 十二月，生母身亡。
一九三一年	一歲	生後半年被送到神戶市，由親戚收養。
一九四五年	十五歲	神戶大空襲，養父身亡。帶著義妹逃難到福井縣，義妹在一週後餓死。
一九四七年	十七歲	偷竊親戚家中的財物，一度可能被送到東京的少年感化院。經過其生父的擔保，進入新潟高中就讀。
一九四九年	十九歲	進入新潟大學，但因舊學制改革的原因，三天後就退學。
一九五〇年	二十歲	進入早稻田大學第一文學部法國文學系。在新潟大榮寺修行後，擔任父親競選參議員的工作人員。
一九五五年	二十五歲	進入知名音樂人三木雞郎的工作室中工作。
一九五六年	二十六歲	從早稻田大學退學。
一九五七年	二十七歲	成為電視播放室的負責人，以筆名阿木由紀夫開始了廣播電視作家的製作工作。以作詞家身分獲得了第五回錄音大賞童謠獎。
一九六三年	三十三歲	發表處女作《黃色大師》，正式以作家身分出道。

一九六七年	三十七歲	發表半自傳小說《螢火蟲之墓》，以及《美國羊栖菜》，獲得直木獎。
一九七三年	四十三歲	二月，擔任總編輯的月刊誌《面白半分》因刊載永井荷風的〈四疊半房間紙門〉，違反刑法第一五七條「販賣猥褻文書」被起訴。
一九七四年	四十四歲	七月，參選第十回東京地方區無黨籍議員，落選。
一九七六年	四十六歲	四月，違反刑法第一五七條「販賣猥褻文書」，東京地裁所裁定有罪，判處罰金。
一九八〇年	五十歲	十一月，放棄最高法院上訴，有罪定讞。
一九八三年	五十三歲	六月，代表第二院社黨參選第十三回不分區議員，首次當選。 十二月，議員辭職。為批判金權政治，與前首相田中角榮於新潟同選區競選眾議院議員，落選。
一九八五年	五十五歲	以《我披荊斬棘的鬥爭》獲得講談社散文獎。
一九九七年	六十七歲	以《同心圓》獲得吉川英治文學獎。
二〇〇〇年	七十歲	在東京開辦「野坂塾」，講述戰爭體驗。
二〇〇一年	七十一歲	七月，代表自由聯合黨參選第十九回不分區議員，落選。
二〇〇二年	七十二歲	以其文壇成就獲泉鏡花文學獎。
二〇〇三年	七十三歲	罹患腦梗塞，後只於《新潮45》、《週刊プレイボーイ》、《每日新聞》連載野坂昭如的信，報告每週近況。
二〇〇九年	七十九歲	獲由新潟市主辦紀念坂口安吾的安吾獎的新潟特別獎。
二〇一五年	八十五歲	十二月九日心臟衰竭，於東京都千代田區病逝，享壽八十五歲。

日本近代文學大事記

一八八五年	明治十八年	四月，坪內逍遙的文學論述《小說神髓》出版，講述近代小說的理論與方法，提出寫實主義，影響了之後的日本近代文學。 五月，尾崎紅葉、山田美妙、石橋思案、丸岡九華等人成立文學團體硯友社，推崇寫實主義，創刊日本近代第一本文藝雜誌《我樂多文庫》。
一八八六年	明治十九年	四月，二葉亭四迷發表文學理論〈小說總論〉，補充了《小說神髓》的不足之處，兩者皆為對於日本近代小說的重要評論。 七月，谷崎潤一郎出生於東京市（現東京都）。
一八八七年	明治二十年	六月，二葉亭四迷發表長篇小說《浮雲》，此作以言文一致的筆法寫成，宣告日本近代文學開始。
一八八八年	明治二十一年	十二月，菊池寬出生於香川縣。
一八八九年	明治二十二年	一月，饗庭篁村、山田美妙等十四名文學同好共同編輯文藝雜誌《新小說》。同月，夏目漱石初識正岡子規，開始進行創作。 四月，尾崎紅葉出版《二人比丘尼色懺悔》，登上硯友社主導地位。 五月，夏目漱石於評論子規《七草集》時首次使用漱石的筆名。 九月，幸田露伴的小說《風流佛》出版。明治二十年代，幸田露伴與尾崎紅葉並列為兩大代表作家，文壇稱作「紅露」。 十一月，泉鏡花入尾崎紅葉門下。

一八九〇年	明治二十三年	一月，森鷗外發表短篇小說〈舞姬〉，對之後浪漫主義文學的形成有極大影響。
一八九二年	明治二十五年	三月，芥川龍之介出生於東京市（現東京都）。
一八九三年	明治二十六年	一月，島崎藤村與北村透谷創刊文學雜誌《文學界》，以浪漫主義為主，對抗當時主導文壇的硯友社。
一八九四年	明治二十七年	八月，甲午戰爭爆發。 十二月，樋口一葉接連創作出〈大年夜〉、〈濁流〉、〈青梅竹馬〉、〈岔路〉和〈十三夜〉等，轟動文壇。此時至一八九六年一月，後世評論者稱之為「奇蹟的十四個月」。
一八九五年	明治二十八年	一月，學術藝文雜誌《帝國文學》創刊。 四月，甲午戰爭結束。 六月，泉鏡花於純文學雜誌《文藝俱樂部》發表短篇小說〈外科室〉，帶起甲午戰爭後的觀念小說風潮。 十二月，金子光晴出生於愛知。
一八九六年	明治二十九年	一月，森鷗外、幸田露伴、齋藤綠雨創辦雜誌《醒草》，提倡近代詩歌、戲劇的改良。 十一月，樋口一葉逝世。
一八九八年	明治三十一年	一月，國木田獨步於雜誌《國民之友》發表小說〈武藏野〉，以浪漫派作家身分展開創作生涯。 三月，橫光利一出生於福島。 十二月，黑島傳治出生於香川縣。
一八九九年	明治三十二年	五月，壺井榮出生於香川縣。 六月，川端康成出生於大阪市。

一九〇〇年	明治三十三年	四月，與謝野鐵幹和與謝野晶子創立《明星》詩刊，傳承浪漫派精神。
一九〇三年	明治三十六年	三月，國木田獨步發表小說〈命運論者〉，此作與十月發表的小說〈老實人〉筆法轉向寫實，為開啟自然主義派先鋒之作。 十月，尾崎紅葉逝世。 十二月，小林多喜二出生於秋田縣。
一九〇四年	明治三十七年	二月，日俄戰爭爆發。
一九〇五年	明治三十八年	一月，夏目漱石於《杜鵑》發表〈我是貓〉，大獲好評。 七月，蒲原有明發表詩集《春鳥集》，引領日本現代詩的象徵主義。同月，石川達三出生於秋田縣。 九月，日俄戰爭結束。
一九〇六年	明治三十九年	三月，島崎藤村自費出版小說《破戒》。此作與夏目漱石的《我是貓》並譽為二十世紀初寫實主義的雙璧。 十月，坂口安吾出生於新潟縣。
一九〇七年	明治四十年	一月，在森鷗外的支持下，上田敏等人成立文藝雜誌《昴星》，標誌著新浪漫主義的衍生。 九月，田山花袋於雜誌《新小說》發表小說〈棉被〉，為自然主義的先驅，也是私小說的起點之作。 十月，小山內薰創刊《新思潮》雜誌，引介歐美戲劇以及文藝動向，隔年三月停刊。
一九〇八年	明治四十一年	六月，國木田獨步逝世。
一九〇九年	明治四十二年	三月，大岡昇平出生於東京市（現東京都）。 五月，二葉亭四迷逝世。 六月，太宰治出生於青森縣。

一九一〇年	明治四十三年	四月，志賀直哉、武者小路實篤、有島武郎、有島生馬創刊《白樺》雜誌，提倡新理想主義和人道主義。 五月，永井荷風創辦雜誌《三田文學》。 六月，社會主義者策畫暗殺明治天皇，政府大肆搜捕社會主義者和無政府主義者，史稱「大逆事件」。幸德秋水與同夥遭逮捕審判，翌年判處死刑。 九月，以小山內薰為首，集結谷崎潤一郎、和辻哲郎、後藤末雄等人第二次創立《新思潮》雜誌。 十月，山田美妙逝世。
一九一二年	大正元年	一月，德田秋聲的《黴》出版單行本，獲得空前的評價。一九一〇年發表的小說《足跡》也趁勢出版。兩部作品令德田秋聲奠定自然主義的地位。
一九一四年	大正三年	二月，山本有三、豐島與志雄、久米正雄、芥川龍之介、松岡讓、菊池寬等人第三次創立《新思潮》雜誌。久米正雄發表〈牛奶場的兄弟〉，豐島與志雄發表〈湖水與他們〉，皆為新思潮派的代表作。 七月，第一次世界大戰爆發。
一九一五年	大正四年	十月，芥川龍之介於雜誌《帝國文學》發表〈羅生門〉。在松岡讓的介紹下入夏目漱石門下。
一九一六年	大正五年	二月，菊池寬、芥川龍之介、久米正雄、松岡讓和成瀨正一等人第四次創立《新思潮》雜誌。芥川龍之介的短篇小說〈鼻〉受到夏目漱石激賞。 十二月，夏目漱石逝世。
一九一七年	大正六年	二月，萩原朔太郎自費出版第一本詩集《吠月》，獲得森鷗外讚賞，開拓象徵詩派的新領域。

一九一八年	大正七年	十一月，第一次世界大戰結束。同月，武者小路實篤於宮崎縣木城村發起「新村運動」，建立勞動互助的農村生活，實踐其奉行的人道主義。
一九二一年	大正十年	一月，志賀直哉開始於《改造》雜誌連載小說〈暗夜行路〉。 二月，小牧近江、今野賢三、金子洋文創刊雜誌《播種人》，鼓吹擁護蘇俄的共產革命，劃下無產階級文學時代的開始。
一九二二年	大正十一年	菊池寬創刊《文藝春秋》，致力於培養年輕作家。
一九二三年	大正十二年	一月，菊池寬創立文藝春秋出版社。 九月，關東大地震後，政府趁動亂鎮壓左翼運動者，社會主義評論家大杉榮遭憲兵隊殺害，無產階級文學運動暫時受挫停擺。谷崎潤一郎舉家從東京遷至京都。
一九二四年	大正十三年	六月，《播種人》改名《文藝戰線》復刊。 十月，橫光利一、川端康成、今東光、石濱金作、片岡鐵兵、中河與一等人創刊雜誌《文藝時代》，主張追求新的感覺。雜誌第一期揭載橫光利一的短篇小說〈頭與腹〉促成「新感覺派」的開始。
一九二五年	大正十四年	一月，三島由紀夫出生於東京市（現東京都）。 十二月，《文藝戰線》雜誌集結無產階級文學雜誌、學者，成立「日本無產階級文藝聯盟」，使無產階級文學得以迅速發展。
一九二六年	昭和元年	十一月，無產階級文學運動第一次內部分裂。「日本無產階級文藝聯盟」內部實行改組，改名為「日本無產階級藝術聯盟」。遭排除的非馬克思主義者另立「無產派文藝聯盟」，創立雜誌《解放》。
一九二七年	昭和二年	二月，芥川龍之介於文學講座上公開批評谷崎潤一郎的小說，展開一連串芥川與谷崎的小說藝術爭論。兩人於《改造》雜誌上撰文駁斥對方引發筆戰，直至七月芥川自殺。

一九二八年	昭和三年	五月，《文藝時代》宣布停刊。 六月，葉山嘉樹、林房雄、藏原惟人、黑島傳治、村山知義等人遭「日本無產階級藝術聯盟」剔除，另組「勞農藝術家同盟」。 十一月，藏原惟人退出「勞農藝術家同盟」，另組「前衛藝術家同盟」。 三月，藏原惟人為了讓無產階級文學運動者不再分裂對立，結合「日本無產階級藝術聯盟」、「勞農藝術家同盟」等團體組成「日本左翼文藝家」，之後誕生「全日本無產者藝術聯盟」。 五月，濟南事件。 六月，中村武羅夫公開發表評論〈是誰踐踏了花園！〉，公開抨擊無產階級文學。 十二月，「全日本無產者藝術聯盟」創立文藝雜誌《戰旗》，迎來無產階級文學的高峰。
一九二九年	昭和四年	三月，小林多喜二完成小說〈蟹工船〉，發表於《戰旗》雜誌。此作為無產階級文學的代表作，受到國際高度評價。 十月，橫光利一、川端康成、犬養健、堀辰雄等人創刊《文學》雜誌。 十二月，中村武羅夫、川端康成、龍膽寺雄、淺原六朗、嘉村礒多、久野豐彥、岡田三郎、飯島正、加藤武雄、權崎勤、尾崎士郎、佐佐木俊郎、翁久允等人組成「十三人俱樂部」，號稱「藝術派十字軍」。
一九三〇年	昭和五年	四月，以「十三人俱樂部」為中心，吸收其他現代主義派作家如舟橋聖一、阿部知二、井伏鱒二、雅川滉，成立「新興藝術派俱樂部」，公開反對馬克思主義，取代新感覺派，成為文壇上最大宗的現代藝術派別。 七月，小林多喜二因〈蟹工船〉遭到當局以不敬罪起訴，被捕入獄。 十一月，黑島傳治發表以濟南事件為題材的長篇小說《武裝的城市》，遭當局禁止發行。

一九三一年	昭和六年	十一月，「全日本無產者藝術聯盟」底下的專業同盟與其他無產階級文化團體合併為「日本無產階級文化聯盟」，創辦《無產階級文化》雜誌。
一九三二年	昭和七年	三月，保田與重郎創刊《我思故我在》，反對無產階級派和現代藝術派，主張回歸日本傳統，為「日本浪漫派」之前身。
一九三三年	昭和八年	二月，小林多喜二遭當局逮捕殺害。 五月，室生犀星、井伏鱒二等人成立「秋聲會」，島崎藤村並成立「德田秋聲後援會」鼓勵創作低迷的德田秋聲。 十月，小林秀雄、林房雄、武田麟太郎、川端康成、廣津和郎、深田久彌、宇野潔二等人重新創立新《文學界》雜誌。另一方面，舟橋勝一、阿部知二成立《行動》雜誌。 十二月，《無產階級文化》發行最後一期，隔年「日本無產階級文化聯盟」被迫解散。
一九三五年	昭和十年	二月，坪內逍遙逝世。同月，直木三十五逝世。 四月，菊池寬為紀念好友芥川龍之介與直木三十五，創立「芥川賞」與「直木賞」。前者為鼓勵純文學新人作家，後者則是給予大眾作家的榮譽肯定。第一屆芥川賞頒予石川達三的〈蒼氓〉，直木賞得獎作家為川口松太郎。
一九三六年	昭和十一年	二月，陸軍中「皇道派」的青年軍官率領數名士兵，刺殺「統制派」政府官員，包含兩任前首相，並且一度占領東京。後來遭到撲滅。此政變又稱「帝都不祥事件」。 三月，武田麟太郎、本庄陸男、平林彪吾等人創立《人民文庫》，獲得無產階級派作家的支持。另一方面，保田與重郎、神保光太郎、龜井勝一郎、中島榮次郎、中谷孝雄、緒方隆士等人創刊《日本浪漫派》雜誌，伊東靜雄、太宰治、檀一雄等人也加入其中。
一九三七年	昭和十二年	四月，永井荷風出版小說《墨東綺譚》，此作體現荷風小說的深沉內涵，也流露出對時局的消極反抗。 十二月，日軍占領中國南京。

一九三八年	昭和十三年	二月，菊池寬以促進文藝發展、表彰卓越作家為目的，成立日本文學振興會。 三月，石川達三目睹南京大屠殺慘況後，寫成小說《活著的士兵》，發表後遭當局判刑。
一九三九年	昭和十四年	九月，第二次世界大戰爆發。同月，泉鏡花逝世。
一九四一年	昭和十六年	十二月，太平洋戰爭爆發。
一九四三年	昭和十八年	八月，島崎藤村逝世。 十月，黑島傳治逝世。 十一月，德川秋聲逝世。
一九四五年	昭和二十年	八月，日本宣布無條件投降。 十二月，以秋田雨雀、江口渙、藏原惟人、德永直、中野重治、藤森成吉、宮本百合子等戰爭期間遭受鎮壓的無產階級作家為中心，組成「新日本文學會」。
一九四六年	昭和二十一年	一月，荒正人、平野謙、本多秋五、植谷雄高、山室靜、佐佐木基一、小田切秀雄等人創刊《近代文學》，提倡藝術至上主義，邁開戰後文學第一步。 五月，太宰治在《東西》雜誌發表無賴派宣言：「我是自由人，我是無賴派。」無賴派因此得名。 六月，坂口安吾《墮落論》出版。 七月，谷崎潤一郎重新執筆因戰爭而停止連載的小說《細雪》，至隔年三月共完成三冊。
一九四七年	昭和二十二年	七月，太宰治於《新潮》雜誌連載小說《斜陽》，同年十二月出版。 十二月，橫光利一逝世。

一九四八年	昭和二十三年	五月，太宰治完成《人間失格》。此作與《斜陽》皆為無賴派體現於小說創作上的代表作。 六月，太宰治自殺。同月，菊池寬逝世。
一九五〇年	昭和二十五年	六月，韓戰爆發。
一九五一年	昭和二十六年	一月，大岡昇平於《展望》雜誌發表〈野火〉，隔年出版，成為戰爭文學代表作之一。
一九五二年	昭和二十七年	二月，壺井榮於基督教雜誌《New Age》連載小說《二十四隻瞳》，同年十二月出版。
一九五三年	昭和二十八年	七月，簽署停戰協定。韓戰結束。
一九五八年	昭和三十三年	一月，大江健三郎於《文學界》發表短篇小說〈飼育〉，同年獲得芥川賞，是當時有史以來最年輕的受獎者。
一九五九年	昭和三十四年	四月，永井荷風逝世。
一九六五年	昭和四十年	七月，谷崎潤一郎逝世。
一九六八年	昭和四十三年	十月，川端康成以《雪國》、《千羽鶴》及《古都》等作品獲得諾貝爾文學獎，為歷史上首位獲獎的日本人。
一九七〇年	昭和四十五年	十一月，三島由紀夫發動政變失敗後自殺。
一九七一年	昭和四十六年	十月，志賀直哉逝世。
一九七二年	昭和四十七年	四月，川端康成逝世。

作者簡介

野坂昭如

一九三〇年出生於日本神奈川縣鎌倉市，為知名作家、歌手、作詞家，也是前日本參議院議員。早年歷經戰爭、與親人生離死別，兩次從大學退學，生活坎坷。

野坂家居住在東京市麴町區，但其父母分居，故母親在神奈川縣鎌倉市生下野坂昭如。生母在生下他兩個月後過世，野坂昭如被送到神戶市，由親戚收養。野坂昭如之父野坂相如是一名土木技師，在第二次世界大戰結束後曾任新潟縣副知事。

一九四五年，野坂昭如十五歲，時逢神戶大空襲，養父過世，養母病重。他帶著一起在親戚家當養女的義妹，逃難到福井縣。義妹於一週後餓死。這段經歷後來被野坂昭如寫入小說《螢火蟲之墓》中。十七歲時，因為偷竊親戚家中的財物，一度要被送至東京的少年感化院。生父出面擔保後，他被送回新潟縣的生父家中。隨後進入新潟高中就讀。

一九四九年，進入新潟大學，但因舊學制改革的原因，三天後就退學。一九五〇年，就讀早稻田大學第一文學部法國文學系。期間曾做過多種打工雜務，並於一九五五年進入知名音樂人三木雞郎的工作室中工作。一九五六年，從早稻田大學退學。一九五七年開始，擔任編劇，以筆名阿木由紀夫開始大量寫作。一九六三年，發表處女作《黃色大師》，其辛辣幽默的筆調引起文壇關注。

一九六七年，根據早年親身經歷創作的半自傳小說《螢火蟲之墓》，以及《美國羊栖菜》問世，引發巨大反響。次年，兩部作品同時獲得日本文壇最高榮譽直木獎。他的作品常描寫於社會底層生活卻不失樂觀的人們，他的寫作擁有反骨、反權力以及反戰的精神，受到許多人支持。由於自身的戰爭經驗，他自稱是「焦土黑市派」，寫作多著墨於戰爭下平民百姓的淒慘境遇。曾與插畫家黑田征太郎合作編撰《戰爭童話集》，向世人傳達戰爭的悲慘。知名媒體人田原總一朗表示：「野坂常自嘲自己是不中用的人，其實他是勇於批判權力、秩序的人，很期待在電視界看到像他這樣直白的人，如今反而隨波逐流者愈來愈多，野坂的逝世令人難過，彷彿眼見戰後『焦土廢墟』消失的感覺。」

野坂昭如二〇〇三年患腦梗塞。二〇一五年十二月九日因肺炎導致心臟衰竭，於東京都千代田區病逝，享壽八十五歲。

譯者簡介

李彥樺

一九七八年出生。日本關西大學文學博士。現任臺灣東吳大學日文系兼任助理教授。從事翻譯工作多年，譯作涵蓋科學、文學、財經、實用叢書、漫畫等各領域。

幡 008 **螢火蟲之墓**
AMERICA HIJIKI · HOTARU NO HAKA by AKIYUKI NOSAKA

Originally published in Japan in 1968, 1972 by SHINCHOSHA Publishing Co., Ltd.
Traditional Chinese translation rights arranged with
SHINCHOSHA Publishing Co., Ltd. Through AMANN CO., LTD.

作　　者	野坂昭如
譯　　者	李彥樺
封面設計	王志弘
校　　對	呂佳真
協力編輯	謝佩芃
責任編輯	徐　凡
國際版權	吳玲緯
行　　銷	巫維珍　何維民　蘇莞婷　黃俊傑
業　　務	李再星　陳紫晴　陳美燕　馮逸華
副總編輯	巫維珍
編輯總監	劉麗真
總經理	陳逸瑛
發行人	凃玉雲
出　　版	麥田出版 地址：10483台北市中山區民生東路二段141號5樓 電話：(02)2500-7696 傳真：(02)2500-1967
發　　行	英屬蓋曼群島商家庭傳媒股份有限公司城邦分公司 地址：10483台北市中山區民生東路二段141號11樓 網址：www.cite.com.tw 客服專線：(02)2500-7718｜2500-7719 24小時傳真專線：(02)-2500-1990｜2500-1991 服務時間：週一至週五09:30-12:00｜13:30-17:00 劃撥帳號：19863813 戶名：書虫股份有限公司 讀者服務信箱：service@readingclub.com.tw
香港發行所	城邦（香港）出版集團有限公司 地址：香港灣仔駱克道193號東超商業中心1/F 電話：+852-2508-6231 傳真：+852-2578-9337
馬新發行所	城邦（馬新）出版集團【Cite (M) Sdn. Bhd.】 地址：41-3, Jalan Radin Anum, Bandar Baru Sri Petaling, 57000 Kuala Lumpur, Malaysia. 電話：+6(03) 9056 3833 傳真：+6(03) 9057 6622 讀者服務信箱：services@cite.my
麥田部落格	http://ryefield.pixnet.net
印　　刷	漾格科技股份有限公司
初　　版	2020年4月
售　　價	420元
ISBN	978-986-344-744-3

國家圖書館出版品預行編目(CIP)資料

螢火蟲之墓／野坂昭如著；李彥樺譯. -- 初版. -- 臺北市：麥田出版：家庭傳媒城邦分公司發行, 2020.4
面；　公分. --（幡；RHA008）
譯自：アメリカひじき・火垂るの墓
ISBN 978-986-344-744-3（平裝）

861.67　　109001252

城邦讀書花園
www.cite.com.tw

Printed in Taiwan.
本書若有缺頁、破損、裝訂錯誤，請寄回更換。